Freundschaftsglück und die Liebe

Katrin Rohde wurde in Braunschweig geboren, lebt mit ihrem Mann in ihrer Geburtsstadt und arbeitet hauptberuflich in einem großen Unternehmen. In ihrer Freizeit geht sie gerne spazieren und fotografiert dabei mit großer Begeisterung. Unterwegs fallen ihr neue Ideen für ihre Romane ein, die sie anschließend am heimischen Schreibtisch festhält.

Katrin Rohde

Freundschaftsglück und die Liebe

Ein Urlaubsroman von Teneriffa

Bibliografische Information der Deutschen Nationalbibliothek:
Die Deutsche Nationalbibliothek verzeichnet diese Publikation in der
Deutschen Nationalbibliografie; detaillierte bibliografische Daten sind im
Internet über http://dnb.dnb.de abrufbar.

Herstellung und Verlag: BoD – Books on Demand, Norderstedt
ISBN: 978-3-7543-0622-2

Für Karin

EINS

Sonne, Palmen und ein warmer Wind auf der Haut - was brauchte es mehr für einen wundervollen und entspannten Urlaubstag?

Frauke rekelte sich zufrieden auf ihrer Liege und seufzte glücklich. Das Leben war gut zu ihr!

Der warme Wind trug ihre Gedanken fort, während die Meeresbrandung sanft an den Strand rollte. Sie vergaß die Welt um sich herum und befand sich im völligen Einklang mit sich selbst und ihrem Leben.

Aber ein leises Piepen drängte sich ungefragt in ihre Wohlfühlatmosphäre. Die Abfolge des Tones wurde schneller. Wenn sie es nicht sofort stoppte, drohte es zu einem nervigen Dauerpiepen auszuarten. Plötzlich vibrierte der Boden!

Frauke schreckte aus ihrem Traum empor und schlug zielsicher auf die Schlaftaste an ihrem Wecker. Verwirrt blinzelte sie in die Dunkelheit und fragte sich, warum sie mitten in der Nacht um halb eins geweckt wurde!

Sie fiel gähnend ins Kissen zurück, rollte zur Seite und schloss die Augen. Dennoch spürte sie eine innere Unruhe, die verstärkt wurde durch undefinierbare Vibrationen! Sie hob den Kopf und entdeckte auf der Kommode ihr zuckendes Smartphone.

Reflexartig sprang sie aus dem Bett. Bei dem Versuch, in die Hausschuhe zu schlüpfen, geriet sie ins Straucheln, knickte um und schlug unsanft mit dem Kinn auf dem Boden auf.

»Verflucht«, brummte sie und robbte zur Kommode, griff nach oben und angelte sich das Smartphone. *Julia* kündigte das Display an.

»Hallo«, krächzte Frauke verschlafen.

»Bist du startklar? In zehn Minuten stehe ich mit dem Taxi vor der Tür!«

Fraukes Gehirn setzte eine Sekunde aus. Warum sollte sie mitten in der Nacht irgendwo hinfahren? Sie versuchte Zeit zu schinden. »Ja klar, so gut wie fertig«, erwiderte sie. »Nur ein paar Sachen überwerfen und auf geht`s.«

»Frauke, du schwindelst! Lass mich raten. Du hast noch geschlafen.« Ihre Stimme klang belustigt.

Frauke schwieg.

»Guten Morgen Schlafmütze«, lachte Julia. »Ich habe dich auf die Schippe genommen. Ich bin erst in einer halben Stunde da. Gib Gas!«, dann legte sie auf.

Frauke starrte das nun stumme Handy an und lächelte versonnen. Es gab nur einen Menschen auf der ganzen Welt, der sie egal um welche Uhrzeit am Tag oder in der Nacht anrufen konnte. Julia!

Ihre beste Freundin, die sie während der Schulzeit kennengelernt hatte. Im Laufe der Jahre war aus der reinen Schulbekanntschaft eine tiefe Freundschaft entstanden, die allen Umständen zum Trotz – Ausbildung, Job, Familie und Männer – ein fester Bestandteil ihres Lebens geblieben war.

Vor allem nach Erreichen der Volljährigkeit und dem Erlangen eines Führerscheins hatten sie ausgiebig das Nachtleben in einem größeren Umkreis von Braunschweig genossen. In jenen Tagen hatten die Nächte erst nach Mitternacht richtig an Fahrt aufgenommen und nicht vor den frühen Morgenstunden geendet. Manchmal hatten sie nach dem Besuch der Bars oder Clubs den Partyabend mit einem morgendlichen Frühstück beim Bäcker ausklingen lassen.

Die Erinnerung an den verrückten, aufregenden Abschnitt ihres jungen Lebens zauberte Frauke ein Lächeln aufs Gesicht. Sie waren damals so jung und dynamisch gewesen!

Mittlerweile übte die Aussicht auf einen achtstündigen Schlaf in der Nacht einen deutlich größeren Reiz auf Frauke aus. Wie zur Bestätigung klimperten ihre Augen müde und sie erkannte nüchtern, dass sie mit Anfang dreißig nicht mehr die Energie besaß, die Nacht zum Tag zu machen.

Fraukes Handy vibrierte erneut. »Hallo?«

»Was hast du in den letzten zwei Minuten gemacht?«

»Geträumt. Du kennst mich doch!«

»Eben. Los jetzt, noch achtundzwanzig Minuten!« Lachend beendete Julia das Telefonat.

Endlich dämmerte es Frauke! »Wir fahren heute in den Urlaub! Das war kein Traum! Wie konnte ich das nur vergessen!«, jubilierte sie und der sehnsüchtige Blick auf das Bett war vergessen. Der Ausblick auf zehn Tage Urlaub auf Teneriffa verscheuchte alle Müdigkeit.

»Endlich raus aus diesem nicht enden wollenden Winter und ab in die Sonne und in den Frühling.« Mit neuem Schwung rappelte sie sich vom Boden auf und eilte ins Badezimmer. Das Licht blendete sie einen Moment, ehe sie einen Blick in den Spiegel warf und scharf die Luft einsog.

In Zeitlupe streckte sie das Kinn nach vorne, das von rötlichen Striemen überzogen wurde, die vom Sturz auf dem Fußboden herrührten. »So ein Mist!« Sie entnahm dem Badezimmerschränkchen ein Pflaster und überdeckte die Schrammen, so gut es eben ging.

Anschließend fasste sie ihre langen, braunen Haare zu einem Zopf zusammen, wobei ihre gräulichen Augen den Rest des Gesichtes, abgesehen von dem Pflaster, als ganz nett anzuschauen beurteilten.

Sie streckte dem Spiegelbild die Zunge heraus. »Sechsundzwanzig Minuten Zeit, um fertig zu werden.«

ZWEI

»Was ist passiert?«, rief Julia ihr aus dem Taxi entgegen.

»Nichts. Kleines Unglück zu Hause. Kein Drama,« wiegelte Frauke ab, während sie den Kopf zur Seite drehte.

Der Taxifahrer nahm ihr den Koffer ab und verstaute ihn im Kofferraum des Fahrzeugs.

Frauke öffnete die hintere Tür und ließ sich möglichst elegant auf den Sitz gleiten. Sie wusste, dass Julia von vorne aus, jede ihrer Bewegungen verfolgte, während sich der Fahrer hinters Lenkrad klemmte.

Julia betrachtete ihre Freundin mitfühlend, denn es war mal wieder typisch für Frauke, die, seitdem sie sie kannte, vom Pech verfolgt wurde. In den zurückliegenden Jahren war einiges zusammengekommen, wie die üblichen Schrammen und blauen Flecke, allerlei ramponierte Gegenstände sowie als ein herausragendes Ereignis der zerschlagene Glastisch bei ihren Eltern. Ebenfalls zu der Reihe außergewöhnlicher Vorfälle zählte die Abschlussfahrt der Schule. Beim Herumtoben auf dem Zimmer der Jugendherberge hatte sie sich jeweils den großen Zeh an beiden Füßen gebrochen. Der Arzt in der Klinik hatte trotz seiner langjährigen Erfahrung einen vergleichbaren Fall nicht erlebt. So gesehen hielt Julia es für lebensnotwendig, einen Arzt in der Nähe zu wissen, oder zumindest bei einer Reise wie dieser, eine Erste-Hilfe-Tasche dabeizuhaben. Da Frauke daran meist nicht dachte, packte Julia sie in weiser Voraussicht mit ein.

»Wolf-Rüdiger, das ist meine beste Freundin Frauke«, sprach Julia den Taxifahrer an.

Er nickte ihr über den Rückspiegel zu. »Julia hat mir einiges von dir auf der Fahrt hierher erzählt!« Wissend kniff er ein Auge zu.

Frauke betrachtete ihn skeptisch und überlegte, was das zu bedeuten hatte. Es konnte alles oder nichts besagen, aber im Grunde war es ihr egal und sie beschloss, nicht darauf einzugehen. Sie setzte eine unnahbare Miene auf.

Unterdessen legte Wolf-Rüdiger den Gang ein und sie durchquerten die schlafende Stadt. Nach wenigen Minuten fuhren sie auf die Autobahn Richtung Hannover auf. Das Radio lief und erfüllte das Wageninnere mit deutschen Schlagern.

»Was ist das denn für ein Schnulzen-Sender?«, entwischte Frauke die Bemerkung.

»Das ist NDR 1. Der Verkehrsfunk ist immer brandaktuell und garantiert, dass ihr den Flieger pünktlich erreicht«, erwiderte Wolf-Rüdiger mit einem amüsierten Unterton.

Frauke senkte ertappt den Kopf und biss sich auf die Unterlippe. Innerlich verfluchte sie ihre Eigenart, ihre Gedanken laut auszusprechen. Manche Sachen sollten besser dort bleiben, wo sie hingehörten, und zwar in ihrem Kopf, bläute sie sich ein.

Julia kicherte leise und nahm anschließend das Gespräch mit Wolf-Rüdiger wieder auf.

Frauke verstand nur Wortfetzen, die sie aber auch nicht weiter interessierten. Sie lehnte sich zurück und bewunderte ein ums andere Mal, wie Julia sich egal an welchem Ort, zu welcher Zeit oder mit wem, bestens unterhalten konnte. Außerdem stellte Frauke neidlos fest, dass Julia trotz der frühen Morgenstunde, einfach umwerfend aussah. Ihre kurzen, blonden Haare waren perfekt gestylt, ein dezentes Make-up unterstrich ihre natürliche Erscheinung und wurde durch enge Jeans und einen pastellfarbenen Pullover mit V-Ausschnitt vortrefflich abgerundet.

Frauke selbst hatte es immerhin geschafft, die Haare zu einem ordentlichen Zopf zusammenzubinden und halbwegs passable Klamotten herauszusuchen, wie eine verwaschene Jeans und eines ihrer geliebten Longshirts mit gebatiktem

Muster. Die zusätzlich eingesparte Zeit für eine aufwendige Frisur und Make-up hatte sie genutzt, in aller Seelenruhe einen Kaffee zu trinken.

Frauke genoss den Ruf, chaotisch veranlagt zu sein, und war mehr oder weniger das Gegenteil von Julia. Normalerweise prallten diese Lebensweisen selten direkt aufeinander, aber wenn, dann wirkte es sich meist einseitig auf die geordnete Lebensführung von Julia aus.

Nur das, so empfand es jedenfalls Frauke, tat Julia durchaus gut und förderte deren Spontanität und auch Kreativität. Daher kam Frauke zum Schluss, dass sie beide etwas davon hatten und sich ausgezeichnet ergänzten. Auch im Urlaub, den sie traditionell einmal im Jahr gemeinsam verbrachten.

Diese Tradition fußte auf dem bestandenen Schulabschluss, den sie mit einer Zugreise an die Nordsee gekrönt hatten. Es war ein einfacher Urlaub in einer Ferienwohnung gewesen, in dem sie es sich hatten nicht leisten können, im Restaurant essen zu gehen. Stattdessen hatten sie im Supermarkt eingekauft, in der kleinen Küche gekocht und dazu günstigen Wein getrunken. Dennoch blieb dieser Urlaub unvergesslich in Erinnerung, trotz der später unternommenen Flugreisen in den Mittelmeerraum oder den Touren in den Alpenregionen.

Nachdem Julia ihren Heiko und derzeitigen Ehemann kennengelernt hatte, hatten sie ihre Urlaubstradition nicht an die veränderte Lebenssituation von Julia angepasst. Vielmehr bekam ihre gemeinsame Zeit einen höheren Stellenwert, so dass sie unbeirrt daran festhielten.

Unbenommen ihrer Freundschaft besaßen sie jeweils einen eigenen Freundeskreis, der nur wenige Freunde als Schnittmenge ergab. Zudem begeisterte sich Julia für sportliche Aktivitäten, denen Frauke so gar nichts abgewinnen konnte.

Ungeachtet aller Unterschiede vereinte sie die Leidenschaft für das Wandern! Der Auslöser dafür fand sich genauso wie der Beginn ihrer Freundschaft in der Schulzeit wieder. Bei einem Ausflug mit der Klasse in die Lüneburger Heide, waren sie mehrere Stunden gewandert. Alle anderen hatten Wandern als *grässlich* abgetan, nur Julia und Frauke hatten ihre Passion entdeckt!

Daher gab es nie Unstimmigkeiten bei ihrer Urlaubsplanung, bei der auch ihren anderen Lieblingsaktivitäten Tribut gezollt wurde, wie Shoppen, Sightseeing und gut essen zu gehen.

In der Gewissheit, einer gut geplanten und mit großer Freude erwarteten Reise entgegenzusehen, entspannte Frauke nun vollends auf der Taxifahrt und sackte tiefer in ihren Sitz hinein. Sie schloss die Augen, gab sich dem sanften Schaukeln des Fahrzeuges hin und schlummerte untermalt von der Musik und dem leisen Gespräch von Wolf-Rüdiger und Julia ein.

Der Verkehr in der Nacht war derart spärlich, dass sie die hell erleuchteten Gebäude des Flughafens nach nicht einmal einer Stunde erreichten. Erst als Wolf-Rüdiger deutlich langsamer fuhr und das gemütliche Schaukeln ein Ende fand, wurde Frauke rechtzeitig wach, bevor sie an der Entladezone hielten.

Wolf-Rüdiger ließ den Motor laufen, während er die Koffer aus dem Auto hievte. »Ich wünsche euch einen sonnigen Urlaub. In zehn Tagen hole ich euch wieder ab. Dann seid ihr knackig braungebrannt und wunderbar erholt.« Verschmitzt lächelte er ihnen zu, als er einstieg und mit quietschenden Reifen abfuhr.

»Der hat es aber eilig«, sagte Frauke und blickte ihm hinterher.

»Unterwegs kam eine neue Fahrt herein.« Julia schnappte sich ihren Koffer. »Lass uns erst mal einen Kaffee trinken«, schlug sie vor, als sie in das Flughafengebäude hineinliefen.

Die große Halle betraten sie nicht zum ersten Mal in ihrem Leben, so dass sie zielsicher das Café ins Visier nahmen, das trotz der frühen Stunde gut besucht war. Sie beschlagnahmten einen freien Tisch und platzierten die Koffer an ihrer Seite. Frauke wühlte in ihrer Handtasche nach der Geldbörse. »Ich hole einen Latte Macchiato. Du auch?«

»Gerne.«

Während Frauke dem Tresen zustrebte, genoss Julia das Treiben auf dem Flughafen, dessen elektrisierende Atmosphäre sich auf sie übertrug. Vielen der Wartenden war die Vorfreude ins Gesicht geschrieben - obgleich der frühen Uhrzeit.

Nach wenigen Minuten kehrte Frauke zurück. »Ich habe ein kleines Frühstück mitgebracht.«

Sie stellte das Tablett ab, auf dem neben den zwei Latte Macchiato für jede eine dampfende Laugenbrezel lag, sowie zwei kühle Prosecco Döschen, an denen sich die Luftfeuchtigkeit in Form von kleinen Wassertröpfchen abschlug.

Julia schnappte sich einen Prosecco und mit einem wohlklingenden Zischen öffnete sie die Dose. »Jetzt fängt unser Urlaub an!«

Frauke zog nach und im nächsten Augenblick klatschten die Dosen dumpf aneinander. »Auf unseren Urlaub!«

Sie setzten an und keine Sekunde später sorgte die perlende Flüssigkeit für glänzende Augen.

Danach biss Frauke herzhaft in ihre Brezel hinein. Die groben Salzkörner knackten zwischen ihren Zähnen und lösten eine Welle der Zufriedenheit in ihr aus, denn Essen gehörte zu ihren Lieblingsbeschäftigungen! »Wie gut es uns geht«, meinte sie mit vollem Mund und streckte die Beine von sich. »Nur wir zwei alleine. Wie früher.« Sie gluckste gutgelaunt und verspeiste seelenruhig die Laugenbrezel. Mit dem Prosecco spülte sie nach und stellte wenig später überrascht fest, dass sich in der Dose nur noch eine Neige befand.

Julia stand lächelnd auf. »Bekanntlich steht es sich schlecht auf einem Bein. Ich hole eine zweite Runde.« Sie schnappte sich die leeren Dosen.

»Wie in alten Zeiten!«, rief Frauke ihr hinterher, denn in den jungen Jahren war es üblich gewesen, vor dem Start in das Nachtleben erst einmal zu Hause *vorzuglühen*. Das Geld war knapp gewesen und es hatte ihnen nichts ausgemacht, einen günstigen Sekt oder Rotwein von einem Discounter zu trinken.

Gegen einen Prosecco aus der Dose hatte Frauke unter diesen Umständen nichts einzuwenden und blickte Julia freudestrahlend entgegen, als sie mit dem Nachschub zurückkehrte.

DREI

Nach dem zweiten Prosecco blieben sie bei Kaffee und behielten von ihrem Platz aus das Boarding im Auge. »Heute Nacht ist mir das Aufstehen wirklich schwergefallen«, meinte Julia. »Heiko ist liegengeblieben und hat sich gleich wieder umgedreht. Am liebsten hätte ich mich bei ihm angekuschelt und weitergeschlafen.« Julia bemerkte Fraukes erstauntes Gesicht. »Ich schlafe auch gerne«, ergänzte sie.

»Und ich dachte, nur ich wäre eine Schlafmütze!«

»Quatsch.« Julia rührte den Kaffee mit einem Holzstäbchen um. Sie wusste, dass Frauke sie für einen nahezu perfekten Menschen hielt. Das stimmte aber nicht, begehrte es in ihr auf. Bloß war sie im Endeffekt gezwungen immer ein Stück vorbildlicher und besser organisiert als Frauke zu sein, um nicht mit in einen chaotischen Strudel hineingezogen zu werden. An manchen Tagen war Julia versucht, es einfach mal laufen zu lassen und abzuwarten, was passieren würde. Doch stets bot ihr eine innere Stimme Einhalt und sie war in ihr altes Verhaltensmuster der Kümmerin und Organisatorin zurückgefallen. Es gab Tage, da wünschte sie sich, aus diesem Schema auszubrechen. Aber nicht in dieser Situation.

Also wischte sie das Thema beiseite. »Und was macht dein Ralf? Wie verkraftet er es, nach nur wenigen Monaten Beziehung, zehn volle Tage auf dich zu verzichten?« Julia legte das Holzstäbchen beiseite und fixierte Frauke über den Rand der Kaffeetasse hinweg an.

»Das geht schon.« Frauke schaute unbeteiligt in die Gegend und wich ihrem Blick aus.

»Ich glaube, ich habe dich nicht genau verstanden.«

Frauke reagierte nicht auf ihre Worte.

Julia beugte sich nach vorne. »Habe ich in den letzten Tagen etwas verpasst? Du hast gar nichts erzählt.«

»Ist es erforderlich, jetzt darüber zu reden?« Frauke saß wie versteinert in dem harten Plastiksessel und suchte einen Ausweg aus dem Gespräch, zu dem sie gerade keine Lust verspürte.

»Vor uns liegen zehn Tage Urlaub«, erwiderte Julia gelassen. »Ich gehe stark davon aus, dass wir irgendwann Zeit finden, darüber zu sprechen. Was auch immer bei euch beiden los ist.«

Die Lautsprecheranlage schnarrte. »Frau Jasper und Frau Schlichter zum Boarding!«

»Damit sind wir gemeint.« Erleichtert sprang Frauke in die Höhe und schulterte den Rucksack.

Verwundert schüttelte Julia den Kopf, denn Frauke glaubte doch nicht im Ernst, dass das Thema damit abgehakt sei? Seufzend erhob sie sich, denn tief in ihrem Inneren ahnte sie bereits, wo der Hase im Feld begraben lag.

Sie schlängelten sich durch den schmalen Gang und wurden neugierig aus den Sitzreihen beäugt, bis sie ihre reservierten Plätze erreichten.

Julia nahm den mittleren Sitz der Reihe ein, wobei zu ihrer linken eine etwas ältere Frau saß und sie frei heraus anlächelte. Julia erwiderte das Lächeln und noch während sie sich anschnallte, suchte sie die Unterhaltung mit ihrer Nachbarin.

Frauke plumpste neben Julia in das weiche Polster und rutschte tiefer hinein. Sie schloss die Augen, damit sie den Pingpongball unter Kontrolle bekam, der von einer Seite ihres Gehirns auf die andere schoss und sie mit der Frage bombardierte, wie es um ihre Beziehung zu Ralf bestellt war.

Überraschenderweise hatte sie Julias Frage aus der Bahn geworfen. Eigentlich hätte ihre Antwort lauten sollen, dass alles bestens sei. Aber da ihr so gar keine Antwort über die Lippen gekommen war, stand glasklar fest, dass absolut nichts in Ordnung war.

Die rational denkende Seite von Frauke erfasste, dass sie der *Sache* auf den Grund gehen musste! Blöderweise stemmte sich der konfliktscheue Part von Frauke dagegen, vor allem weil ihre Urlaubsstimmung hochfuhr und ihr nicht der Sinn nach einer inneren Auseinandersetzung stand. Jetzt und schon gar nicht in den nächsten zehn Tagen, legte sie sich bereits fest.

Und was Frauke sich vornahm, setzte sie ausnahmslos um. Diese Entschlossenheit, an bestimmte Dinge heranzugehen, lag in ihrer Kindheit begründet. Im Alter von neun Jahren hatte sie ihren überraschten Eltern verkündet, dass Grübelei doch nichts bringe und sie stattdessen lieber jeden Tag so genießen wolle, wie er kam. Mit all seinen Höhen und Tiefen.

Dieser Bekanntgabe war ein Zerwürfnis mit ihrer damals besten Freundin Maren vorausgegangen. Diese hatte nämlich ihrer geliebten Barbiepuppe die Haare gestutzt und weder ihren Fehler eingesehen noch sich entschuldigt.

Frauke hatte lange darüber nachgedacht, weshalb Maren dieses Verhalten an den Tag gelegt hatte. Es hatte sie einige Zeit des ausführlichen Nachdenkens gekostet, um letzten Endes zu keinem greifbaren Resultat zu gelangen. Danach hatte sie den Entschluss gefasst, ihre Zeit nur noch mit Menschen zu verbringen, die sie ehrlich mochten und gut zu ihr waren.

Zwar verringerte sich durch diese Entscheidung die Größe ihres Freundeskreises um gut die Hälfte, aber seitdem ging es ihr viel besser und sie dachte weniger über andere und ihre *seltsamen* Verhaltensweisen nach.

In Bezug auf die Frage nach ihrer Beziehung zu Ralf kam es ihr nicht in den Sinn, zu hinterfragen, ob sie nicht diejenige war, die sich hierbei seltsam verhielt.

Somit fiel es ihr nicht schwer, nach dem Start des Flugzeugs die Augen zu schließen und zu entspannen. Vor ihrem inneren Auge erschien das Bild von Palmen, einem blauen Himmel, sowie einer für sie vorbereiteten Liege mit einem Beistelltisch, auf dem ein Cocktail wartete, getrunken zu werden.

Mit diesem Bild vor Augen schlief sie ein und wurde erst wieder wach, als Essensgerüche durch das Innere des Flugzeugs zogen. Die ersten Passagiere klappten in Erwartung der bevorstehenden Mahlzeit die Tische herunter.

Frauke lehnte sich weit aus der Sitzreihe in den Gang hinein und versuchte abzuschätzen, welche Stewardess sie zuerst erreichen würde.

»Ich könnte auch einen Happen vertragen,« erwähnte Julia, die sich eine Weile mit ihrer Nachbarin zur Linken unterhalten hatte.

Das muntere Gespräch über Hobbys, Reisen und Backen war am Schluss in eine Endlosschleife über die große Schar der Enkel der Frau übergegangen. Eine Zeitlang war Julia den Geschichten über Kindergeburtstage, erste Zähne sowie Kindergartenplätze gefolgt, doch irgendwann hatte sie das Gespräch auslaufen lassen.

Normalerweise vermied Julia eine derartige Unhöflichkeit und beendete ein Gespräch mit einer umgänglichen Ausrede. Nur diesmal hatte sie schlichtweg ihre Aufmerksamkeit von der Frau auf sich selbst gelenkt und in ihrem Kopf ein Zwiegespräch über die eigene Familienplanung begonnen.

Nun verhielt es sich nicht so, dass sie das Thema zum Ersten Mal mit voller Wucht traf. In den letzten Monaten beschäftigten sie diese Gedanken über die Maßen. Immer wieder wog sie das Für und Wider ab und wann der richtige Zeitpunkt gekommen sei.

Das sich stetig drehende Gedankenkarussell lastete auf ihr, denn es entsprach nicht ihrem Charakter, wichtige Lebensentscheidungen auf die lange Bank zu schieben. Es wurmte sie zutiefst und machte sie wütend, manchmal auch nur traurig.

Julia blickte Frauke an, die ungeduldig den Kopf in den Gang hineinreckte.

»Was ist los?«, fragte Frauke, nachdem sie Julias Blick gespürt hatte.

»Ach, nichts. Ich habe Hunger«, log sie.

Für Julia lag es auf der Hand, dass der Zeitpunkt mit Frauke darüber zu reden, gerade denkbar ungünstig war. Zum Einen wurde innerhalb der nächsten Minuten das Essen gereicht, zum Anderen wollte sie es nicht vor aller Welt ansprechen. Zwar hatte Julia ihre diesbezüglichen Gedanken gegenüber Frauke schon früher geäußert, aber nun beherrschte sie es auf eine lähmende Art und Weise, die ihr nicht behagte. Sie beschwichtigte ihre eigene Unruhe, indem sie den Plan schmiedete, in den anstehenden zehn Tagen einen günstigen Moment abzupassen.

Nach dem Essen erfüllte gespannte Vorfreude die Passagiere, denn ihr Urlaubsort rückte in greifbare Nähe. Als die langersehnte Lautsprecheransage erschall, jagte ein glückseliges Raunen durch die Sitzreihen.

»In Kürze erreichen wir den Flughafen Teneriffa Süd. Wenn Sie links aus dem Fenster blicken, sehen Sie dort den höchsten Berg Spaniens mit 3718 Metern. Auf dem *Pico del Teide* liegt noch Schnee. Der Anblick von Schnee dürfte Ihnen hinlänglich von zu Hause bekannt sein«, ulkte der Pilot und flog im selben Moment eine scharfe Linkskurve.

»Schnee brauche ich wirklich nicht mehr«, räumte Julia ein.

»Aber es sieht toll aus! Wie Puderzucker. Und wie schön die Spitze des Pico durch die Wolkenschichten hindurchsticht«, sprach sie begeistert weiter.

Frauke hielt ihr Smartphone parat, um ein paar Aufnahmen zu machen, auf denen allerdings die Gesichter von Julia und der Frau am Fenster mit abgelichtet wurden. »Das erste Mal auf Teneriffa!«

»Der Urlaub kann beginnen!«

VIER

Die Sonne wärmte ihnen das Gesicht, als sie auf dem Parkplatz vor dem Flughafen standen.

»Ist das nicht herrlich? In Deutschland sind wir eingepackt in einer Jacke losgeflogen und hier ist früh morgens schönstes Frühlingswetter! Ein Traum«, schwärmte Frauke, während sie die Sonnenbrille aus der Handtasche kramte, die sie vorsorglich eingesteckt hatte und sofort aufsetzte.

Julia schaltete ihr Handy ein. »Ich werde Heiko kurz anrufen und ihm sagen, dass wir gut gelandet sind.«

»Okay.« Frauke legte den Kopf in den Nacken und spürte eindringlich die warmen Sonnenstrahlen.

Julia stutzte. »Willst du Ralf nicht Bescheid geben?«

»Er ist heute Morgen zu einem Termin nach Berlin gefahren und ist den ganzen Tag auf einem Meeting.«

Julia schnappte hörbar nach Luft. »Das ist jetzt nicht dein Ernst, oder? Du kannst ihm doch wenigstens eine Nachricht schicken.«

»Ich melde mich heute Abend bei ihm.« Die Sonnenbrille verbarg ihre Augen und auch sonst was dahinter vorging.

Nach Fraukes ausweichender Antwort lag es für Julia auf der Hand, dass sie etwas verschwieg. Erst die Aktion am Flughafen in Deutschland und nun ihr erneutes Herumdrucksen. Sie setzte zu einer Erwiderung an, aber ihr Handy piepste, als es einen spanischen Anbieter gefunden hatte, so dass sie erst einmal bei Heiko anrufen wollte.

Während Julia mit ihm telefonierte, fuhr ein kleiner, weißer Bus vor, hinter dessen Frontscheibe ein Schild steckte, auf dem der Zielort ihres Hotels angegeben war.

Der Fahrer stieg aus, überprüfte die Hotelreservierung, die Frauke ihm entgegenhielt, nahm anschließend ihre Koffer und verstaute sie in der Ladeluke.

Währenddessen eilte Frauke vorweg in den Bus hinein, verfolgt von dem Unbehagen, wiederholt Julias Frage nach Ralf ausgewichen zu sein. Sie pustete sich eine Haarsträhne aus dem Gesicht und nahm die Sonnenbrille ab. Im Grunde ärgerte sie sich selbst, mit einer halbgaren *Sache* in den Urlaub gefahren zu sein.

»Frauke, wollen wir uns setzen?«, fragte Julia, die auf einmal hinter ihr stand.

Sie rutschten gerade noch rechtzeitig in die Reihe hinein, bevor der Bus ruckartig anfuhr. Danach vergaßen sie alles, was sie an die Heimat erinnerte oder was auf ihnen lastete, denn der Ausblick aus dem Fenster versetzte sie in beinahe kindliches Erstaunen.

Mit jedem Kilometer, den sie in Richtung Norden fuhren, begeisterte sie die Zunahme an Farbe in der Natur, wodurch die trockene, eher gelbliche Landschaft des Südens schon bald in einem satten Grün leuchtete.

Auf der Höhe von *La Laguna*, der ehemaligen Hauptstadt der Insel, fuhren sie überraschend in tief hängende Wolken hinein, die sich als Wassertröpfchen an den Scheiben des Busses niederschlugen. Dass der Norden durch die Passatwinde mit Wolken und Feuchtigkeit versorgt wurde, wussten sie aus ihrem Reiseführer, dennoch brachte sie der Anblick aus der Fassung.

»Das sieht nicht gut aus«, äußerte Frauke entgeistert und starrte aus dem Fenster. Ihre Laune trübte sich ein, im selben Maße wie das Tageslicht schwand.

»Auf jeden Fall ist es warm«, unternahm Julia einen halbherzigen Aufmunterungsversuch. Sie fragte sich, ob Teneriffa zurecht die Bezeichnung *ewige Frühlingsinsel* verdiente.

Doch innerhalb kürzester Zeit wurden sie eines Besseren belehrt, als die Wolken aufrissen und den Blick auf eine atemraubende Panoramaaussicht freigaben!

Rechts von ihnen fiel die Küstenlandschaft schroff ins blaue, funkelnde Meer ab, wogegen zu linker Hand üppig bewachsene Steilhänge zu Gefallen wussten.

»Wow«, raunte Frauke überwältigt, »das kurze Intermezzo mit den Wolken ist vorbei!«

»Das wäre etwas geworden, wenn wir mit vornehmer Blässe zurückgekehrt wären. Es hätte den Anschein gehabt, wir hätten statt auf Teneriffa an der Nordsee Urlaub gemacht.«

Wenig später folgte der Bus der Abfahrt nach *Santa Ursulá* und nach ein paar Minuten erreichten sie ihr Hotel an der Steilküste in der Nähe von *Puerto de la Cruz.*

Frauke öffnete die Tür zu ihrem Ferienappartement und stieß sie weit auf. Für einen Moment blendete sie das helle Licht, als sie im Eingangsbereich ihre Koffer abstellten.

»Ist das schön!«, juchzte Frauke laut, wonach sie einen Schritt in den Wohnbereich hineintat und die Inneneinrichtung bewunderte.

Neben einem Sofa, einem gläsernen Couchtisch und einer Essecke aus dunklem Holz, gab es eine imposante Holzkommode, deren Türen und Fächer mit Holzschnitzereien verziert waren. Der Holzfußboden leuchtete in einem warmen Braunton und wurde nur in der Essecke durch einen hellen Teppich unterbrochen.

»Lass uns auf den Balkon gehen. Ich bin gespannt auf die Aussicht.«

Gemeinsam zogen sie die blassgelben Vorhänge auseinander, öffneten die großen Schiebetüren und traten hinaus.

»Hammer!«, hauchte Frauke lediglich, weiterer Worte beraubt.

Julia stand neben ihr und sog im gleichen Maße den fantastischen Ausblick auf, der sich ihnen bot: Geradeaus zu, in großer Entfernung erhob sich der Pico del Teide, der weiß überzuckert und majestätisch erhaben von der Sonne angestrahlt wurde. Ebenfalls ein gutes Stück entfernt und tiefer gelegen als ihr Hotel, machten sie die Silhouette von Puerto de la Cruz aus. Die Luft war so rein, dass sie trotz der Distanz die Brandung an den Stränden der Stadt ausmachen konnten.

»Hier lässt es sich aushalten«, fasste Frauke ihren Eindruck zusammen und sank glückselig auf einen Balkonstuhl nieder.

Schweigend genossen sie die Aussicht, die ihnen unwirklich vorkam, nur ein paar Flugstunden von Deutschland entfernt.

Die Vögel in den Bäumen und Büschen sangen ihr morgendliches Konzert, untermalt von einem knurrenden Geräusch.

»Was war das denn?«, fragte Julia.

»Mein Magen. Das Frühstück im Flugzeug ist schon zu lange her. Wäre nicht schlecht, wenn wir etwas essen.«

FÜNF

Nach dem Frühstück packten sie ihre Koffer aus und Julia, die zuerst fertig war, studierte die Info-Mappe des Hotels, die auf dem Couchtisch lag.

»Es gibt einen kostenlosen Hotel-Bus, der nach Puerto fährt. Um zwölf Uhr fährt der nächste. Wollen wir das Baden im Pool verschieben und uns die Stadt ansehen?«

Frauke kehrte aus dem Bad zurück, wo sie ihre Kosmetiksachen verstaut hatte. »Ich bin ohnehin nicht so scharf aufs Baden. Der Winter war lang und die Weihnachtszeit mit den köstlichen Leckereien, den zahlreichen Feiern und Weihnachtsmarktbesuchen machen sich immer noch auf der Waage bemerkbar. Außerdem möchte ich meinen käseweißen Rettungsring nicht gleich am ersten Tag der Öffentlichkeit präsentieren. Das will ich niemandem zumuten!«

»Du tust gerade, als seist du übergewichtig.«

»Ich habe im Internet gelesen, dass Frauen mit einem normalen BMI aber einem dicken Oberbauch, die Tendenz zu Herz-Kreislauferkrankungen haben. Ich habe meinen Bauchumfang nachgemessen. Ich bin eindeutig gefährdet!«

Julia rollte mit den Augen. »Wenn du so weitermachst, entwickelst du dich zu einem Hypochonder.«

»Gar nicht wahr!«

»Doch! Und wenn wir noch länger rumtrödeln, ist der Bus weg.«

»Nicht ablenken, das diskutieren wir noch aus!«

Sie rafften ihre Sachen zusammen und verließen lachend das Appartement.

In Puerto angekommen, fuhren sie in eine Tiefgarage ein, in der weitere Hotel-Busse aus den verschiedensten Urlaubsorten hielten. Eine Rolltreppe brachte sie in das darüber befindliche Einkaufszentrum. Die kleinen Einkaufsläden wirkten verlockend, dennoch verließen sie zügig das Gebäude und standen draußen an einer Straße.

»Unglaublich«, staunte Julia. »Bei uns im Gartencenter bekommst du diese mickrigen Palmen und hier ist alles dreifach und vierfach so groß.«

»Wahnsinn«, pflichtete Frauke ihr bei. Sie genoss die Wärme auf ihrer Haut und den Rummel um sich herum. Ihr Glück wäre perfekt gewesen, wenn sie nicht jemand von der Seite angesprochen hätte.

»Hello!«

Frauke wandte sich dem jungen Mann zu, den sie auf höchstens fünfundzwanzig Jahre schätzte. Er war hochgewachsen und unter der Schirmmütze mit der Aufschrift *Loro Parque* lugten lange, blonde Haare hervor. Seine blauen Augen blickten ihr aus einem Allerweltsgesicht entgegen.

»Wie bitte?«, fragte Frauke höflich nach.

»Ah, Deutsche«, wechselte er in ihre Sprache. »Ich bin Benny!« Er entblößte seine Zähne, die alles andere als gepflegt aussahen. »Seid ihr das erste Mal auf Teneriffa? In welchem Hotel seid ihr?«

Weder Frauke noch Julia verspürten das Bedürfnis, diese Fragen zu beantworten.

Benny erwartete offensichtlich keine Antwort und sprach ohne Luft zu holen weiter. »Heute ist euer Glückstag! Ihr habt die unglaubliche Chance an einer Lotterie teilzunehmen. Jedes zehnte Los gewinnt!«, spulte er rasch seinen Text herunter und hielt ihnen einen Eimer mit bunten, zusammengerollten Papierstückchen unter die Nase.

Julia blickte ihn genervt an und wollte schon weitergehen, doch Fraukes Hand bewegte sich wie ferngesteuert auf den Eimer zu. Bevor Julia eingreifen konnte, hatte Frauke ein Los gezogen. Sie entrollte es und juchzte laut auf.

»Ich habe gewonnen! Ich habe fünfhundert Euro gewonnen!«

»Hey, gratuliere! Du bist heute die Erste, die den Top-Gewinn gezogen hat.« Benny grinste sie an, aber ein Blick auf Julias missbilligendes Gesicht, ließ ihn vorsichtiger werden. »Du bist ein Glückspilz«, fügte er dennoch hinzu.

»Frauke, lass uns weitergehen«, sprach Julia eindringlich auf sie ein.

»Was? Ich habe gewonnen! Ich gewinne doch sonst nie etwas.«

Bennys Gesicht gewann von Neuem an Zuversicht, denn er wusste, dass er seinen Fisch am Haken hatte. »Richtig, meine Dame. Sofort zugreifen und nicht zögern.«

Julia platzte der Kragen. »Sie sind sofort still! So eine Frechheit, meine Freundin übers Ohr hauen zu wollen.« Sie funkelte ihn wütend an und bearbeitete Frauke weiter. »Erinnerst du dich an die Reportage im Fernsehen?«

»Nein, ich weiß nicht, was du meinst.«

Julia zwang sich innerlich zur Ruhe, denn immerhin hatte sie jetzt die ungeteilte Aufmerksamkeit von Frauke. »Der Mann hier ist ein Betrüger übelster Sorte.«

»He!«, zischte Benny.

»Halt die Klappe!« Aufgebracht, warf Julia kleine Blitze in seine Richtung. Erst danach redete sie nachdrücklich auf Frauke ein. »Die versprechen dir Geld, aber als Gegenleistung musst du mit dem Taxi irgendwo hinfahren. Dann wirst du vollgequatscht und am Ende unterschreibst du einen dubiosen Vertrag, der dich im Laufe der Zeit mehrere tausend Euro kosten wird.«

»So ein Blödsinn!« Benny unternahm einen letzten Versuch, den Fehlschlag zu verhindern. »Das ist alles seriös. Meine Geschäftspartner befinden sich in einem Hotel weiter oben in den Bergen und das geht alles mit rechten Dingen zu.«

»Niemand verschenkt fünfhundert Euro«, entgegnete Julia drohend. Ihr eiskalter Blick hätte Wasser zu Eis gefrieren können.

Frauke stand versteinert zwischen ihnen, blickte von Julia zu Benny hin und her und überlegte. Instinktiv wusste sie, dass Julia recht hatte. Angesäuert zerknüllte sie das Los und warf es in den Eimer zurück. »Ich denke, es stimmt, was meine Freundin sagt. Niemand verschenkt einfach fünfhundert Euro«, grummelte sie zähneknirschend. Sie drehte sich um und marschierte davon. So schnell konnte Julia gar nicht schalten und musste sich sputen, sie einzuholen.

»Blöde Weiber!«, rief Benny ihnen laut nach.

Vorbeigehende Passanten blickten ihn erstaunt an.

Für einen Moment fiel seine Fassade und er schickte ihnen wüste Beschimpfungen hinterher. Als er neue Kundschaft herannahen sah, setzte er wieder seine freundliche Maske auf. Er empfing die nächsten Urlauber mit »Hello? German? English?«, und konzentrierte sich darauf, das nächste Opfer nicht entkommen zu lassen.

Julia und Frauke waren bereits etliche Meter entfernt und bekamen das Geschehen hinter sich nicht mehr mit.

Frauke stapfte missmutig vor sich hin, während Julia sie aus den Augenwinkeln beobachtete. In dieser Situation war Fingerspitzengefühl gefragt, das hatte sich in der Vergangenheit bewährt.

Sie liefen noch eine Weile wortlos nebeneinanderher, bis Frauke das Schweigen brach. »Ja, du hast recht gehabt.« Das Eingeständnis ging ihr schwer über die Lippen. Sie hasste es, wenn sie daneben lag.

Julia nickte nur, anstatt etwas zu sagen. Nach ein paar Sekunden knuffte sie ihr leicht in die Seite.

»Lass das!«, reagierte Frauke abwehrend. »Ich will mich noch etwas über meine eigene Dummheit ärgern.«

»Wozu? Das Wetter ist bombastisch, wir sind im Urlaub und der Vogel von vorhin kann uns gestohlen bleiben. Wir sind das perfekte Dreamteam! Eine passt auf die andere auf. Und jetzt bist du an der Reihe und sorgst für unser leibliches Wohl. Such uns ein Lokal, wo wir Kaffee trinken können«, verlangte Julia, wohlwissend, dass sie Frauke damit auf andere Gedanken bringen würde.

Frauke kam ihrem Wunsch nur zu gerne nach und ganz nebenbei erkundeten sie die Gassen von Puerto und bewunderten das ein oder andere schöne Haus der Altstadt. In einem kleinen Park entdeckten sie ein niedliches Lokal, das ihnen sofort zusagte. Dort bestellten sie zwei Kaffee.

»Ist das nicht ein reizender Platz? Eingerahmt von großen Palmen sitzen die Menschen im Schatten, essen und trinken und genießen die Mittagsstunde. So habe ich es mir vorgestellt«, schwärmte Frauke.

»Normalerweise säßen wir jetzt im Büro.« Julia schüttelte sich bei dem Gedanken. »Ich finde diese Alternative um Längen besser. Ich könnte mich glatt dran gewöhnen.« Sie seufzte zufrieden und streckte die Beine von sich, legte die Hände in den Nacken und blickte in den blauen Himmel. »Ein Traum.«

Nach einem weiteren Kaffee besannen sie sich darauf, dass sie Teneriffa nicht nur wegen des schönen Wetters und der reizvollen Umgebung ausgesucht hatten, sondern auch, weil sie planten Wanderungen über die Insel zu unternehmen. Also entfalteten sie eine Karte, legten diese auf den Tisch und beugten sich darüber.

»Morgen fangen wir erstmal mit dem Anaga-Gebirge an«, fasste Frauke das anstehende Vorhaben zusammen.

Im Vorfeld hatten sie das Internet durchforstet, welche Sehenswürdigkeiten es auf Teneriffa zu erwandern gab. Dabei waren sie auf der Homepage von *Doris´ Wanderclub* gelandet, einer ortsansässigen Anbieterin, die mit persönlichen Fotos und warmherzigen Worten für einzelne Touren warb. Noch vor Antritt der Reise hatten sie mit Doris, der Inhaberin, telefoniert und ihre erste Wanderung gebucht.

Doris´ sympathische Art hatte Julia und Frauke sofort in Begeisterung versetzt und war in einem überraschend langen Telefonat geendet. Dabei hatten sie erfahren, dass Doris, die aus Wiesbaden stammte, in der Zwischenzeit das ganze Jahr über auf Teneriffa lebte, in Vollzeit als Wanderführerin arbeitete und darüber hinaus den Wanderclub managte.

»Ich finde es mutig von Doris, das Leben in Deutschland aufzugeben und in ein anderes Land umzusiedeln, um dort Touristen über die Insel zu führen«, sprach Julia ihren Gedanken laut aus.

»Für mich käme das gar nicht in Frage«, ergänzte Frauke in dem Wissen, dass sie und Julia sich in diesem Punkt sehr ähnlich waren.

»Umso mehr bin ich auf Doris gespannt und was sie zu diesem Schritt bewogen hat. Wie sie Freunde und Familie hinter sich lassen konnte. Als das eben.«

»Es gibt Menschen, die sind dazu geboren, auszuziehen und die Welt zu erobern.«

»Und wir sind das Gegenteil. Wir leben gerne in unserer Geburtsstadt und halten nichts von derartigen Veränderungen.«

»Ist doch gut so, wie es ist. Wenn alle immer woanders leben wollten, wäre das ein Wahnsinnschaos auf der Welt.«

Julia lachte. »Das ist wohl wahr. Auf jeden Fall freue ich mich auf die erste Tour.«

»Laut Reiseführer besticht das Anaga-Gebirge durch seine überaus grüne Vegetation und die weitverbreiteten Lorbeerwälder. Außerdem soll es grandiose Aussichten geben, wenn wir den Nationalpark durchwandern. Hoffentlich klappt morgen die Anreise zum Startpunkt der Tour.«

»Nach der E-Mail von Doris sollen wir uns um neun Uhr an der Bushaltestelle an der Autobahn einfinden. Ungewöhnlich, eine Haltestelle an der Autobahn.«

»Ich bin gespannt, wie Doris so ist«, entgegnete Frauke. »Morgen finden wir es heraus.«

Nachdem sie die Wanderkarte zusammengefaltet hatten, aßen sie eine Kleinigkeit und bummelten im Anschluss durch die Stadt. Hierbei entdeckten sie den Busbahnhof, von dem aus die öffentlichen, grün-weißen TITSA-Busse in alle Richtungen der Insel abfuhren. Es war ein aufgeregter Trubel an den Bussteigen und neben vielen Spaniern waren etliche Touristen auszumachen, die Rucksäcke und Wanderkleidung trugen.

»Meine Schwägerin hat mir erzählt, dass die Einheimischen einen Wanderer als *mochila* bezeichnen«, bemerkte Julia.

»Mochila? Was soll das sein?«

»Mochila bedeutet Rucksack. Wir sind Rucksäcke«, lachte Julia. »Ich finde, das ist ein netter Spitzname. Für die Spanier muss es befremdlich wirken, dass die Deutschen freiwillig zu Fuß gehen und auch noch die Berge erklimmen.«

»Wenn man die Berge vor der Haustür hat, und es im Sommer total heiß wird, kann ich durchaus verstehen, dass das Interesse flöten gegangen ist.« Frauke für ihren Teil wanderte sehr gerne, allerdings am liebsten, wenn es nicht zu heiß oder zu kalt war, und zu anstrengend sollte es natürlich auch nicht sein. »Wollen wir für morgen Verpflegung einkaufen? Am Hotel-Busbahnhof war ein Supermarkt.«

Sie setzten den Vorschlag sogleich um und erstanden mehr als geplant, unter anderem Wein und etwas Käse für den Abend auf dem Balkon.

»Das mit dem Hotel-Bus ist echt praktisch«, sagte Frauke, die in jeder Hand eine schwere Einkaufstasche trug. »Wir werden direkt vorm Hotel rausgelassen. Keine lange Schlepperei.«

»Deine Freundin vom Reisebüro hat uns einen Supertipp mit dem Hotel gegeben. Und wenn nachher das Abendbuffet genauso lecker ist und mit großer Auswahl besticht, wie das Frühstücksbuffet, werden wir nach zehn Tagen kugelrund nach Hause fahren.«

»Oh je, meine Winterplauze wird noch größer werden!«, stöhnte Frauke.

»Wir sind im Urlaub und wollen keine Diät machen.«

»Du hast gut Reden! Du nimmst kein Gramm zu, egal wie viel du isst. Ich brauche Essen nur anzusehen und schon klebt es auf der Hüfte.«

»Vielleicht hast du vergessen, dass ich für diese Figur dreimal in der Woche Joggen gehe und zusätzlich Yoga mache,« erklärte Julia zum wiederholten Male, denn Frauke schien in diesem Punkt vergesslich zu sein.

»Das hatte ich verdrängt. Irgendwie fehlt mir dieses Sport-Gen.«

»Meiner Meinung nach bist du einfach nur zu faul.«

»So kann man das natürlich auch formulieren.«

»Und wenn wir uns nicht beeilen, verpassen wir den Bus.«

»Lauf du schon mal vor. Ich muss meine Kilos erst einmal in Bewegung setzen.«

Lachend erreichten sie den Bus und steckten beim Einsteigen den jungen Fahrer mit ihrer guten Laune an.

Nach dem Abendbuffet kehrten sie gesättigt auf ihr Zimmer zurück.

»Das war überaus lecker«, seufzte Frauke, nachdem sie sich bequeme Sachen übergezogen hatte.

Julia tat es ihr gleich und gemeinsam saßen sie auf dem Balkon. Auf dem kleinen Tisch stand eine Flasche Wein und sie blickten in die klare Nacht hinaus.

»Bei zehn Tagen Halbpension gewinne ich täglich ein Kilo Gewicht dazu,« stöhnte Frauke und hielt sich den vollen Bauch.

»Wobei wir wieder beim Thema wären«, schmunzelte Julia, die aber nicht vorhatte, das Gespräch dahingehend erneut aufleben zu lassen.

Ein zufriedenes Schweigen senkte sich auf sie herab, während in der Ferne die Lichter von Puerto de la Cruz funkelten.

Der warme, sonnige Tag, war einer sternenklaren und deutlich kühleren Nacht gewichen.

Trotz der vorangeschrittenen Stunde plante Julia einen Vorstoß, um Frauke bezüglich Ralf auf den Zahn zu fühlen. Bevor sie ihr Vorhaben in Angriff nahm, nippte sie einmal an ihrem Glas. »Da wir jetzt so gemütlich beisammensitzen, können wir uns in Ruhe unterhalten.«

Frauke hob abwartend die Augenbrauen in die Höhe. Sie ahnte bereits, worauf Julias Ankündigung abzielte.

»Du weichst mir aus, wenn es um Ralf geht«, leitete Julia das Thema ein.

Frauke seufzte langanhaltend und schwieg.

Julia atmete dreimal tief durch und zwang sich zur inneren Ruhe und Gelassenheit. Bei Frauke biss sie des Öfteren auf Granit. Dennoch wagte sie einen weiteren Versuch. »Läuft nicht so gut? Oder sollte ich sagen, es läuft nicht mehr?«

Sie erhielt ein nichtssagendes Achselzucken als Antwort.

Julias Geduld geriet ins Wanken. Um ein weiteres Abgleiten zu verhindern, suchte sie ihren geistigen Meditationsort auf.

In ihrer Vorstellung begab sie sich auf eine grüne Wiese, legte sich auf den Rücken und blickte in den blauen Himmel. Dabei betrachtete sie seelenruhig die Schäfchen-Wolken, wie sie an ihr vorbeizogen. Sie roch den Duft der Blumen, hörte das Summen der Bienen und spürte, wie ihr Körper weich und nachgiebig wurde.

Sie verweilte solange auf dieser Wiese, bis ihr Kopf von den vielen unbeantworteten Fragen befreit wurde. Anschließend beglückwünschte sie sich mit Einkehren des inneren Friedens, dass das *Stress lass nach Seminar* und die erlernten Techniken sich wunderbar auszahlten.

Seltsam fand Julia nur, dass sie diese Techniken meist bei Frauke anwenden musste. Bei der Arbeit war es nie nötig, aber enge Freundschaften, wie die mit Frauke, waren im Grunde nichts anderes als eine Beziehung, an der man immer arbeiten musste.

Nur manchmal war es eben klüger, nicht zu energisch bei Frauke nachzubohren, wie in dieser Situation, weil es zu keinem Ergebnis führte.

Also kehrte Julia in die reale Welt auf den Balkon zurück und war sich der vollen Anteilnahme von Frauke bewusst, die sie aus den Augenwinkeln beobachtete.

»Lass uns auf einen schönen Urlaub anstoßen,« lenkte Julia die Unterhaltung in eine unverfängliche Richtung.

Erleichtert griff Frauke nach ihrem Glas. »Auf einen wunderschönen Urlaub«, erwiderte sie und stieß mit ihr an.

Fraukes spürbares Aufatmen veranlasste Julia den Plan zu schmieden, sie bei nächster Gelegenheit mit einer großen Menge Wein abzufüllen und sie anschließend zur Rede zu stellen, wie es in ihrer Beziehung zu Ralf bestellt war.

Julia beglückwünschte sich für diesen Einfall und lächelte stillvergnügt vor sich hin.

SECHS

Nach dem Frühstück marschierten sie gut gestärkt in Richtung Autobahn los. Die Sonne strahlte von einem blauen Himmel herab und nichts konnte ihre gute Stimmung trüben. In einiger Entfernung kam ihnen eine Frau mit einem kleinen Hund entgegen. Je näher die Frau kam, desto mehr fiel ihnen auf, wie sie von ihr gemustert wurden. Selbst die kleine Promenadenmischung vergaß das Umherschnüffeln und starrte zu ihnen empor.

Julia und Frauke blickten sich grinsend an. Sie waren als *mochila* unterwegs; als der sprichwörtliche Rucksack. Passend dazu trugen sie Wanderstiefel, helle Wanderhosen sowie langärmlige Hemden. Von weitem sahen sie wie Zwillinge aus. Nur bei näherer Betrachtung lugten bei Frauke die braunen Haare hervor, die sie zu einem Pferdeschwanz zusammengebunden hatte und bei Julia sah man ansatzweise die kurzen blonden Haare.

Mit einem ansteckenden Lachen, das sich auf die näherkommende Frau übertrug, die ihnen ein angedeutetes Kopfnicken und das Heben der Mundwinkel entgegenbrachte, setzten sie ihren Weg fort.

Sie überquerten die Brücke, die die mehrspurige Autobahn überspannte und steuerten das Wartehäuschen an, das aus schwarzem Lavagestein erbaut worden war. Es mutete ihnen seltsam an, dass die Haltestelle direkt an der Autobahn lag. Allerdings hatte jemand bei der Planung bedacht, dem Bus eine eigene Spur zu geben. Daher standen sie etwas abseits des Straßenlärms und Frauke hörte ihr Handy piepen, als eine Nachricht einging.

»Von Ralf.« Sie las die Nachricht mit unbewegtem Gesicht und steckte das Handy anschließend wieder in die Tasche.

»Hast du ihn gestern Abend eigentlich noch angerufen? Warte!« Julia hob abwehrend die Hand, denn der Gesichtsausdruck von Frauke sprach Bände. »Hast du nicht! Und jetzt willst du ihm noch nicht einmal ein paar Worte schreiben? Ich bin sprachlos!«

Frauke presste mit einem Mal die Luft aus den Lungen und blickte angestrengt in die entgegengesetzte Richtung.

Darauf stapfte Julia empört mit dem Fuß auf, Meditationsort und Entspannungstechniken zum Trotz. »Wenn du ihm nicht wenigstens schreibst, dass wir gut angekommen sind, gehe ich auf der Stelle zurück ins Hotel.«

Frauke schluckte, denn Julia machte Drohungen dieser Art wahr und sie wollte auf keinen Fall alleine wandern gehen. »Schon gut. Ich schreibe ihm.«

Julia nickte zufrieden und überprüfte ihr eigenes Handy, ob Heiko sich gemeldet hatte. Enttäuscht stellte sie fest, dass dem nicht so war.

Frauke bemerkte ihren ernüchterten Gesichtsausdruck. »Ach, komm schon Julia. Heiko denkt mit jeder Faser seines Körpers an dich. Das weißt du doch. Schreib ihm! Er freut sich bestimmt.«

»Warum eigentlich nicht! Immerhin muss er arbeiten, während ich mich erhole.« Mit unglaublicher Geschwindigkeit schrieb sie die Zeilen, so dass sie ihre Nachricht noch vor Frauke versenden konnte.

»Irgendwann bekommst du Gicht in den Fingern«, stellte Frauke grinsend fest.

»Du bist doch nur neidisch, dass ich mit beiden Daumen tippen kann.«

»Ich lasse mir eben Zeit.«

»Aha.«

Ihr Wortgefecht endete, als ein Bus die Haltestelle anfuhr. Er kam zum Stehen und als die Tür aufging, blickte ihnen eine Frau in gespannter Erwartung entgegen.

»Hallo! Ich bin Doris.«

»Hallo Doris!«, grüßten Julia und Frauke gleichzeitig.

»Ihr seid wohl Zwillinge!«, unkte Doris bester Laune und entblößte blendend weiße Zähne. Ihre blauen Augen funkelten in dem sonnengebräunten Gesicht, das von schwarz gelocktem Haar eingerahmt wurde. Ihr darauffolgendes Lachen war nicht minder sympathisch, so dass Frauke und Julia auf Anhieb einstimmten.

Die herzliche Begrüßung wurde durch den Busfahrer unterbrochen, der etwas Unverständliches grummelte.

Doris gab den Eingang frei. »Wir sollten den Verkehr nicht weiter aufhalten. Steigt ein und ich bezahle für euch. Die Gruppe sitzt weiter hinten in den Sitzreihen verteilt. Ich gebe Bescheid, wenn wir aussteigen müssen.«

Julia und Frauke nahmen die Rucksäcke ab und schlängelten sich durch den Gang. Im Bus saßen in erster Linie Spanier, die sie nur kurz mit einem Blick streiften, ehe sie sich weiter unterhielten oder aus dem Fenster schauten. Sie fanden zwei freie Plätze, die sie in Beschlag nahmen, als der Bus seine Fahrt fortsetzte.

Julia beobachtete, wie schnell und sicher Doris durch den Gang nach hinten lief. Das Ruckeln des Busses schien ihr nicht das Geringste auszumachen, dabei war sie gut einen Kopf kleiner als sie selbst, aber ihr Körper wirkte kräftig und durchtrainiert. Doris´ Alter schätzte sie auf Anfang oder Mitte dreißig, also ungefähr so alt wie sie selbst.

»Wir fahren bis nach La Laguna und steigen dort in den nächsten Bus um. Also, bitte darauf achten, wenn ich aussteige, dann solltet ihr euch anschließen. Das dauert jetzt aber noch ein paar Stationen.« Nach der kurzen Ansprache rutschte Doris elegant auf einen freien Sitz.

Julia und Frauke lehnten sich entspannt zurück und betrachteten die an ihnen vorbeiziehende Landschaft. Der Frühling trieb Büsche und Bäume in einem satten Grün aus, in dem es als i-Tüpfelchen in wundervollen Farben blühte.

Bezaubernd, dachte Julia, als Kind hätte sie ihre Nase an der Scheibe plattgedrückt. Offenbar hatte das bereits jemand getan, stellte sie im selben Atemzug fest, als sie Abdrücke an der Fensterscheibe erspähte. Sie wusste, dass sie mitunter etwas pingelig war, was Hygiene betraf, trotzdem rückte sie mit gerümpfter Nase vom Fenster ab.

Nach einer Schleife über den Flughafen im Norden gab Doris das Signal, die Rucksäcke zu schultern und an der nächsten Station auszusteigen.

Der Bus hielt am Rande der Autobahn und eine Reihe von Fahrgästen stieg aus. Doris setzte sich an der Spitze in Bewegung und Julia zählte dreizehn Personen, die ihr folgten; sie eingeschlossen. Bei näherer Betrachtung fielen vier heraus, die zwar Taschen auf dem Rücken trugen, aber eher Studenten zu sein schienen, die zur Universität nach La Laguna eilten.

Also umfasste ihre Wandertruppe zehn Leute, abzüglich sie selbst, Frauke und Doris, blieben noch sieben neue Gesichter übrig. Eine Herausforderung, der sie sich gerne stellte. Für Julia übte es seit jeher einen großen Reiz aus, neue Bekanntschaften zu machen und durch Gespräche herauszufinden, wie diese Menschen ihr Leben meisterten und vor allem mit Rückschlägen umgingen.

Allerdings schloss sie nach wenigen Minuten die Familie aus, die mit ihren zwei pubertierenden Kindern deutlich Abstand zu den anderen hielt. Hier würde sie keine Zeit für eine Kontaktaufnahme verschwenden. Aus ihrer Erfahrung wusste sie, dass solche Menschen dazu neigten, unter sich zu bleiben.

Übrig blieben somit drei Personen, bei denen es sich ebenfalls um eine Familie handelte. Die Eltern wirkten sehr jung, gerade mal Ende zwanzig, vermutete Julia. Die kleine, süße Tochter war acht oder neun Jahre alt und war ihren Eltern wie aus dem Gesicht geschnitten.

Das Mädchen hatte Julias forschenden Blick aufgefangen und schaute sie neugierig an. Julia begrüßte sie mit einem kleinen Lächeln, das das Mädchen als Aufforderung begriff, sich ihr zu nähern. Dabei wippten ihre langen, dunkelblonden Zöpfe auf und ab.

»Hallo, ich bin Anja. Und wie heißt du?«

»Julia. Und das ist Frauke.«

»Hallo Anja«, begrüßte Frauke das Mädchen.

»Mama und Papa sind da hinten.« Anja warf den Kopf in ihre Richtung. »Wir machen Urlaub. Familienurlaub.« Sie lachte über das ganze Gesicht. »Und wo ist eure Familie?«, fragte sie unverblümt.

»Unsere Männer sind zu Hause«, entgegnete Julia leicht amüsiert, angesichts der direkten Frage. Es war das Privileg von Kindern, etwas auszusprechen, was Erwachsene in der Form nicht mehr taten, obwohl sie es genauso brennend interessierte.

Anja legte den Kopf in den Nacken, als sie zu Julia aufsah. »Ich dachte, ihr habt euch vielleicht gezankt.«

»Nein, alles in Ordnung.«

Anja verschränkte die Arme hinter dem Rücken und wurde ernst. »Mein Papa lässt meine Mama manchmal allein zu Hause, wenn er mit seinen Freunden weggeht. Mama findet das meistens nicht lustig, weil er spät und betrunken nach Hause kommt. Dann zanken sie sich immer. Das finde ich blöd«, ergänzte sie mit einer entwaffnenden Ehrlichkeit.

Julia und Frauke schlossen das Mädchen sofort in ihr Herz.

»Ab und zu streiten die Erwachsenen leider, das legt sich aber wieder.« Frauke versuchte, die Worte leicht und unbeschwert klingen zu lassen.

»Bei Linda fing das auch so an.«

»Wer ist Linda?«

»Meine beste Freundin«, gab Anja stolz zurück. Dann wurde ihre Stimme leise. »Jetzt ist sie mal bei ihrem Papa und mal bei ihrer Mama. Linda findet das ganz furchtbar und weint viel.« In den Augen des Mädchens spiegelten sich die kindliche Naivität und das langsame Verstehen wider, welche Konsequenzen es haben konnte, wenn Eltern sich nicht mehr vertrugen.

Julia musste schlucken, denn sie befürchtete, dass Anja häufiger einen Streit ihrer Eltern mitbekommen hatte.

Frauke sah zu Anjas Eltern hinüber, die Hand in Hand vor ihnen herliefen. »Sieh mal, deine Eltern haben sich doch lieb!«

Anja betrachtete sie eingehend und atmete kaum merklich durch. Frauke und Julia nahmen es erleichtert zur Kenntnis, trotzdem geisterte in ihren Köpfen die Tatsache herum, dass Anja nicht ohne Grund ihre Befürchtung ausgesprochen hatte.

Sie trafen als letzte bei der am Busbahnhof versammelten Wandertruppe ein. Anjas Eltern musterten neugierig die beiden Frauen, mit denen ihre Tochter innerhalb kürzester Zeit Freundschaft geschlossen hatte.

Julia begriff die fragenden Blicke und ging einen Schritt auf sie zu. »Hallo, ich bin Julia.« Sie reichte der jungen Mutter die Hand.

Etwas zögerlich streckte Anjas Mutter die Hand aus. »Ich bin Nadine und das ist mein Mann Martin,« erwiderte sie verhalten. Ihr Händedruck war kaum zu spüren.

Frauke dagegen schüttelte Nadine und Martin beherzt die Hand. »Ich bin Frauke.«

Martin lächelte gewinnend. »Anja hat euch bereits um den Finger gewickelt!«

Danach war das erste Eis gebrochen und die Erwachsenen kamen locker ins Gespräch. Sogar Nadine legte ihre Zurückhaltung ab und brachte sich aufgeschlossen mit ein.

Anja blieb eine Weile bei ihnen stehen und lauschte dem Erwachsenengespräch, bei dem sie nicht mitreden konnte. Nach ein paar Minuten beschloss sie, den Busbahnhof zu erkunden.

Weder ihre Eltern, noch Frauke oder Julia bemerkten es, denn ihre Unterhaltung spann sich munter weiter.

»Die dreißig haben wir längst überschritten«, lachte Martin. »Wir wurden schon immer jünger eingeschätzt. Wir haben gute Gene, was das Altern betrifft«, amüsierte er sich über Julias Frage, wie denn so *junge* Eltern, eine so *alte* Tochter haben können.

»Seid ihr das erste Mal auf Teneriffa?«, gab Frauke dem Gespräch eine andere Wendung.

»Das zweite Mal«, antwortete Nadine knapp.

Martin hingegen blühte regelrecht auf. »Wir haben uns vor zehn Jahren auf dieser Insel kennengelernt. Seitdem sind wir ein Paar. Niemand hat daran geglaubt, dass es viel mehr als ein Urlaubsflirt werden würde.« Er blickte Nadine verträumt an. »Und dann kam ein paar Monate später Anja zur Welt. Wir haben uns sozusagen ein Geschenk von der Insel mitgebracht.«

»Hut ab, jung zu heiraten und ein Kind zu bekommen! Das ändert bestimmt die ganze Lebensplanung. Ihr habt euch auf jeden Fall einen tollen Sonnenschein zum Geschenk gemacht.« Julia blickte Nadine an.

»Am Anfang war es schon hart. Ich wollte studieren und habe es dann aufgegeben. Na ja ...«, sie brach ab. »Anja ist ein tolles Kind. Ich kann mir mein Leben ohne sie gar nicht mehr vorstellen.«

Martin wandte sich Nadine zu. »Mein Engelchen, ich habe dir schon immer gesagt, dass ein Kind kein Hinderungsgrund ist zu studieren. Mit Hilfe deiner und meiner Eltern hätten wir das geschafft.«

Erstaunlich energisch wischte Nadine das Thema mit einer Handbewegung beiseite. »Nicht schon wieder! Wir brauchen nicht mehr darüber zu reden!«

Martins bislang entspanntes Gesicht nahm verhärtete Züge an.

Peinlich berührt verfolgten Frauke und Julia die Wendung der Unterhaltung. Glücklicherweise wurden sie von Doris aus der Situation gerettet.

»Dort kommt unser Bus. Ihr steigt ein und ich mache die Bezahlung beim Fahrer klar.«

»Wo ist Anja?«, fragte Nadine und blickte sich sorgenvoll um.

»Sie ist vorhin in Richtung der Bahnhofshalle gelaufen«, gab Doris den Tipp.

»Ich hole sie!« Martin rannte bereits los. Er atmete tief durch, um seine innere Anspannung loszuwerden. Er schrieb sich eine große Portion Geduld auf seine Fahne, allerdings trieb es Nadine manchmal bis auf die Spitze. In Momenten wie diesen fragte er sich, was bloß aus seiner Frau geworden war. Er vermisste die Nadine, die er vor zehn Jahren kennen- und liebengelernt hatte!

Kurz vor dem grauen Gebäude kam Anja wie eine Rakete auf ihn zugeschossen.

»Hier bin ich, Papa!«, rief sie übermütig und rannte lachend an ihm vorbei.

Ihre erfrischende Unbeschwertheit ließ sein Herz vor Freude schneller schlagen. Er drehte auf der Stelle um und versuchte sie einzuholen, aber ihre kurzen Beine trugen sie wie ein Wirbelwind in den Bus hinein.

Nachdem Martin als letzter zugestiegen war, trat der Busfahrer kräftig aufs Gaspedal. Die Vororte von La Laguna flogen nur so an ihnen vorbei und es gab selten einen längeren Blick auf Land und Leute zu genießen.

Schon bald wurden die Straßen enger und kurviger, zudem ging es steiler bergan und ihre Fahrt führte durch einen dichten Wald.

Frauke hatte zu Beginn der Fahrt versucht, ihren rechten Schuh enger zu schnüren. Nach ein paar Sekunden hatte sie es aufgegeben, denn sie befürchtete, im Bus umhergeschleudert zu werden.

»Je schneller er fährt, desto länger kann er Pause machen«, erklärte Doris die ruppige Fahrweise des Mannes.

Unvermittelt stieg der Busfahrer in die Eisen. Ein aufgeregtes Raunen jagte durch die Fahrgäste. Die ersten reckten die Hälse, um eine Erklärung für das Bremsmanöver zu finden.

Sie entdeckten in der schmalen Kurve einen Jeep, der ihnen den Weg versperrte. Beide Fahrzeuge kamen nicht aneinander vorbei. Ihr Busfahrer gestikulierte zu dem Geländewagen hinüber, damit er den Weg freigab.

Unterdessen erklang vorne im Bus ein deutsches Fluchen. Der Vater der anderen Familie aus ihrer Wandertruppe robbte auf dem Boden umher und suchte seine Sachen zusammen. Sein Rucksack hatte auf dem Boden gestanden und der Inhalt war quer durch den Bus nach vorne geschossen.

»Das kann er sich sparen, wir fahren gleich wieder an«, warnte Frauke, die beobachtete, wie der Jeep etwas zurücksetzte und ihnen die freie Fahrt ermöglichte.

Darauf trat der Busfahrer das Gaspedal tief durch. Abrupt beschleunigte das Fahrzeug, so dass die am Boden liegenden Sachen rückwärtig auf die Wandertruppe zuschossen. Am weitesten schaffte es ein grüner Apfel, der unter dem Sitz von Frauke bis nach hinten durchjagte und mit einem lauten Knall gegen eine Abdeckung krachte.

Niemand hatte Zeit, sich um den Apfel oder die anderen Gegenstände zu kümmern. Alle waren damit beschäftigt sich festzuhalten und einen Blick nach vorne zu werfen, ob als Nächstes eine Links- oder Rechtskurve folgte.

Nur Doris blieb gelassen und hielt sich locker mit einer Hand fest. »Daran gewöhnt man sich schnell und wenn es euch beruhigt: Es passieren hier erstaunlich wenig Unfälle.«

Aus heiterem Himmel bremste der Busfahrer auf einer Anhöhe bis zum Stillstand ab. Er öffnete die hintere Tür und warf einen Blick in den großen Rückspiegel.

»Aussteigen!« Doris schnappte sich ihren Rucksack und sprang schwungvoll über die zwei Stufen nach draußen.

Ihre Wandergäste staksten auf wackligen Beinen hinterher. Kaum, dass der Letzte den Fuß auf den Boden gesetzt hatte, schloss die Tür und der Bus sauste in eine Staubwolke gehüllt davon.

»Ist jemandem schlecht geworden? Keine größeren Verluste als einen Apfel?«, fragte Doris nach.

»Alles gut«, antwortete Frauke stellvertretend für alle.

»Das Schlimmste habt ihr für heute überstanden,« sagte Doris mit einem entschuldigenden Lächeln. »Wir haben jetzt einen circa dreistündigen Weg vor uns. Wir gehen nur bergab. Es ist eine leichte Tour, aber bitte passt auf, denn überall liegt lockeres Geröll herum und das ist manchmal sehr rutschig.« Sie ließ einen Blick über die Füße ihrer Gruppe wandern. »Wie ich sehe, seid ihr schuhtechnisch sehr gut ausgerüstet. Wer einen Wanderstock benötigt, kann sich einen bei mir ausleihen. Am Ende unserer Tour werden wir in einem kleinen Dorf bei Carlos einkehren. Dort gibt es sehr leckeren Ziegenkäse und Rotwein, wenn ihr mögt. Wenn ihr dann soweit seid, kann es losgehen.«

Zunächst liefen sie mehrere hundert Meter an der Straße entlang, ehe sie links, auf einen Schotterweg abbogen.

An jener Stelle begann die Wanderung mit einem grandiosen Anblick: Flankiert von mehreren Meter hohen Wänden, an denen sich ein Meer von Pflanzen mit lilafarbenen Blüten herunterrankte, versetzte sie die Szene in ein verzaubertes Erstaunen.

Doris lächelte zufrieden, denn bisher war noch jede Gruppe über dieses Bild begeistert gewesen, so dass die ruppige Fahrt mit dem Bus vergessen war.

Nachdem die Entzückung über das Naturschauspiel der Aufregung gewichen war, die Tour in Angriff zu nehmen, marschierten sie los und folgten dem Schotterweg, der zunächst etwas bergab verlief.

Zwar klammerte sich der morgendliche Nebel noch an den Hängen der tieferliegenden Täler, aber die kräftige Sonne über ihnen versprach ein baldiges Aufklaren und damit die freie Sicht auf die Landschaft.

Julia war etwas zurückgefallen und hoffte, Martin hätte Lust auf eine weitere Unterhaltung. Das Gespräch am Busbahnhof hatte sie nachdenklich gestimmt und sie wünschte sich, in Ruhe mit ihm reden zu können.

Martin zeigte sich über ihr Gesprächsangebot erfreut und zunächst unterhielten sie sich über alles Mögliche, was ihnen in den Sinn kam.

»Und ihr seid das zweite Mal auf Teneriffa?«, leitete Julia das Thema ein, das ihr keine Ruhe ließ.

»Ja. Wir sind mittlerweile finanziell so gut aufgestellt, dass wir uns das leisten können. Zu der Zeit als Nadine mit Anja schwanger war, habe ich noch studiert. Zwangsläufig schloss ich mein Studium in rekordverdächtiger Zeit ab. Glücklicherweise fand ich schnell eine Arbeitsstelle als Umweltingenieur.« Er stockte kurz bei der Erinnerung an die zurückliegende Zeit. »Wir konnten doch nicht immer unseren Eltern auf der Tasche liegen! Es war nicht einfach, aber ich denke, wir haben es geschafft«, erzählte er mit unterschwelligem Stolz.

»Ihr habt meinen ehrlichen Respekt«, brachte Julia zum Ausdruck. »Und Nadine hat ihr Studium aufgegeben? Was hat sie studiert?«

»Dasselbe wie ich. Wir haben uns in einer der Vorlesungen kennengelernt und sind damals mit einer großen Clique hierhergeflogen. Es war ein super Lastminute Angebot gewesen. Eigentlich hätten wir uns das nicht leisten können. Aber wenn ich so recht überlege, war das Hotel in Puerto eine echte Bruchbude und deshalb auch spottbillig gewesen. Mittlerweile ist es geschlossen. Wir sind gestern daran vorbeigelaufen.« Er schmunzelte in sich hinein. »Aber es war eine tolle Zeit.« Auf einmal huschte ein Schatten über sein Gesicht.

Julia bemerkte seinen Stimmungswechsel und wartete ab.

Martin hielt einen Moment inne und seine Schritte wurden langsamer, wobei sich seine Stirn zerfurchte. Überlegend schaute er Julia an, die seinen Blick gelassen erwiderte, ohne ihn zu bedrängen. Dann gab er sich einen Ruck und entschloss sich, weiterzuerzählen.

»Leider war Nadine nicht dazu zu bewegen, ihr Studium wieder aufzunehmen oder sich beruflich umzuorientieren. Ich habe auf sie eingeredet, aber es nützte nichts. Dabei hatte sie früher große Träume, was sie beruflich machen wollte, und jetzt hat sie gar kein Interesse mehr in dieser Richtung. Sie kümmert sich ausschließlich um Anja.« Er holte tief Luft. »Es verhielt sich so, dass ihre eigene Mutter sie früher bei den Omas und Opas untergebracht hatte, um Arbeiten zu gehen. Nadine wollte auf keinen Fall wie ihre Mutter werden.«

Schweigend gingen sie eine Weile nebeneinanderher.

Julia sammelte zunächst ihre Gedanken zusammen, ehe sie aussprach, was in ihr umging. »Ich kann Nadine verstehen, dass sie das Verhalten der eigenen Mutter geprägt hat. Aber die Zeiten haben sich geändert. Heutzutage ist es doch fast normal, dass die Kinder tagsüber betreut werden. Durch die Schule, Tagesmütter oder wem auch immer.«

»Mein Reden! Ich habe das alles mit ihr besprochen, aber es ist kein Durchkommen zu ihr.« Er blieb stehen und sah Julia geradeheraus an. »Anja ist schon sehr selbstständig. Außerdem geht sie auf eine Ganztagsschule und kommt erst am Nachmittag nach Hause. Irgendwann ist Anja aus dem Haus und ich mache mir Sorgen, ob Nadine nicht in ein tiefes Loch fällt. Sie ist so intelligent, und sie schöpft es nicht aus. Ich wünsche mir, dass sie sich überlegt, beruflich Fuß zu fassen und etwas Neues zu beginnen. Leider streiten wir uns deshalb öfters.« Etwas resigniert zuckte er mit den Schultern und ging weiter.

Julia folgte ihm nachdenklich, während er weitersprach.

»Der Urlaub war meine Idee. Ich verbinde damit die Hoffnung, dass er uns wieder näherbringt.« Martin hob den Kopf und seine Augen suchten Nadine, die sich angeregt mit Frauke unterhielt.

Julia folgte seinem Blick und in diesem Moment erklang Nadines helles Lachen, völlig gelöst, als ob es keinen Disput am Busbahnhof gegeben hatte.

»Ich drücke euch ganz fest die Daumen, dass ihr wieder zusammenfindet. Ihr beiden seht toll zusammen aus und ihr liebt euch doch immer noch«, meinte Julia überzeugt.

Martins Gesicht leuchtete auf. »Ich liebe sie über alles! Ich wünschte mir nur, dass sie ein klein wenig wie früher wird. Nicht nur auf Sicherheit bedacht. Einfach mal leben und etwas Verrücktes tun. Ausbrechen aus dem Trott.« Seine Stimme trübte sich ein. »Wenn es mir manchmal zu einengend wird, gehe ich mit meinen Kumpels aus. Das Ende vom Lied ist dann, dass wir uns streiten, wenn ich nach Hause komme.«

»Papa!« Anja stürmte auf ihn zu. »Ich will dir etwas zeigen!«

»Danke fürs Zuhören«, murmelte er und lächelte Julia mit traurigen Augen an. Aber als seine Tochter ungestüm an seiner Hand zerrte, strahlte er schon wieder übers ganze Gesicht.

Frauke ließ sich von der Spitze der Gruppe zurückfallen. Bei Julia angekommen, erzählte sie, wie wunderbar sie sich mit Nadine unterhalten hatte. Im Gegenzug berichtete Julia von ihrem Gespräch mit Martin. Die Eheprobleme der beiden, stimmten sie nachdenklich, aber der begeisterte Ausruf von Anja, schob jede Traurigkeit beiseite.

»Die Sonne kommt raus!«

Der zähe Nebel verflüchtigte sich und eröffnete ihnen in einer Biegung des Weges die fantastische Aussicht auf das vor ihnen liegende Tal. Sie machten kleine Bergdörfer aus, die durch schmale Straßen und Wege miteinander verbunden waren. Ganz weit hinten funkelte das Meer in einem satten Blau.

Stille senkte sich auf die Wandergruppe herab, die mit leuchtenden Augen das Bild aufsog und sich an der Landschaft satt sah. Erst danach wurden die Fotoapparate und Handys gezückt und alles für zu Hause festgehalten.

Trotzdem drängte Doris sanft, aber bestimmt zum Aufbruch, denn es lag noch ein weiter Weg vor ihnen.

Nach dem befestigten Schotterweg begann ein schmaler Trampelpfad, der sie in einen dichter werdenden Busch hineinführte, der sich zusehends zu einem urwüchsigen Wald entwickelte.

Nur selten vermochte die Sonne das Dickicht zu durchdringen und vermittelte den Eindruck eines verwunschenen Waldes, wie aus einem Märchen. Auf einer kleinen Lichtung tauchte überraschend eine Hütte auf.

Doris stoppte. »Das sind die Gärten von den Leuten aus den Dörfern. Sie kommen hierher und bauen Gemüse an. Die Wege, auf denen wir uns bewegen, wurden von ihnen angelegt. Meist trifft man in der Woche niemanden an, eher am Wochenende. Und leider sind es nur noch die Alten, denn den Jüngeren ist es zu beschwerlich.«

»Das kann ich verstehen! Im Supermarkt einzukaufen ist doch viel einfacher«, sagte Anja arglos.

Die Erwachsenen lachten, was Anja ärgerte.

Martin fuhr seiner Tochter über den Kopf. »Du hast recht. Keiner von uns will einen Berg hochkraxeln, wenn die Supermärkte es einem abnehmen.«

Zufrieden nahm Anja die Hand ihres Vaters und sie folgten den anderen, die nach wenigen Metern von dem grünen Gestrüpp verschluckt wurden.

Frauke verharrte an Ort und Stelle und betrachtete die kleine Hütte, die aus grobem Holz zusammengezimmert war und vor der Tomaten in Töpfen standen. Links neben der Hütte wuchsen Kräuter in einem Beet. Gerne hätte sie gewusst, was das für Menschen waren, die den Garten pflegten. In ihrer Vorstellung sah sie sich selbst, wie sie am Wochenende hier hochkam, in den Beeten arbeitete, mittags auf dem Holzschemel nahe der Tür saß, Ziegenkäse aß und Rotwein trank. Wie herrlich einfach das Leben sein konnte, dachte sie spontan.

»Träumst du?« Julia stupste sie leicht an.

Frauke kehrte unfreiwillig aus ihrem Tagtraum zurück und bemerkte, dass die anderen bereits außer Sichtweite waren.

»Ich könnte mich glatt in die Insel verlieben und ein einfaches Leben in den Bergen führen.«

»Eine Woche würde ich es auch aushalten. « Julia schmunzelte. »Aber ich weiß nicht, ob es hier oben fließend Wasser gibt. Baden wie zu Hause kannst du vergessen.«

Fraukes romantische Vorstellung vom einfachen Leben bröckelte.

»Außerdem«, fuhr Julia mit einem vergnügten Lächeln fort, »wachsen hier keine Chipstüten an den Bäumen, die du so gerne beim Fernsehen isst. Übrigens Fernsehen! Vermutlich gibt es in den Bergen keinen Empfang. Nebenbei bemerkt ist alles auf Spanisch.« Julia grinste breit.

»Du bist eine Spielverderberin!« Frauke war auf dem Boden der Tatsachen zurückgekehrt.

»Ich kenne dich zu gut! Eine Woche hältst du durch, dann willst du dein bequemes Leben in Deutschland zurück.«

»Wahrscheinlich würde es so kommen. Ich bin konsumtechnisch verdorben. Schlimm.« Frauke seufzte einmal, wenngleich auch nicht sonderlich schwermütig.

»Lass uns die anderen einholen!«, rief Julia und spurtete los.

Frauke setzte hinterher und lachend holten sie die Gruppe wieder ein.

Sie verließen den märchenhaften Waldweg und wanderten von nun an auf den Bergkämmen stetig talwärts. Weil der Pfad recht schmal und mit lockerem Geröll bedeckt war, konzentrierten sie sich auf das Heruntersteigen, so dass sich die Gespräche auf kurze Hinweise auf vorausliegende Stolperstellen beschränkten.

Sie kamen gut voran und allmählich wurde der staubige Weg flacher. Die zuvor karge Landschaft ergrünte und bestach zunehmend durch große Palmen und üppige Büsche. Kurz vor dem Dorf plätscherte Wasser in einem kleinen Bach.

Julia bedauerte ein wenig, dass das Ziel fast erreicht war und dementsprechend die Chancen auf ein weiteres Gespräch mit Martin gegen Null sanken. Ihre Unterhaltung am Anfang der Tour hatte sie innerlich in eine für sie unbekannte Ruhelosigkeit versetzt. Sie grübelte darüber nach, was sie derart beschäftigte, fand dennoch keine Erklärung für ihre Verfassung.

Etwas verstimmt schob sie die Gedanken beiseite, die aus ihrer Sicht zu nichts führten, außer dazu, dass sie die Tour nicht bis zum Ende in vollen Zügen genießen konnte.

Als sie die ersten Häuser des kleinen Dorfes erreichten, begegneten sie niemandem außer einer braunen Katze, die die Vorgärten durchstreifte. Kaum, dass sie das Trappeln der Wanderstiefel bemerkt hatte, suchte sie das Weite.

Doris durchquerte zielstrebig die kleinen Gassen, bis sie vor einem kleinen Gebäude, bei dem Fenster und Türen geschlossen waren, anhielt. »Carlos schläft wohl noch«, murmelte sie so laut, dass es für die Umherstehenden zu hören war. »Ich gehe ihn holen.«

Während Doris hinter dem Haus verschwand, verteilte sich die Wandergruppe auf die langen Bänke, die vor dem Haus standen. Frauke und Julia nahmen an einem Tisch Platz, an dem ein großer Sonnenschirm Schatten spendete.

»Ganz schön warm. Ich vergesse immer, dass wir fast auf Höhe des Äquators sind«, bemerkte Frauke.

Anja gesellte sich zu den beiden. »Guckt mal«, sagte sie und wies auf einen Pfad, der sich oberhalb des Dorfes wie eine Schlange hinabwand. »Da kommt ein Mann. Ob das Carlos ist?«

Trotz der Entfernung stellten sie fest, dass der Mann einen grauen Anzug sowie einen dunklen Hut trug. Er sah für die abgelegene Gegend sehr elegant aus.

Doris kehrte zurück und bekam den letzten Teil des Wortwechsels mit. »Das ist nicht Carlos. Den habe ich gerade geweckt. Er war gestern auf einer Feier und hat einen über den Durst getrunken. Der Mann dort hinten hat uns vermutlich gesehen und weiß, dass Carlos gleich seine Bar öffnet. Das ist eine willkommene Abwechslung.«

In diesem Augenblick schwang das große Tor hinter ihnen quietschend auf. Zum Vorschein kam ein Raum, der mit Licht geflutet wurde. Ein kleiner, braungebrannter Mann hakte das Tor an der Wand fest und bewegte sich langsam hinter den Tresen.

Julia und Frauke folgten Doris in das kleine Gebäude hinein und staunten nicht schlecht, denn von innen betrachtet kam es ihnen außerordentlich geräumig vor. Getoppt wurde dieser Eindruck durch den Anblick der hölzernen Regale, die an den Wänden in die Höhe schossen und auf denen Flaschen verschiedenster Größe, Form und Farbe aufgereiht waren.

Frauke nahm einige der Flaschen in Augenschein, die aus aller Herren Länder stammten. Auf den Etiketten entzifferte sie, dass sie einst mit Rum, Gin, Whisky oder Wodka gefüllt waren. Die dicke Staubschicht auf den Flaschen verriet aber auch, dass sie lediglich der Dekoration dienten.

Die Theke, hinter der Carlos geschlurft war, bestand aus einem schlichten Holzbrett, übersäht mit Flüssigkeitsrändern von abgestellten Gläsern.

Während die Wandergruppe die sagenhafte Flaschensammlung bestaunte und diskutierte, betrat der mit dem grauen Anzug bekleidete Mann den Raum. Die anwesenden Touristen ignorierte er komplett, dafür nahm er den Hut ab und nickte Carlos zu, der ein Glas von dem Regalbrett hinter sich nahm, es dem Mann auf den Tresen stellte und ihm aus der Flasche einschenkte, die dort stand.

Die bernsteinfarbene Flüssigkeit verschwand in einem Zug in der durstigen Kehle des Mannes. Zufrieden wischte er sich

über den Mund und stellte das Glas ab, das Carlos erneut auf-
füllte. Daraufhin schenkte er sich selbst ein, stieß mit dem
Mann an und trank.

Doris hatte das Schauspiel beobachtet und seufzte einmal
tief. Anschließend übertönte sie das Gemurmel ihrer Wandergruppe. »Ihr sagt mir jetzt, was ihr haben wollt, und ich be-
stelle bei Carlos.«

»Wir nehmen zwei Rotwein und einmal den Ziegenkäse«,
orderte Julia bei ihr, als sie an der Reihe war.

Doris übersetzte für Carlos, der nur langsam in Bewegung
kam, um die Bestellung fertigzumachen. Dabei hatte er für die
Vorherigen schon eine halbe Ewigkeit gebraucht.

Doris warf verstohlen einen Blick auf die Uhr, denn sie
musste ihre Zeitplanung im Auge behalten. Kurzentschlossen
schob sie sich zu Carlos hinter den Tresen, der es offenbar
gewohnt war, dass er Hilfe bekam.

Als Julias Bestellung fertig war, reichte Doris ihr zwei Gläser Rotwein. »Den Ziegenkäse bringe ich euch raus.«

Draußen, im Tageslicht inspizierte Julia ihr Weinglas,
stutzte und sah ein zweites Mal genauer hin. »An meinem Glas
sind Reste von Lippenstift und Schimmel.«

»Zeig mal her!« Frauke betrachtete es eingehend. »Du hast
recht. Aber wenn du es um neunzig Grad drehst, ist es sauber.
Im Übrigen hat Rotwein eine desinfizierende Wirkung und
tötet alle Keime ab.«

Julia fand ihre Ausführung nicht überzeugend, dennoch
wollte sie sich nicht zu sehr anstellen, denn Frauke hielt ihr
des Öfteren vor, dass sie viel zu pingelig sei. Widerstrebend
sprang sie über ihren eigenen Schatten, drehte das Glas um
die empfohlenen neunzig Grad und nahm einen Schluck.
»Der schmeckt gut. Und ich habe auch den Verdacht, dass der
alle Keime abtötet«, zeigte sie sich tapfer.

»Ich bin sehr stolz auf dich.«

»Hm.«

Wenig später brachte Doris den Ziegenkäse und Frauke griff beherzt zu. Endlich konnte sie ihrer Lieblingsbeschäftigung frönen. Der Rotwein rundete das Geschmackserlebnis ab. »Leider ist das Glas ziemlich klein.« Betrübt fischte sie mit der Zunge die letzten Tropfen heraus.

»Ich hole uns noch eins«, schlug Julia vor und erhob sich.

Frauke lehnte sich zurück, schloss die Augen und spürte ihren gesättigten Magen und die himmlischen Aromen, die auf ihrer Zunge kribbelten.

»Wo sind eigentlich die Ziegen?«, wollte Anja wissen, die sich unbemerkt herangeschlichen hatte.

Frauke schlug die Augen auf und blickte in das neugierige Gesicht des Mädchens. »Gute Frage. Ich habe bislang noch keine gesehen. Wir sollten ab jetzt Ausschau nach ihnen halten.«

»Wonach wollt ihr Ausschau halten?«, fragte Julia, die mit der Bestellung zurückkam.

»Nach Ziegen,« antwortete Anja, die bereits die Berghänge nach den Tieren absuchte.

»Ach so«, erwiderte Julia lächelnd. »Wie lange seid ihr eigentlich noch hier?«

»Bei Carlos?« Geistesabwesend blickte Anja Julia an.

»Nein, ich meine auf Teneriffa.«

»Weiß nicht.« Das Mädchen überlegte. »Aber Mama und Papa haben gestern Abend im Hotel gesagt, dass sie es hier nicht mehr länger aushalten.«

Julia und Frauke zuckten zusammen. Hatten sich Anjas Eltern derart zerstritten, dass sie abreisen wollten?

»Was ist passiert?«, fragte Julia behutsam nach.

»Es ist so laut bei uns im Hotel«, antwortete Anja. »Abends schlafe ich bei Mama und Papa mit im Bett. Auf dem Flur ist Krach. Und sie singen und schreien. Das macht mir Angst.«

»Was ist das für ein Hotel! Hört sich nach einer billigen Absteige an«, rutschte es Frauke unbedacht heraus.

»Das hat Papa auch gesagt. Mit der Frau vom Reiseveranstalter haben sie sich deswegen gezankt. Aber wir müssen im Hotel bleiben. Wir dürfen in kein anderes.«

»Unseres wäre ideal für euch. Schön ruhig, auch abends und mit einem Pool«, meinte Julia.

»Pool? Klasse!«

»Was zieht ihr denn für lange Gesichter?« Doris hatte dem Nachbartisch das Essen gebracht und dabei die gedrückte Stimmung bei den Dreien bemerkt.

»Das Hotel von Anja und ihren Eltern ist nicht so der Hit«, fasste Frauke zusammen.

»Man kann echt Pech haben. Schade.« Doris schüttelte kurz ihren Kopf und die schwarzen Löckchen flogen hin und her. »Aber jetzt zu etwas anderem. Ich möchte abkassieren. Zunächst die Tourabrechnung. Essen und Getränke zahlt ihr drinnen am Tresen.«

»Ich bezahle die Tour für Frauke und mich«, reagierte Julia als erste. »Müssen wir jetzt alles wieder zurücklaufen?«, fragte sie, während sie Doris die Geldscheine reichte.

»In einer guten halben Stunde kommt der Bus, mit dem wir zurückfahren. Mit dem Ziegenkäse und dem Wein im Bauch läuft es sich schlecht.« Ihre Augen blitzten vergnügt.

»Vor allem bei Julia muss man aufpassen. Zwei Rotwein und das zur Mittagszeit! Das haut sie fast um«, kicherte Frauke.

»Mach dich mal lustig! Wenn das so weitergeht, werde ich anfangen, fröhliche Lieder zu singen«, gab sie zurück.

»Singen tun wir höchstens auf der Tour mit anschließender Weinprobe.« Doris zwinkerte verschmitzt. »Ansonsten lassen wir das deutsche Liedgut dort, wo es hingehört - in die Alpen oder in die deutschen Mittelgebirge.« Sie lachte und wandte sich anschließend an den Rest der Gruppe. »Nachdem Carlos sich wieder hingelegt hat, dürft ihr bei mir eure Rechnung für die Bewirtung begleichen. Übrigens nimmt Carlos trotz seiner Unpässlichkeit Trinkgeld entgegen.«

»Das übernehme ich«, beschloss Frauke und lief auf den Eingang der Bar zu.

In diesem Augenblick kam ihr der Mann im grauen Anzug entgegen, der sich auf den Nachhauseweg machte. Er sah sie aus seinen dunklen Augen an und nickte ihr angedeutet zu, wobei ein feines Lächeln seinen Mund umspielte.

Frauke fühlte sich über die Maßen angenehm berührt. Zum einen war der Mann trotz seines Alters wirklich attraktiv, zum anderen besaß er eine fantastische Ausstrahlung von Ruhe und Gelassenheit, die ihr im Alltagsleben mitunter fehlte. »Ich werde versuchen, diese Ruhe und Gelassenheit mit nach Hause zu nehmen«, schwor sie sich selbst ein.

»Das ist eine sehr gute Idee! Mit Ruhe und Gelassenheit werde ich dein Geld entgegennehmen«, antwortete Doris, die nach ihrer Ansprache draußen, bereits hinter dem Tresen auf die zahlungskräftige Kundschaft wartete.

Frauke lächelte zugeknöpft infolge der Erkenntnis, dass sie zum wiederholten Male bei einem ihrer Selbstgespräche aufgeflogen war.

Die verstaubte, aber rundherum zufriedene Wandergruppe bestieg den wartenden Bus, der anschließend mit einem gemächlichen Tempo loszuckelte.

Der Fahrer legte keine Eile an den Tag und vor jeder Kurve, die er in den Serpentinen anfuhr, hupte er mehrmals laut und durchdringend. Jedes entgegenkommende Fahrzeug wurde damit gewarnt.

Anja hatte sich ganz vorne in die erste Reihe beim Fahrer gesetzt und beobachtete gebannt seine Fahrkünste. Jedes Mal, wenn er hupte, lachte sie vergnügt auf. Der Fahrer, ein junger Spanier, schien Gefallen daran zu finden und tat es ein - oder zweimal mehr als nötig.

Als der Wald lichter wurde, stand Anja aufgeregt auf, zeigte mit dem Finger nach draußen und rief: »Da! Eine Ziege! Da kommt der Ziegenkäse her!« Sie sah sich um und suchte den Blick von Frauke.

»Eine Ziege wird wohl kaum reichen, um die Mengen an Käse herzustellen, die bei Carlos verdrückt werden«, flüsterte Julia Frauke zu.

»Wahrscheinlich nicht.« Dennoch hob sie den Daumen und lächelte Anja bestätigend zu.

Auf ihrer weiteren Fahrt durchquerten sie eine Reihe von kleineren Orten, bis sie in einem dieser Dörfer langsamer wurden und der Fahrer auf ein kleines Café am Straßenrand zusteuerte. An einem Tisch saßen drei Männer, von denen sich einer beim Anblick des Busses erhob und winkte. Daraufhin stoppten sie mitten auf der Straße.

Frauke verfolgte, wie die drei Männer das Café verließen und schleppend auf den Bus zukamen. Zwei von den dreien liefen gebückt und stützten sich dabei auf ihrem Stock ab.

Der Busfahrer öffnete die Tür und plauderte lautstark mit dem jüngeren Mann. Bei näherer Betrachtung schätzte Frauke ihn allerdings auch schon deutlich älter als sechzig Jahre.

Blitzschnell erfasste Anja die Situation und räumte ihren Sitzplatz, als die beiden älteren Männer mühevoll die wenigen Stufen erklommen.

Der jüngste der drei stieg nicht zu, sondern hob zum Abschied die Hand. Der Busfahrer beschleunigte, während auf der Stelle ein lebhaftes Gespräch zwischen ihm und den zugestiegenen Männern einsetzte.

Frauke lauschte einen Augenblick der weithin hörbaren Unterhaltung. »Es klingt, als ob sie sich fortwährend streiten würden«, überlegte sie laut.

»Das täuscht. Spanier reden im Allgemeinen sehr geräuschvoll und meist geht es um nichts Weltbewegendes«, erklärte Doris.

»Darf ich dich mal etwas Persönliches fragen?«, überging Julia das vorangegangene Gespräch.

»Kommt darauf an, worum es geht.«

»Zunächst wollte ich dir sagen, dass deine Tour heute spitze war! Wir haben eine Menge gesehen und erlebt. Vielen Dank dafür.«

Julias Vorgehensweise, sich bei heiklen Themen immer zuerst von einer unverfänglichen Seite heranzutasten, entsprach nicht der direkten Art von Frauke. Weshalb einen Umweg wählen, wenn man geradlinig an die Information gelangen konnte, lautete Fraukes Devise. Gespannt erwartete sie die Reaktion von Doris, wie sie es mit der von Julia gewählten Strategie halten würde.

»Ihr habt für die Tour bezahlt und dafür sollte euch natürlich etwas geboten werden«, erwiderte Doris. »Aber das war nicht das, was du eigentlich wissen wolltest, oder?«

Julia zögerte nun keinen Moment mehr. »Ich bin neugierig, wie man seine Verbindungen in Deutschland abbrechen und komplett bei null ein neues Leben aufbauen kann.«

»Und was ist jetzt dein eigentliches Anliegen?« Doris erweckte den Anschein über Julias Fragetechnik amüsiert zu sein.

»Weshalb? Ich meine, wie macht man das? Hast du keine Bedenken gehabt, es hätte schiefgehen können? Was hat deine Familie gesagt? Was ist mit deinem Mann?«, sprudelte es aus ihr hervor wie ein Wasserfall.

Beruhigend legte Doris die Hand auf ihren Arm. »Das sind aber viele Fragen auf einmal. Mal sehen, welche ich dir davon beantworten kann.« Sie überlegte einen Moment. »Begonnen hat es vor einigen Jahren, als ich mit meinem damaligen Mann hier Urlaub gemacht habe.« Doris bemerkte den betroffenen Gesichtsausdruck von Julia. »Zieh nicht so ein Gesicht. Du hast doch bestimmt auch ein paar Ex-Lover! Das ist nun mal der Lauf der Dinge.«

»Die Zeit hat sie bereits ausgeblendet«, warf Frauke rasch ein. »Aber erzähl doch bitte weiter. Ich bin auch neugierig.«

»Nun gut.« Doris blickte in die gespannten Gesichter der beiden. »Mein damaliger Mann und ich sind zum Wandern hergekommen. Dabei unternahmen wir Touren mit diesem Wanderclub, den damals Franz leitete. Er plante, das Tourenangebot zu erweitern, und suchte daher Gleichgesinnte, die Wanderungen über die Insel führen wollten.«

Doris lächelte über das ganze Gesicht. »Wir haben uns mit Franz auf Anhieb gut verstanden und waren gemeinsam auf vielen Wanderungen unterwegs. Da keimte in mir die Idee auf, aus meinem bisherigen Leben auszusteigen und ganz neu anzufangen. Wir brauchten allerdings einen zweiten Urlaub auf der Insel, um uns zu vergewissern, dass es sich immer noch fantastisch anfühlte hier zu sein und für die Zukunft zu planen.«

Doris blickte zwischen Julia und Frauke hin und her, die gespannt an ihren Lippen hingen. »Im Grunde passte alles zusammen: die Begeisterung fürs Wandern sowie die Freude, neue Menschen kennenzulernen, ausgeschmückt durch diese wundervolle Natur. Meine Sprachkenntnisse in Englisch und Spanisch versetzten mich zudem in die Lage, nicht völlig panisch bei der Aussicht zu werden, alle Zelte in Deutschland abzubrechen und meinen Bürojob gegen die Arbeit auf dieser traumhaften Insel zu tauschen. Man spielt gerne mit dem Gedanken, aber es in die Tat umzusetzen, bedeutet dennoch den Aufbruch in eine ungewisse Zukunft. Mein Ex-Mann gab den Ausschlag, denn er war seit jeher spontaner gewesen. Er sagte als Erster zu und zog mich mit. Und als der Zeitpunkt für Franz kam, in den Ruhestand zu wechseln, war es ein unglaubliches Angebot, den Wanderclub zu übernehmen.«

Doris räusperte sich und blickte aus dem Fenster, wenngleich sie die vorbeiziehende Landschaft gar nicht wahrnahm.

Julia und Frauke schwiegen nach wie vor, weil sie spürten, dass sie sonst Doris´ Redefluss stören würden.

»Am Anfang waren wir hellauf begeistert«, fuhr Doris fort. »Es machte wahnsinnig viel Spaß, wir lernten in Windeseile Land und Leute kennen und führten mit Vergnügen die Gäste umher. Wir waren jeden Tag unterwegs und bedauerten die

Menschen in Deutschland, die im Winter froren und den Frühling herbeisehnten, während wir ganzjährig die Sonne und die angenehmen Temperaturen genossen.«

Ihr Blick kehrte zurück. »Aber irgendwann vermisst man eben doch die Familie und die Freunde.« Sie seufzte unüberhörbar. »Darüber hinaus vermisse ich das heimische Essen! Über Weihnachten und Silvester fliege ich immer nach Deutschland und lasse mich von der Familie verwöhnen.«

»Und was ist aus dem Ex geworden?«, wollte Julia wissen. Diese Frage schwirrte ihr jetzt lange genug im Kopf umher und wollte beantwortet werden.

»Er hat es nicht allzu lange ausgehalten, dann musste etwas Neues her. So war er eben – sprunghaft. Er ist zurück nach Deutschland und ich blieb. Ich habe die Entscheidung nie bereut.« Doris sah Julia an. »Soweit alle Fragen beantwortet?«

»Ich wollte nicht zu neugierig sein«, wich Julia zurück.

»Das ist schon okay. Meistens fragt gar keiner. Eigentlich schade«, schmunzelte Doris.

»Bist du mit deinem Ex freundschaftlich auseinandergegangen?«

»Wir haben Doris genug ausgequetscht«, bemerkte Julia.

»Ach, jetzt wo deine Fragen beantwortet sind, darf ich keine stellen?«, konterte Frauke.

»Ich will dir nicht den Mund verbieten.«

»Hast du aber irgendwie.«

»Meine Güte«, warf Doris lachend ein, »ihr seid fast wie ein altes Ehepaar!« Sie wurde wieder ernst. »Wir haben uns damals im Guten getrennt. Es hat zwischen uns nicht mehr gepasst und das ist uns auf Teneriffa klargeworden. Ich bin also nicht traurig, dass es so gekommen ist.«

»Und jetzt hast du einen aufregenden spanischen Mann?«

»Ich sage dir«, ächzte Doris, »die spanischen Männer sind ein anderes Kaliber. Jetzt aber Schluss mit dem Verhör, sonst muss ich dafür eine Extragebühr berechnen.«

»Das kann teuer werden! Frauke, du bist jetzt ruhig«, bat Julia ihre Freundin mit einem Augenzwinkern.

»Ich werde darüber nachdenken, ob ich auch so mutig sein könnte wie Doris.«

Frauke lehnte sich zurück und sah aus dem Fenster. »Wie würde ich es meinem Freund sagen? Macht zu viel Sonne nicht auch trübsinnig? Und Weihnachtsmärkte gibt es hier nicht. Dabei liebe ich es meine Freunde zu treffen, Glühwein zu trinken und Schmalzkuchen zu essen.«

»Denken bedeutet, dass die anderen nichts hören«, lachte Doris herzlich und freute sich insgeheim, in Frauke und Julia liebenswerte und aufgeschlossene Zuhörerinnen gefunden zu haben.

Nachdem sie in La Laguna den Bus gewechselt hatten, hatte sich Julia zu Nadine und Martin gesetzt, während Anja mit dem Kopf an der Fensterscheibe gelehnt eingeschlafen war.

Sie unterhielten sich über ihr Leben zu Hause, welchen Hobbys sie nachgingen oder in welchen Restaurants sie einkehrten. Dabei stellten sie übereinstimmend fest, dass sie abgesehen von der Begeisterung fürs Wandern, auch die Leidenschaft für die mediterrane Küche teilten.

»Lübeck ist nun wirklich nicht weit von Braunschweig entfernt«, meinte Julia in der Hoffnung, den Kontakt über die Urlaubszeit hinaus fortbestehen zu lassen.

Ausnahmsweise kam Nadine ihrem Mann zuvor. »Wir könnten uns gegenseitig besuchen. In Braunschweig war ich noch nicht und wenn ihr mögt, kommt ihr in unsere wunderschöne Marzipan-Stadt.«

»Das wird Frauke kolossal zu schätzen wissen. Marzipan mag sie für ihr Leben gern.«

Sie lachten und besiegelten damit das Versprechen, den Kontakt aufrechtzuhalten.

Frauke, die etwas entfernt saß, schnappte das Lachen auf und freute sich über die ausgelassene Stimmung. Darauf wandte sie sich Doris aufs Neue zu. »Dann sind wir bei der Tour in die Masca-Schlucht dabei«, schloss sie die Buchung der nächsten Wanderung ab.

Doris notierte alles in ihrem Kalender. »Sehr schön. Da wir für diese Tour in eine andere Richtung müssen, treffen wir uns in Puerto am Busbahnhof.«

»Kein Problem.«

»Um acht Uhr geht unser Bus. Das heißt früh aufstehen.«

»Kein Problem,« wiederholte Frauke ihre Antwort wenngleich weniger enthusiastisch.

Es war bereits später Nachmittag, als Frauke und Julia zum Hotel liefen.

»Was für ein toller Tag!«, fasste Frauke die zurückliegenden Stunden zusammen.

Julia dagegen wirkte abwesend und reagierte nicht auf ihre Bemerkung.

Frauke blickte zu ihr hinüber. »Was ist los?«

»Das Gespräch mit Martin hängt mir noch nach.«

»Du meinst, du machst dir Sorgen um Martin und Nadine, dass ihre Ehe vielleicht in die Brüche geht?«

»Das auch. Aber es hat noch etwas anderes bei mir ausgelöst.« Julia zögerte weiterzusprechen, und das war ungewöhnlich für sie.

Frauke blieb stehen. »Was beschäftigt dich?«

»Ich habe über Heiko und mich nachgedacht. Er wünscht sich seit längerem Kinder und ich will auch welche haben. Aber ich schiebe es immer auf die lange Bank und vertröste ihn. Was ist, wenn ihm das irgendwann zum Halse raushängt?« Der Rest hing unausgesprochen in der Luft.

Frauke blickte ihr betont gelassen in die Augen. Innerlich tobte eine kleine Schockwelle durch ihren Körper, denn Julia war sonst wie der sprichwörtliche Fels in der Brandung, an dem vieles mit Leichtigkeit abprallte. Es war nun an ihr, die Frage mit Bedacht anzugehen.

»Bevor Heiko dich verlassen sollte, muss Weihnachten und Ostern auf einen Tag fallen. Zum Zweiten bist du gerade mal Anfang dreißig. Das ist noch lange kein Drama!«

»Ich kann aber auch nicht von mir behaupten, ich wäre noch knackfrisch!«, hielt Julia energisch dagegen.

»Aber wenn ihr euch im Grunde einig seid, was ist der Kern deiner Zurückhaltung?«

Julia blickte nach unten und auf einmal kickte sie aufgebracht ein Steinchen beiseite. »Ich habe Muffe, dass ich zu Hause versaure!«, brach es ungestüm aus ihr hervor. »Kannst du dir das vorstellen? Ich mit einem Kind den ganzen Tag zu Hause! Dann vielleicht ein zweites. Ich komme nie mehr in meinem Job rein! Und dann werde ich wie die Mütter aus der Nachbarschaft, die tagein, tagaus davonreden, wie oft ihr Kind Bäuerchen gemacht hat und welche Konsistenz der Stuhlgang hat.«

Frauke lachte ungewollt auf.

Julia blickte sie irritiert an.

Fraukes Lachen erstarb auf der Stelle. Sie riss sich angesichts der Ernsthaftigkeit des Themas am Riemen. Immerhin ging es um eine Lebensentscheidung mit großer Tragweite.

Sie legte Julia die Hand auf die Schulter. »Wo ist meine Julia geblieben? Die Julia, die ihre Lebenspläne zielgerichtet verwirklicht. Egal, worum es geht! Die Julia, die bereits am ersten Abend wusste, dass Heiko der Mann ihres Lebens ist und ihn heiraten wird. Die Julia, die nicht nur ihr eigenes Leben im Griff hat, sondern meines ganz nebenbei mitorganisiert.«

Julia schwieg und erwiderte ihren Blick ratlos.

Frauke fühlte einen Anflug von Panik in sich aufsteigen, den sie zu unterdrücken versuchte. Um Julia und ihrer selbst wegen, bedurfte es sachlicher, nachvollziehbarer Fakten.

»Bei euch in der Firma gibt es eine Kinderkrippe. Weißt du wie viele Frauen und Mütter davon träumen? Und außerdem«, sie blickte Julia eindringlich an, »wenn du dich zu Hause einigeln solltest, hast du immer noch mich! Ich bringe dich ganz schnell auf den Boden der Tatsachen zurück.«

Julia nickte zaghaft und brachte ein schwaches Lächeln zustande.

Ein tiefes knurrendes Geräusch veranlasste Frauke, sich auf den Bauch zu drücken. »Wollen wir erst mal etwas essen? Ich fühle mich schon ganz schwach auf den Beinen.« Sie knickte leicht in den Knien ein. »Bitte!«

Julia erwachte aus der Erstarrung und drückte den Rücken durch. »Ich brauche zuerst eine Dusche.«

»Okay, danach geht es zum Buffet und später legen wir die Füße hoch und lassen den Abend auf dem Balkon mit einem Gläschen Wein ausklingen«, spann Frauke den Bogen weiter. »Und dabei können wir uns in Ruhe unterhalten.«

Im Stillen erahnte Frauke, dass Julia gerade dabei war, eine der wichtigsten Entscheidungen für ihrer beider Leben zu treffen. Dabei stand für Frauke seit längerem fest, dass sie bald Tante werden würde. Und sie freute sich darauf. Sie hatte Kinder sehr gerne und es würde ihr viel Freude bereiten, mit ihnen zu spielen und ihnen einen Haufen unnützer Sachen zu schenken.

SIEBEN

Julia kehrte gerade von ihrer Jogging-Runde zurück, als Frauke im Nachthemd aus dem Schlafzimmer tapste.

»Guten Morgen!«, rief ihr Julia bester Laune zu.

»Du bist aber gut drauf!«

Julia verschwand vor ihr im Bad. »Und als erste unter der Dusche.«

»He!«, protestierte Frauke und bog ins Wohnzimmer ab, um dort nahtlos ins Sofa zu sinken. Der Ausblick durch die geöffneten Balkontüren auf einen sonnigen Tag war ihr im Augenblick völlig egal, da sie erst vor ein paar Minuten wachgeworden war. Sie kämpfte mit dem Verlangen, nicht schnurstracks ins Bett zurückzukehren.

Trotz ihrer Schläfrigkeit sickerte der gestrige Abend in ihr Gedächtnis zurück, an dem sie noch lange auf dem Balkon gesessen hatten. Julia hatte sich überaus seltsam verhalten, dabei wenig gesprochen und ab und zu vor sich hingemurmelt.

Es war fast unheimlich gewesen, dachte Frauke perplex, denn Julia war ihr wie ein Abbild ihrer selbst vorgekommen. Vor allem die leisen Selbstgespräche zählten eindeutig nicht zu Julias Marotten!

Befand sich Julia in einer Lebenskrise?, drängte sich Frauke die Frage auf. Hatte sie vielleicht ihre Ziele zu hochgesteckt, und scheiterte an deren Umsetzung?

Frauke dachte an das Leben in ihren Mittzwanzigern zurück. Zu jener Zeit hatte Julia stets betont, dass dieser Lebensabschnitt dem unbeschwerten Genießen, Ausgehen und Freunde treffen vorbehalten war. Ab den Dreißigern hatte sie die Familienplanung als wichtigstes Ziel vermerkt.

Hatte Julia nun den Absprung verpasst?, fragte sich Frauke alarmiert. War es nicht das Dilemma der heutigen Zeit, die unzähligen Wahlmöglichkeiten, die sich jedem boten? Ganz zu schweigen von den vielen Ratgebern, Besserwissern und dem gesellschaftlichen Druck? Legte frau sich lieber nicht fest, aus Angst etwas zu verpassen oder im schlimmsten Fall den Erwartungen, von wem auch immer, nicht zu entsprechen?

Die Gedanken jagten durch Fraukes Gehirngänge, so dass sie ihren Kopf mit den Händen abstützte. Sie konnte selbst kaum fassen, was sie hier tat! Sie war erst vor ein paar Minuten aufgestanden und war weder im Bad noch beim Frühstück gewesen und quälte sich mit komplizierten Überlegungen!

Sie rutschte tiefer ins Sofa, atmete einmal tief durch und schlief ein.

»Aufwachen. Zeit fürs Frühstück«, wisperte ihr eine Stimme ins Ohr.

»Frühstück?« Frauke schlug die Augen auf und war schlagartig wach.

Julia grinste. »Das muss man dir lassen! Du hast die Ruhe weg.«

»Ich habe Urlaub!«, verkündete sie und erhob sich. »Du hast dich in Schale geworfen«, stellte sie im selben Atemzug fest.

»Nur schnell etwas übergeworfen.« Julia tat die Bemerkung lässig ab, dabei hatte es sie durchaus ein paar Minuten Arbeit gekostet, die Bluse auf die enge Hose abzustimmen und ihrem Tages-Make-up eine frische Note zu verleihen. Besonders ihre Augenringe lagen gut kaschiert unter einer Schicht ihres hellen Abdeckstifts.

»Morgens gilt doch wohl nicht die strenge Kleiderordnung wie abends, oder?«, überlegte Frauke laut und verschwand im Badezimmer. Dabei ließ sie die Tür offen stehen und begann sich die Haare zu bürsten. »Und wie hast du letzte Nacht geschlafen? Ich habe gar nicht gehört, wie du dich hingelegt hast.«

»Ich war nicht viel später im Bett.«

»Und was hat dein stundenlanges Grübeln bewirkt? Welche Entscheidung hast du getroffen?«

Der Frage folgte Schweigen. Frauke linste um die Ecke, um sich zu vergewissern, ob Julia sie überhaupt gehört hatte. Julia saß kerzengerade auf dem Sofa und starrte Löcher in die Wand.

»Julia?«

»Ich habe dich gehört.« Es klang leicht gereizt.

Frauke ließ in Zeitlupe die Hand mit der Haarbürste sinken. »Mal ganz ehrlich, wir hätten uns einen schönen verplauderten Abend machen können. Das wäre tausend Mal besser gewesen, anstatt deiner trübseligen Nachdenklichkeit, bei der nichts herausgekommen ist.«

Julias Kopf ruckte herum. Ein zorniger Blick flog ihr entgegen. »Du machst dir das ja leicht!«

Frauke hob abwehrend die Hand. »Bitte lass deinen Unmut nicht an mir aus. Ich habe keine Schuld an deiner Entscheidungsunwilligkeit.«

Julia holte Luft für einen Widerspruch.

Auf der Stelle drehte sich Frauke um und zog die Badezimmertür hinter sich zu. »Lass uns erst mal Frühstücken gehen, dann sieht der Tag gleich viel besser aus«, rief sie durch die geschlossene Tür. Sie blickte ihr Spiegelbild an. »Wenn Julia mit ihrem Problem nicht klarkommt, wie sollen wir dann meins in den Griff bekommen?«, flüsterte sie.

Dabei setzte bei ihr die Erkenntnis ein, dass das Leben in jungen Jahren leichter gewesen war. Wie wenig hatte sie doch über den nächsten Tag nachgedacht, schon gar nicht über die folgenden Monate oder über Jahre hinweg. Entscheidungen hatte sie meist impulsiv getroffen, vielleicht auch deshalb, weil sie deren Tragweite nicht mitbedacht hatte.

In ihrem aufsteigenden Trübsinn hinein, brachte sie ihr knurrender Magen auf eine geerdete Bahn zurück. »Das war genug Schwermut für diesen Tag«, sprach sie mit kräftiger Stimme. Energisch bürstete sie ihre Haare zu Ende und band sie zu einem Zopf zusammen. Ein paar Wasserspritzer in ihr Gesicht erzeugten eine erfrischende Röte. Schwungvoll riss sie die Tür auf und ging auf Julia zu.

»Trübsal blasen können wir später immer noch. Auf zum Frühstück! Das hebt die Laune«, sagte sie bestimmt und reichte Julia die Hand.

Während Julia von Frauke auf die Beine gezogen wurde, entspannte sich ihr Gesichtsausdruck. »Frühstück hört sich verlockend an. Aber nur, wenn du dir etwas anderes anziehst.«

Frauke lachte beherzt. »Im Nachthemd ist vermutlich noch niemand zum Frühstück erschienen.«

In Windeseile suchte sie das Schlafzimmer auf und entschied sich ebenfalls für eine enge Hose und eine weitausgeschnittene Bluse. Keine sechzig Sekunden später stand sie zum Abflug bereit.

Sie nahmen wie üblich nicht den Fahrstuhl, sondern die Treppe, wodurch sie nahe der Rezeption in den großzügigen Eingangsbereich gelangten.

Dort flog ihnen ein kleines Mädchen entgegen.

»Anja!« Julia fing das heranstürmende Kind in den Armen auf.

»Wir sind jetzt auch hier!«, sprudelte es aus ihr hervor. »Und ich habe den Pool gesehen. Der ist ja riesig!« Ihr Gesicht glühte vor Freude, als sie in gleicher Weise Frauke um den Hals fiel.

Danach redete Anja ohne Luft zu holen auf Frauke ein und zog sie mit nach draußen zum Pool.

Julia schüttelte lächelnd den Kopf und entdeckte Martin und Nadine, die vor der Rezeption standen. Martin füllte ein Formular aus, während Nadine sich neugierig umblickte. Dabei erspähte sie Julia, die freudestrahlend auf sie zueilte.

Sie begrüßten einander mit einer herzlichen Umarmung.

»Anja hat bereits die frohe Nachricht verkündet. Was ist passiert?«, fragte Julia postwendend.

»Als wir gestern ins Hotel zurückkehrten, hatte jemand versucht, unser Zimmer aufzubrechen. Das hat das Fass zum Überlaufen gebracht. Martin ist wutentbrannt zur Rezeption gelaufen und hat anschließend unserer Reiseleitung die Hölle heißgemacht. Du hättest ihn sehen sollen. Er war fantastisch!« Martin trat gerade an Nadines Seite. »Mir fiel ein, wie du von eurem Hotel geschwärmt hast. Es brauchte etwas Überredungskunst, aber jetzt sind wir hier.«

»Inklusive einer Zuzahlung, die wir finanziell zum Glück stemmen können«, ergänzte Nadine.

»Prima. Seid ihr mit Einchecken fertig? Dann können wir zusammen zum Frühstück gehen.«

»Wir bringen rasch die Koffer nach oben. Auspacken können wir später«, entschied Nadine.

»Die Koffer sofort auszupacken, wäre doch eine gute Idee.« Julia schielte an Nadine vorbei.

»Warum?«

»Dreht euch um, dann wisst ihr es.«

Martin und Nadine folgten ihrem Hinweis. Nach einer Schrecksekunde brachen sie in schallendes Gelächter aus. Sie zeigten mit den Fingern auf Frauke und Anja, die wie begossene Pudel zu ihnen herüberkamen. Ihre Haare hingen klatschnass herab und die Kleidung klebte an ihnen wie eine zweite Haut. Zu ihren Füßen bildete sich eine stetig größer werdende Pfütze.

»Was ist denn euch passiert?«, gluckste Nadine zwischen zwei Lachern. Tränen rannen ihr übers Gesicht bei dem Anblick der beiden Pechvögel. An eine Standpauke für Anja war unter diesen Umständen nicht zu denken.

Anja blickte ihre Mutter mit großen Augen an. Ihre Unterlippe bebte, entweder vor Kälte oder weil sie den Tränen nahe war. Nadines Lachanfall klang ab und sie besann sich ihrer mütterlichen Gefühle. Sie ging auf ihre Tochter zu, vermied es dennoch, sie in den Arm zu nehmen.

»Mein Schatz, ich würde dich gerne tröstend drücken, aber du bist mir einfach zu nass.« Mühsam unterdrückte sie ihre Belustigung.

Der Rezeptionist organisierte auf dem schnellsten Weg zwei Handtücher, die ihnen um die Schultern gelegt wurden.

»Komm mein Engel«, sprach Nadine sanft auf ihre Tochter ein, »wir trocknen dich erst mal ab.« Sie nahm ihre Hand und marschierte mit ihr los. »Wir sehen uns dann beim Frühstück«, rief sie im Weggehen den anderen zu.

»Ich gehe mich auch umziehen.« Rasch drehte Frauke auf dem Absatz um und folgte der Wasserspur, die zum Fahrstuhl wies.

»Ich bin gespannt, was die beiden Pechvögel nachher berichten werden«, schmunzelte Martin.

»Frauke neigt leider zu derartigen Unglücken. Hoffentlich hat sie Anja nicht mitreingeritten.«

»Wir werden sehen.«

»Was habt ihr heute geplant?«, wechselte Julia das Thema.

»Eigentlich wollten wir einen Ausflug mit dem Mietwagen machen, aber das klappt nicht. Wir müssen noch einmal ins alte Hotel und die letzten Details mit der Reiseleitung klären.«

»Das ist bestimmt langweilig für Anja. Wir wollen heute in den *Loro Parque*. Der Zoo ist weltberühmt für die Papageien und die Shows, die es zu sehen gibt. Wir könnten Anja mitnehmen! Dann erledigt ihr alles in Ruhe und habt ein bisschen Zeit füreinander«, schlug Julia vor.

»Das würdet ihr machen?«

»Na klar. Allerdings werde ich ein Auge darauf haben, dass wir die Nähe von Pool-ähnlichen Anlagen meiden.«

Martin lachte gelöst und gemeinsam betraten sie den Frühstücksraum, um dort auf die anderen zu warten, die ein paar Minuten später eintrafen.

Sobald Julia vorschlug, Anja mit in den Loro Parque zu nehmen, war das Mädchen völlig aus dem Häuschen, sprang von ihrem Stuhl auf und vollführte einen Freudentanz.

»Das habe ich mir gewünscht! Tiere finde ich toll!«

Julia blickte Nadine fragend an, ob das auch für sie in Ordnung sei. Nadine signalisierte ihre Zustimmung kaum merklich mit einem Kopfnicken.

»Nun erzählt doch mal! Warum seid ihr nass geworden? Seid ihr in den Pool gefallen?« Julia blickte gespannt zwischen Anja und Frauke hin und her.

Anja hatte sich nach ihrem Freudentanz wieder auf den Stuhl gesetzt und überging Julias fragenden Blick. Stattdessen sah sie Frauke an und lächelte verschwörerisch.

»Das bleibt unser Geheimnis.« Frauke zwinkerte Anja zu, die mit stolzgeschwellter Brust in die Runde blickte.

ACHT

Anja hüpfte ungeduldig von einem auf das andere Bein, weil nach ihrem Geschmack ihre Eltern mit Frauke und Julia viel zu ausführlich den Tagesablauf besprachen. Sie tauschten nachfolgend die Handynummern aus, zur Sicherheit, wie sie betonten und waren sich endlich einig, in Puerto de la Cruz getrennte Wege zu gehen.

Nadine beugte sich zu Anja hinab. »Viel Spaß mein Engel und sei artig.«

Martin gab Anja einen Kuss auf den Scheitel. »Und hör auf das, was Frauke und Julia sagen.«

»Ich bin doch kein Baby mehr!«, erwiderte Anja mit einem Augenverdrehen.

»Macht euch keine Sorgen«, sprang Frauke ihr zur Seite, »und nun ab mit euch und genießt den Tag. Wir sehen uns nachher im Hotel.«

Martin und Nadine kamen der Aufforderung überraschend schnell nach und schlenderten händchenhaltend davon. Nur einmal drehten sie sich um und winkten ihnen zum Abschied zu.

»Eltern!«, seufzte Anja. »Wo müssen wir jetzt hin?« Voller Tatendrang bekam sie ihre Hände nicht unter Kontrolle und knetete sie vor der Brust.

»Wir gehen zur Haltestelle der gelben Bimmelbahn, die uns zum Loro Parque bringt.« Julia schwenkte die Eintrittskarten, die sie zuvor an einem Verkaufsstand am Busbahnhof erworben hatte.

Anja vollführte begeisterte Luftsprünge und plapperte munter drauf los. »Wenn ich groß bin, will ich Tierärztin werden. Dann helfe ich den vielen kranken Tieren. Aber ich will nur kleine Tiere behandeln, keine großen. Elefanten auf gar keinen Fall. Oder Giraffen oder Nashörner oder Zebras. Was für Tiere gibt es eigentlich im Loro Parque?«

»Papageien, Orcas, Faultiere, Gorillas und viele mehr«, wusste Julia aus ihrem Gedächtnis.

»Die müssen wir alle sehen!«

An der Haltestelle der Bahn angekommen, zeigten sie ihre Eintrittskarten vor und stiegen ein. Wenige Minuten später fuhren sie ab und zuckelten quer durch Puerto.

Bei der Fahrtgeschwindigkeit der gelben Lok kam Frauke der Vergleich mit einer Schnecke in den Sinn. Es erschien ihr überflüssig, damit zu fahren, denn zu Fuß wäre sie mindestens genauso schnell gewesen. Im Gegensatz dazu gewann Anja der Tour große Stücke ab und sog die Umgebung auf wie ein Schwamm. Unentwegt zeigte sie mit ihrem Finger auf eine interessante Begebenheit am Straßenrand oder bewunderte die hohen Palmen, die die Straße säumten.

»Gut, dass wir ein Kind dabeihaben«, raunte Frauke zu Julia hinüber. »Ich fühle mich ganz komisch in so einem Ding zu sitzen. Ich finde, Erwachsene sollten hiermit nicht fahren.«

Julia kam nicht dazu, etwas zu erwidern, denn Anja zog sie am Ärmel, als sie eine Frau mit fünf kleinen Hunden entdeckt hatte, die die komplette Breite des Fußweges einnahm.

Frauke rutschte tiefer in ihren Sitz hinein und schielte verstohlen nach rechts und links. Sie mochte es nicht, wie auf einem Präsentierteller zu sitzen und betete das baldige Erreichen ihres Zielortes herbei.

Deshalb entfuhr ihr ein kleines Stoßgebet, als die Bimmelbahn endlich beim Loro Parque eintraf. Sobald der Zug zum Halten kam, schoss sie aus ihrem Sitz empor und sprang auf die Straße.

Mit einigen Metern Abstand zu dem *unerfreulichen* Verkehrsmittel, setzte sie sich geschmeidig die Sonnenbrille auf und betrachtete die große Menge von Besuchern, die an den Kassen anstanden, um die Eintrittstickets zu erwerben.

Dankbar, die Tickets bereits im Vorfeld gekauft zu haben, passierten sie die Wartenden ohne Zeitverzug und durchquerten den Eingangsbereich.

Genau bis zu diesem Zeitpunkt funktionierte Julias Plan wie am Schnürchen. Danach übernahm Anja die Führung, indem sie spontan auf das erste Tiergehege zustürmte.

Die Reihenfolge, die Julia und Frauke zuvor grob ins Auge gefasst hatten, warf Anja mit ihrer großartigen Begeisterung über den Haufen und entschied immer aus dem Bauch heraus, wo es sie als Nächstes hinzog.

Nachdem sie die Schildkröten, die Schimpansen und die Pinguine abgehakt hatten, kamen sie rechtzeitig zu den Live-Shows der Seehunde und Delphine.

Bei der Darbietung der Killerwale erhob Julia Einwand gegen Anjas Wunsch möglichst dicht am Beckenrand sitzen zu wollen.

»Ach Menno, oben sieht man doch nichts!«, konterte Anja mit Protest.

Julia änderte nicht ihre Meinung, hatte sie doch Martin versprochen, alle poolähnlichen Anlagen zu meiden. Wider Erwarten fügte Anja sich ohne weiteren Einspruch und folgte ein paar Reihen nach oben. In dem Augenblick, da Anja auf dem Sitz Platz genommen hatte, schweiften ihre Augen aufgekratzt umher und die vorherige Diskussion war vergessen.

Die Show begann, als die großen Tiere über einen Tunnel in das große Becken einschwammen. Das Publikum klatschte aufgeregt, aber auch ehrfürchtig in die Hände.

Die Orcas beeindruckten durch ihren massigen Körper und nahezu jeder im Halbrund dachte an die Filme, in denen sie zu fürchterlichen Bestien mutiert waren und Menschen zerfleischt hatten.

Entgegen dieser weitläufig verbreiteten Vorstellung zeigten sie ihr friedfertiges Wesen, indem sie geschickt mit Bällen und Ringen spielten.

Unter den Zuschauern schoss die Begeisterung in die Höhe, als eine Trainerin auf der Maulspitze eines Orcas durch die Luft geschleudert wurde, ehe sie elegant im Wasser abtauchte.

Am Ende der Darbietung glitten die Killerwale dicht an den Scheiben des Beckens entlang. Die Zuschauer, die an vorderster Front hinter den Glasschutzwänden saßen, hielten den Atem an, denn sie erlebten hautnah, wie es sich anfühlte, von den Raubtieren als gefundenes Fressen betrachtet zu werden.

Es folgte eine Pfiff-Abfolge der Tiertrainer und ein Handzeichen. Daraufhin tauchten die Orcas ihre Flossen ein und die ersten Ränge verschwanden unter einem breiten Wasservorhang.

Das erschrockene Quieken der Zuschauer schallte durch die Arena, während alle anderen ihren Spaß hatten. Sie klatschten laut johlend in die Hände und verfolgten schadenfroh, wie die durchnässten Besucher flüchteten.

»Sind die pitschnass!«, quietschte Anja vor Vergnügen. »Gut, dass wir hier oben sitzen.« Sie schenkte Frauke einen vielsagenden Blick.

Julia biss sich auf die Zunge, denn sie hätte zu gerne gewusst, was geschehen war, als die beiden an diesem Morgen klitschnass vom Pool zurückgekehrt waren.

Nach der aufregenden Wassershow genehmigten sich die drei ein großes Eis und saßen in der Sonne.

»Was für ein toller Park! Die Zoos zu Hause sind zwar auch nicht schlecht, aber der hier schlägt sie um Längen.« Frauke fing mit der Zunge einen Tropfen Erdbeereis auf, der drohte auf den Boden zu fallen.

»Vielleicht liegt es auch daran, dass das Wetter hier deutlich besser ist als zurzeit in Deutschland«, bemerkte Julia.

»Hm«, brummte Frauke zustimmend. »Obwohl ich es viel besser fände, wenn die Tiere draußen in der freien Natur wären und nicht an irgendwelchen Shows teilnehmen müssten.

Auf Dauer ist das doch deprimierend, immer im Kreis herumzuschwimmen.«

»Dann müssen wir das nächste Mal eine Safari unternehmen, oder Anja?«

Anja blickte Julia entgeistert an, weil das Eis ihre volle Aufmerksamkeit beanspruchte. Bis auf ein Stückchen Waffel hatte sie es bereits verschlungen.

Julia lächelte. »Hat dir das Eis geschmeckt?«

»Ja. Darf ich noch eins? Bitte!«

»Wird dir nicht schlecht?«

»Mama sagt immer, ich futtere wie ein Hängebauchschwein und habe einen Magen aus Stahl.«

»Na gut, hier hast du Geld.« Julia gab ihr einen Fünfeuroschein. »Den Rest wieder an mich zurück.«

»Geht klar.« Sie sprintete zum Eiswagen los.

»Was für ein Sonnenschein«, sagte Frauke lächelnd und schaute ihr hinterher.

»Das kannst du laut sagen!«

Sie beobachteten Anja, wie sie zwei Kugeln bestellte, bezahlte und anschließend zu ihnen herübersah. Dabei deutete sie auf das nahegelegene Gorilla-Gehege hin. Sie nickten ihr verständig zu, so dass sie in Folge dessen dorthin schlenderte und knapp davor stehenblieb. Hinter der Scheibe saßen zwei Gorillas und fixierten das Mädchen – mehr noch das Eis in ihrer Hand.

»Hoffentlich ist die Scheibe aus Panzerglas«, sprach Julia ihren Gedanken laut aus. »Nicht, dass heute noch ein Unglück passiert.« Dabei blickte sie Frauke eindringlich an.

Frauke reagierte nicht, sondern beschäftigte sich ausgiebig mit ihrem Eis.

»Frauke?«

»Ich höre dich.«

»Nun erzähl doch mal! Wie ist das heute Morgen passiert?«

Frauke hielt kurz inne, sah zu Anja, die mittlerweile ganz dicht vor dem Panzerglas stand und dem Gorilla das Eis vor die Nase hielt. Dabei war sie aus Versehen gegen die Scheibe gekommen und das Tier versuchte nun, mit der Zunge den Klecks zu ergattern.

Anja beobachtete es interessiert und machte einen weiteren Klecks an der Scheibe, ein Stück weiter links. Der Gorilla fiel aufs Neue darauf herein und wurde ein weiteres Mal in seinen Bemühungen enttäuscht.

Frauke registrierte das Geschehen lediglich am Rande und aß seelenruhig ihr Eis weiter.

»Das ist gemein! Du weißt doch, dass ich vor Neugier sterbe!«, flehte nun Julia, die es nicht mehr aushielt.

»Ich weiß. Aber Anja und ich haben uns geschworen, kein Sterbenswörtchen zu erzählen. Und ich halte mein Wort.«

»Aber ich bin doch deine allerbeste Freundin!«

»Wir haben den Schwur mit Spucke besiegelt«, beendete Frauke das Gespräch.

Julia gab sich geschlagen.

Fraukes Augenmerk galt nun Anja, die tiefenentspannt am Tiergehege verweilte. Im Gegensatz zu ihr sah der Gorilla ziemlich aufgebracht aus, bei näherer Betrachtung sogar wütend, während er mit der Schulter gegen das Glas stupste.

Hastig verdrückte Frauke das letzte Stückchen Waffel, denn was sich dort abspielte, drohte zu eskalieren. »Anja, wir wollen weiter!«, rief sie ihr laut zu.

Anja hatte sie gehört und hob den Daumen. Anschließend drehte sie sich ein letztes Mal dem Gorilla zu und schleckte demonstrativ an ihrem Eis.

Darauf explodierte das Tier in der Luft! Es nahm Anlauf und sprang mit allen Vieren gegen das Glas. Dabei überbrüllte es die Geräuschkulisse des Zoos.

Unterdessen ließ Anja den Ort der Aufregung hinter sich und hüpfte unschuldig dreinblickend auf Julia und Frauke zu.

Julia hingegen schaute fassungslos zum Gorilla-Gehege, auf das gerade ein Tierpfleger mit großen Schritten zulief. Herumstehende Besucher wiesen auf Anja und redeten auf den grüngekleideten Mann ein. Zeitgleich warf das verärgerte Tier Essensreste gegen die Scheibe und tobte völlig außer Rand und Band umher.

»Hoffentlich muss der Tierpfleger nicht eigenhändig die Scheibe reinigen.« Julia packte eilends die Sachen zusammen.

Frauke winkte Anja ungeduldig zu, ihren Schritt zu beschleunigen. Bei ihnen angekommen, nahm Julia das Mädchen an der Hand und zog es mit sich fort.

»Was ist denn los?«, fragte Anja arglos.

»Es gibt noch so viel zu sehen, deshalb wollen wir etwas Gas geben«, schwindelte Julia.

Frauke hatte Mühe, das Tempo mitzuhalten. »Julia, findest du nicht, dass du etwas übertreibst?«

»Nein.« Sie blickte über die Schulter, ob ihnen jemand folgte. Ihr Ziel voraus war ein flaches Gebäude, von dem sie sich Deckung vor möglichen Verfolgern erhoffte.

Nachdem sie Anja mit großem Tempo um die Ecke gezerrt hatte, verlangsamte sie ihre Geschwindigkeit, atmete einmal tief durch und ließ die Hand des Mädchens los.

»Sind wir jetzt wieder im Zeitplan?«, fragte Anja mit großen Augen.

»Ja, nun schaffen wir auch den Rest«, flunkerte Julia.

Frauke schloss zu ihnen auf. »Was für eine sportliche Einlage! Was wollen wir uns jetzt so dringend ansehen, Julia?«

»Äh ... ja ... die Papageien-Show fängt gleich an«, rettete sie sich, nachdem sie einen Blick auf den Zoo-Plan mit den Veranstaltungszeiten geworfen hatte.

»Deshalb mussten wir uns beeilen?«, hakte Frauke scheinheilig nach, obwohl sie natürlich im Bilde war, weshalb Julia das Verhalten an den Tag gelegt hatte.

»Papageien sind doof,« tat Anja überraschend kund.

»Egal!« Julia schoss los und schnaubte laut wie ein Pferd.

In der Papageien-Arena angekommen, stürmte Anja wider Erwarten gleich nach vorne, wo sie wie alle anderen Kinder auf einem Klappstuhl direkt hinter der Absperrung an der Bühne saß. Ein einziges Mal hatte sie sich zu ihnen umgedreht und freudestrahlend den Blickkontakt gesucht.

Frauke und Julia behielten sie die ganze Zeit über im Auge. Bei dem Gewusel keine leichte Aufgabe, aber auf Drängen von Anja hin, hatte Frauke ihr eine Schirmmütze gekauft, auf der ein Papagei abgebildet war. Unter den zumeist roten und blauen Kappen der anderen Kinder stach die gelbe von Anja hervor und erleichterte es ihnen, sie in der Menge wiederzufinden.

»So doof sind Papageien doch nicht. Und das nutzt dieser Zoo schamlos aus!«, äußerte Frauke schneidend. »Das ist eine super Geschäftsidee des Tierparks. Weder Eltern noch Großeltern, oder Babysitter wie wir können uns dem Wunsch verweigern, diese Kappe zu erstehen.«

Normalerweise stieg Julia mit Begeisterung in ein derartiges Gesprächsthema mit ein, nur diesmal reagierte sie völlig unvorhergesehen, indem sie einmal tief seufzte.

Fragend blickte Frauke sie an.

Julia seufzte erneut. »Werde ich jemals meinem eigenen Kind oder meinen Kindern eine gelbe Schirmmütze kaufen?« Ihre Schultern sackten hinab. »Mir ist eine Entscheidung noch nie so schwergefallen! Ich fühle mich wie gelähmt und verstehe selbst nicht, wieso das so ist. Als ob ich in einer Midlife-Crisis wäre. Nur eben viel zu früh.«

Mitfühlend legte Frauke den Arm um Julias Schultern und zog sie zu sich heran. »Vielleicht solltest du dabei nicht deinen Kopf entscheiden lassen, sondern deinen Bauch. Und ich bin auch noch da und unterstütze dich, wo und wie ich kann.«

Ein Lächeln eroberte Julias Gesicht. »Dann kann nichts mehr schiefgehen!«

»Mein Reden.«

»Danke.«

Frauke drückte ihr einen Kuss auf die Wange und strich ihr beruhigend den Arm auf und ab. »Das wird sich alles finden«, murmelte sie, aber ihre innere Zuversicht befand sich nicht im Einklang mit den Worten, die sie laut ausgesprochen hatte.

Die Sonne versank im Meer und färbte ihre Aussicht vom Balkon aus nach Puerto de la Cruz in ein rötliches Licht.

Julia nippte an ihrem Weinglas. »Das war ein schöner Tag. Aber wir sollten uns nicht mehr beim Gorilla-Gehege blicken lassen.« Sie lachte. »Anja ist ein Goldstück, aber man könnte fast meinen, sie liebt die Gefahr.« Sie verstummte gedankenverloren und presste die Lippen aufeinander.

»Was wolltest du noch sagen?«, fragte Frauke behutsam nach.

»Nichts.«

»Nichts ist das bedeutendste Wort der Welt!«

Julia trank erneut einen Schluck und verlängerte damit die Pause, in die Frauke ihre nächste Frage schob.

»Was ist dir eben durch den Kopf gegangen?«

Zögerlich löste sich Julia aus der Starre. »Ich dachte nur, dass ich mir ein Mädchen wie Anja als Tochter wünschen würde.«

»Aber?«

»Den Schritt zu gehen, zu sagen, ich verhüte nicht mehr und es kann losgehen!« Sie runzelte die Stirn. »Ich mag mein derzeitiges Leben, so wie es ist. Eine Veränderung bereitet mir Sorge, vielleicht sogar Angst.«

Frauke stöhnte leise vor sich hin. »Jetzt weiß ich auch nicht weiter.«

»Du hast das doch leicht!«, konterte Julia gereizt. »Seit jeher erzählst du jedem, dass Kinder für dich nicht in Frage kommen und dass du keine haben möchtest!«

»Leicht?« Frauke baute sich in ihrem Stuhl auf. »Seitdem ich die Schule verlassen habe, verfolgt mich das Thema! Vor zwei Wochen sagte mein Chef ohne Vorwarnung zu mir: So langsam wird es Zeit. Denken Sie daran, die biologische Uhr tickt.« Frauke war nun richtig in Fahrt. »Und erst neulich!«

Entrüstet schüttelte sie den Kopf. »Du hast ja keine Kinder und deshalb kannst du dir einen Urlaub auf Teneriffa leisten! O-Ton meiner Arbeitskollegin Sonja. Solche Sprüche nerven richtig. Die sollen mich in Ruhe lassen!«

Julia versuchte, zwischen ihren Redeschwall zu gelangen; vergebens, da Frauke auf einhundertachtzig war und ungebremst fortfuhr.

»Wenn ich mir Geschichten von Kindergeburtstagen oder Weihnachten unterm Weihnachtsbaum anhören muss«, sie schnaubte laut, »dann werde ich bedauert! Weil ich nämlich keine Kinder habe und nicht wüsste, wie schön das ist! Egal wie, ich bekomme das immer vorgehalten. Dabei ist mein Motto doch *Leben und leben lassen*. Ich gönne jedem Mann und jeder Frau Kinder, aber sie sollen mich bitte schön da raushalten!«

»Spätestens, wenn du ein bestimmtes Alter überschritten hast, lassen sie dich in Ruhe«, erwiderte Julia milder gestimmt, denn von dieser Seite aus hatte sie es noch nicht betrachtet.

»Ich bin erst zweiunddreißig.«

»Nur noch zehn bis fünfzehn Jahre durchhalten,« kicherte Julia leise.

»Das Leben ist kompliziert.« Frauke entspannte zusehends, vor allem weil Julia von ihrer bedrückten Stimmung abrückte und sich damit automatisch ihre eigene Laune besserte.

»So oder so, können wir hier und jetzt nichts ändern«, schloss Julia das Thema für sich und für diesen Abend ab. Sie blickte in die Nacht hinein und bemerkte geistesabwesend die funkelnden Lichter von Puerto, denn in ihrer Bauchgegend blieb das ungute Gefühl zurück.

»Wollen wir uns morgen einen erholsamen Tag am Pool machen?«, durchbrach Frauke ihre Gedanken.

»Wovon müssen wir uns erholen? Wir haben heute einen Zoo besucht.«

»Ich denke einen Tag weiter, wenn die Tour in die Masca-Schlucht ansteht. Das wird bestimmt anstrengend und ich muss Kraft sammeln.«

Julia schmunzelte. »Einverstanden. Morgen lassen wir uns in der Sonne brutzeln.«

NEUN

Mit der warmen Sonne im Gesicht und einer seichten Brise auf der Haut langte Frauke, ohne die Augen zu öffnen, zur Seite und angelte sich den Cocktail vom Tisch. Blind suchten ihre Lippen den Strohhalm, fanden ihn und sogen das kühle Getränk ein.

Julia lag neben ihr auf der Liege und blätterte in einer Zeitschrift. »Was trinkst du?«

»Den Namen des Cocktails habe ich vergessen. Aber ganz ohne Umdrehung, mit viel Zucker und hoffentlich ein paar Vitaminen.«

Ungläubig blickte Julia von ihrer Lektüre auf. »Ohne Umdrehung? Was ist los? Du wirst doch nicht alt, oder?«

»Heute Abend ist doch diese Veranstaltung im Hotel und es wird bestimmt genug zu trinken geben.«

»Du meinst den Folkloreabend inklusive einem Vier-Gänge-Menü.« Julia drehte sich auf der Liege um, legte die Zeitschrift auf den Boden und sah in den azurblauen Himmel. »Heiko hat gestern am Telefon erzählt, dass es zu Hause nur sieben Grad sind, untermalt von kleinen Regenschauern. Kannst du dir das vorstellen?«

»Das Leben ist ungerecht«, seufzte Frauke zufrieden.

Julia lächelte vor sich hin und genoss umso intensiver die Sonnenstrahlen, bis ihr ein Gedanke durch den Kopf schoss. Sie krauste die Stirn. »Morgen sind wir mit Doris in der Masca-Schlucht?«

»Die Tour ist eines der Highlights auf Teneriffa.«

»Ein Haken hat die Sache!«

»Welchen denn?«

»Wir müssen um acht Uhr in Puerto sein. Also können wir uns nicht hemmungslos betrinken.«

Frauke verzog das Gesicht. »Stimmt. Aber wir könnten ein Taxi vorbestellen und nicht den Bus nehmen. Das spart Zeit.«

»Sehr gute Idee!«

»Sieh mal! Da kommt ein kleiner Wirbelwind angelaufen.« Julia folgte ihrem Fingerzeig und erspähte Anja, die um den Pool herumsauste und ihnen freudig zuwinkte.

Das Mädchen bremste knapp vor ihnen ab und ihr Lächeln strahlte mit der Sonne um die Wette. »Wir wollen gleich los! Papa hat einen Mietwagen genommen. Eine rostige Laube, hat er gesagt, als er den Wagen gesehen hat. Damit wollen wir über die Insel. Ich soll euch Bescheid geben, dass wir uns heute Abend beim Essen treffen.« Kaum ausgesprochen, lief sie auch schon wieder davon.

»Habt viel Spaß und wir sehen uns später!«, rief Julia ihr noch hinterher.

Im Hintergrund winkten Martin und Nadine, die Anja in ihre Mitte nahmen.

»So sieht eine glückliche Familie aus. Hoffentlich nehmen sie das Gefühl mit in den Alltag«, meinte Julia und verfolgte, wie die drei durch die Automatiktür in Richtung Rezeption und Ausgang des Hotels verschwanden.

»Du meinst, dass Nadine wieder ein Stück zu sich selbst findet und nicht mehr wie eine Glucke zu Hause sitzt?«

»Treffender hätte ich es nicht formulieren können.«

»Vielleicht sollten wir Mädels uns heute Abend nach der Veranstaltung zusammensetzen und eine Runde quatschen. Ohne Martin und Anja.«

»Möglicherweise erfahre ich sogar, weshalb du und Anja den Morgen klatschnass geworden seid. Ich vermute zwar, dass der Pool dazu beigetragen hat, aber ich würde es schon gerne im Detail wissen wollen. Nun, ich will auf dem Thema nicht weiter herumreiten.« Sie legte eine bedeutsame Pause ein, die ohne Erklärung von Frauke verstrich.

Julia atmete einmal tief durch die Nase und wechselte zu dem Thema, bei dem sie garantiert eine Reaktion von Frauke erhalten würde. »Warum erzählst du mir nicht, was mit dir und Ralf los ist! Heiko hat am Telefon etwas angedeutet.«

Ruckartig fuhr Fraukes Kopf herum. »Was hat dein Mann gesagt?«

»Es scheint dich zu interessieren.«

»Na sicher.«

»Ralf wollte abends mit Heiko noch ein Bier trinken gehen. Anscheinend fällt Ralf die Decke auf den Kopf.«

»Ach so.« Frauke entspannte sich wieder.

Auf einmal flog ihr ein Handtuch ins Gesicht.

»He! Was soll das?«

»Ralf hat sich noch nie mit Heiko auf ein Bier getroffen! Außerdem«, sie senkte bedeutungsschwanger die Stimme, »hat mir Heiko noch in der Nacht eine Nachricht gesendet.«

»Was stand darin?«

»Macht Frauke mit Ralf Schluss?«

»Weshalb hast du mir nicht gleich heute Morgen davon erzählt?«

»Ich wollte in Ruhe frühstücken.« Zwischen Julias Augenbrauen bildete sich eine steile Falte. »Diesmal kommst du mir nicht davon. Selbst Heiko hat den Braten gerochen.«

Frauke stöhnte. »Jetzt verfolgt mich das tatsächlich mit in den Urlaub.« Sie zuckte mit den Achseln. »In der Tat spiele ich mit dem Gedanken, lieber wieder Single zu sein.«

»FRAUKE!«, rief Julia entsetzt.

Die Gäste am Pool drehten sich zu ihnen um.

»Na toll! Alle glotzen zu uns herüber!«

»Warum?«, ignorierte Julia den Einwand. »Es passte doch alles so gut zusammen.«

»Findest du?«

Julia riss sprachlos die Augen auf.

Frauke bemerkte ein nervöses Zucken über Julias Auge und nötigte sich zu einer Erklärung ab. »Klar, der Ralf ist nett und so. Meine Eltern mögen ihn auch. Jeder mag ihn, wenn ich so recht überlege. Zurückblickend hatte ich schon ganz andere

Freunde, bei denen nicht nur du, sondern alle die ich kenne, die Hände über den Kopf zusammengeschlagen haben. Aber, herrje, wenn ich an den ein oder anderen denke, war der Sex schon toll gewesen. Nicht so viel Beziehungsgequatsche und so, wie mit Ralf.« Frauke bemerkte das entrüstete Gesicht von Julia. »Was denn?«

»Ich dachte nur, du wärst endlich in einer längerfristigen Beziehung unterwegs.«

»Wozu?«

»Sie gibt dir eine Perspektive für die Zukunft, du fährst in ruhigeren Gewässern, sie gibt dir Sicherheit«, zählte Julia auf.

»Das wird überbewertet«, entgegnete Frauke ohne große Aufgeregtheit. »Ich fühle mich auch ohne eine sogenannte feste Bindung wohl. Und sicher.«

»Irgendwann musst du dich doch mal binden!«

»Warum?«

»Weil das so ist.«

»Klingt nicht sehr überzeugend.«

Julia fielen keine weiteren Argumente mehr ein. Sie schluckte fassungslos.

»Können wir das Thema jetzt beenden?« Frauke rollte mit den Augen.

»Weiß Ralf schon Bescheid, dass er auf der Abschussliste steht?«

»Ich sage es ihm, wenn wir zurück sind.« In ihren Worten lag eine Betonung, die zu verstehen gab, dass sie keine weitere Diskussion darüber wünschte.

Danach schloss Frauke die Augen und spürte eine Welle der Erleichterung, die ihren Körper in eine vollkommen gelöste Gefühlslage versetzte. Beinahe erstaunt dachte sie, dass sie diese Entscheidung hätte früher treffen müssen, nämlich als sie das erste Mal Überlegungen in dieser Richtung angestellt hatte. Weshalb hatte sie solange gewartet?

Wahrscheinlich, so ihr Gedankengang, hatte der Druck von außen dazu beigetragen, eben nicht rechtzeitig die Reißleine gezogen zu haben. Im Endeffekt hatten sowohl ihre Freunde als auch ihre Eltern Erwartungen an sie; Julia eingeschlossen. Frauke wollte niemanden enttäuschen, nur tat sie sich selbst damit keinen Gefallen.

Nach dieser Einsicht beschloss sie, in Zukunft verstärkt daran zu arbeiten, Entscheidungen, die für ihr eigenes Leben wichtig waren, stärker in den Vordergrund zu rücken.

Nachdem sie diese Gedankengänge mit einem Ergebnis abgeschlossen hatte, das sie zufrieden und zuversichtlich stimmte, fiel sie im nächsten Augenblick in einen leichten Schlaf.

Julia indes grübelte darüber nach, weswegen Frauke so komplett andere Lebensziele verfolgte, wie sie selbst.

Wollte nicht jede Frau eine feste Bindung und eine planbare Zukunft haben? Frauke schien es gar nichts auszumachen, mit ihren zweiunddreißig Jahren mal wieder alleine zu sein. War es beneidenswert in dieser Art und Weise durchs Leben zu gehen? Andererseits, wenn sie sich keine Familie wünschte, war es egal, ob sie mit vierzig oder fünfzig den richtigen Partner fand.

Bei Julia verhielt es sich so, dass sie absolut sicher war, in Heiko den Mann fürs Leben gefunden zu haben, getreu dem Motto *Auf dass sie der Tod scheidet.*

Auf einmal schnarchte Frauke laut auf und wurde davon wach. Sie blinzelte in der Sonne und gähnte herzhaft. »Julia, hör auf, deine Gedanken von einer auf die andere Seite zu schieben. Mach es wie ich und schlaf ein bisschen«, murmelte sie, während sie sich auf die Seite drehte.

»Warum eigentlich nicht«, hörte Julia sich sagen. »Ein bisschen wie du sein, kann mir nicht schaden.«

Aus dem Bad ertönte das Geräusch des laufenden Föhns, während Frauke auf dem Balkon saß und dem Nichtstun frönte. Als ihr Handy klingelte, sprang sie überrascht in die

Höhe. Sie lief ins Wohnzimmer und ein Blick auf das Display verursachte ihr einen kleinen Knoten in der Magengegend.

»Hallo Ralf«, meldete sie sich mit belegter Stimme.

»Ich wollte mal eben hören, wie es bei dir ist.«

Seine Stimme klang unsicher und Frauke bekam auf der Stelle ein schlechtes Gewissen. »Alles bestens. Wir sind quasi auf dem Sprung. Heute gibt es einen Folkloreabend und ich bin noch nicht fertig angezogen. Kennst mich doch!« Sie biss sich auf die Unterlippe, weil ihr das Anliegen *Schlussmachen* auf der Zunge lag, aber sie würde es bestimmt nicht am Telefon besprechen. »Und wie geht es dir? Julia meinte, du wärst mit Heiko ein Bier trinken gewesen.«

»Ich wollte ein bisschen quatschen. Du fehlst mir.«

Frauke zuckte zusammen, denn seine letzten Worte zogen ihr den sicheren Boden unter den Füßen weg. Hilfesuchend blickte sie sich um, aber Julia war immer noch im Bad und würde ihr nicht aus der Klemme helfen können.

»Frauke?«, brachte sich Ralf in Erinnerung.

»Entschuldige. Der Empfang ist manchmal richtig mies.« Sie lief rot an. »Ich denke auch an dich.« Mehr bekam sie nicht über die Lippen und fühlte sich zudem grauenvoll dabei.

»Das kommt mir aber nicht so vor.«

»Quatsch.«

»Ich habe das Gefühl, dass du mir ausweichst.«

»Äh ... also ... weißt du«, stotterte Frauke herum, ehe sie sich am Riemen riss. »Vielleicht hast du recht. Wenn ich wieder zu Hause bin, dann reden wir in Ruhe, ja?«

»Gibt es eine Chance für uns?«

»Aber sicher!« Entgeistert schlug sie sich mit der Hand vor den Mund.

»Dann ist gut.« Ralf atmete erleichtert aus und wirkte positiv gestimmt. »Dann mach dich hübsch und viel Spaß. Grüße an Julia. Ich«, er hielt einen Moment inne, »ich liebe dich!«

»Ich dich auch«, flutschte es ihr hinterher.

Er lachte leise und legte auf.

»Das hat wohl nicht geklappt.« Julia hatte die letzten Worte mitangehört.

»Ich bin über mich selbst erschrocken!« Fassungslos starrte sie auf das Handy.

»Wenigstens hat der arme Ralf noch ein paar unbeschwerte Tage vor sich. So gesehen, war es das Beste für ihn.« Julia schüttelte ungeachtet ihrer Worte den Kopf.

»Mir ist nicht wohl in der Haut. Und in Erwartung eines unangenehmen Gespräches, dass mir bei Ankunft zu Hause bevorsteht, werde ich ab jetzt nur noch halb so viel Spaß und Erholung haben.«

Julia lachte herzlich. »Frauke, ich kenne dich seit einigen Jahren und ich bin mir sicher, dass der heutige Abend und der dazugehörige Alkohol dafür sorgen werden, dass du keinen weiteren Gedanken an Ralf verschwenden wirst.«

Ertappt legte Frauke den Kopf zur Seite. »Du kennst mich zu gut.« Ein Lächeln huschte über ihr Gesicht, während ihre Augen über Julia glitten.

Sie trug ein enges pastellfarbenes Kleid, das mit seiner aufregenden Schlichtheit über die Maßen ihre umwerfende Figur betonte. Ihr Make-up hob ausdrucksstark die Augen hervor und die blonden Haare trug sie ausnahmsweise nicht gepflegt frisiert, sondern mit Gel wuschelig gestylt.

»Pffff«, entwich Frauke achtungsvoll die Luft. »Wie viel Zeit habe ich, um mich annähernd passabel herzurichten?«

»Du hast jetzt noch eine halbe Stunde Zeit.«

»Das könnte reichen. Mein Magen meldet sich auch schon wieder«, gluckste Frauke, die das Badezimmer ansteuerte.

Julia lachte und machte es sich im Wohnzimmer auf dem Sofa gemütlich. Sie hatte nun ausreichend Zeit, um in einer Illustrierten zu blättern.

Nach nicht einmal zwanzig Minuten kehrte Frauke aus dem Bad zurück. Ihr dicht auf den Fersen folgte eine Wolke aus Wasserdampf, Deo und Parfüm.

Julia hob den Kopf und lächelte bei ihrem Anblick. »Sehr hübsch.«

Frauke hatte sich für einen langen, mit Blumen gemusterten Rock entschieden, dazu ein weißes Top mit dünnen Trägern. Eine Halskette verschwand in ihrem Ausschnitt und ließ den Anhänger daran nur erahnen. Ein Hingucker, den sie bewusst gewählt hatte.

»Im Gegensatz zu mir kannst du mit deinem Dekolleté richtig abräumen.«

»Dann kann die Party beginnen!«

ZEHN

Wie Frauke und Julia, erreichten viele der Gäste erst kurz vor Beginn des Folkloreabends die Veranstaltung.

An der Tür des großen Saales nahm sie ein Oberkellner in Empfang, warf ihnen einen prüfenden Blick zu und stellte genau eine Frage. »Deutsch?«

Julia und Frauke nickten und er bedeutete ihnen, ihm zu folgen.

»Woher wusste er, dass wir Deutsche sind?«, flüsterte Julia.

»Vielleicht durch unsere großen Füße.«

Julia kicherte und wäre fast in den Mann hineingelaufen, der vor einem kleinen Tisch stehengeblieben war. Er wies auf die freien Stühle und überließ sie den zwei Augenpaaren, die sie neugierig musterten, als sie ihren Platz einnahmen.

Frauke war es egal, ob sie angestarrt wurde. Vielmehr galt ihr Interesse dem eindrucksvollen Saal: In ihrem Rücken erhob sich auf einem Podest die Bühne, die durch helle Strahler erleuchtet wurde. Zwei Mikrophone standen im Vordergrund, dahinter deuteten aufgestellte Musikinstrumente auf die dem Motto folgende musikalische Begleitung hin.

Der Festsaal war mit dem Stimmengewirr verschiedenster Nationen erfüllt und machte richtig gute Laune, stellte Frauke fest. Dem Anlass entsprechend waren die Tische weiß gedeckt und vor jedem Gast lag ein Platzteller mit exakt angeordneten Gabeln, Messern und Löffeln. Wein- und Wassergläser standen bereit, um gefüllt zu werden. In der Mitte des Tisches beherrschte ein üppiges Blumengesteck das Bild.

Nachdem Frauke ihre Beobachtung abgeschlossen hatte, drehte sie sich ihrem Tisch zu und bemerkte irritiert, dass Julia bislang kein Gespräch mit ihren neuen Tischnachbarn begonnen hatte. Dieser Umstand veranlasste sie, das Pärchen gegenüber genauer zu betrachten.

Bevor es dazukam, tauchte wie von Geisterhand ein Glas Sekt auf und wurde griffbereit vor jedem abgestellt. Frauke langte zu und erhob es. »Auf einen schönen Abend!«

Der Mann auf der anderen Tischseite reagierte prompt. »Wenn ich mich vorstellen darf? Ich bin Wolfram Wacholder und das ist meine Frau Gerda. Wir kommen aus der wundervollen Hauptstadt Berlin.« Selbstgefällig verschränkte er die Hände vor seinem ausufernden Bauch.

Frauke nippte an ihrem Sekt und verschluckte sich beinahe, als Wolfram ihr vorwitzig zuzwinkerte. Hilfesuchend blickte sie Julia an, die ein aufsteigendes Grinsen unterdrückte. Frauke stupste ihre Freundin unterm Tisch mit dem Fuß an, aber sie ging nicht darauf ein.

»Schön, Sie kennenzulernen«, antwortete Julia stattdessen.

»Wir sind hier nicht so vornehm! Ich bin Wolfram.« Er blinkerte Julia zu.

»Seid ihr das erste Mal auf Teneriffa?« Gerda legte ihre Hand auf die von Wolfram und drückte einmal fest zu.

Frauke war es nicht entgangen, maß dem aber keine Bedeutung zu. »Wir sind das erste Mal hier. Es ist traumhaft schön.«

Wolfram schnaubte auf eine seltsame Art und Weise. »Wir sind das vierte Mal in diesem Hotel. Nachdem wir Weihnachten und Silvester in der Karibik verbracht haben, sind wir spontan hergejettet. Im Sommer werden wir nach Kanada fliegen. Wir haben jeden Teil der Welt gesehen. Teneriffa ist ja ganz nett, aber vorletztes Jahr waren wir auf Hawaii. Im Vergleich dazu kann Teneriffa nicht mithalten.«

Wolfram schaute sie erwartungsvoll an, aber weder Julia noch Frauke gedachten, etwas zu erwidern.

Julia hatte von der ersten Sekunde an gewusst, dass sie den Mann nicht mögen würde, ohne überhaupt ein Sterbenswörtchen mit ihm gewechselt zu haben.

Sie schätzte ihn und seine Frau Gerda auf Anfang oder Mitte sechzig. Bei der Betrachtung der Statur der beiden schmunzelte sie wider Willen, da Gerda im Gegensatz zu

Wolfram gertenschlank war. Im Gegenzug punktete Wolfram mit seinem wohlgeformten Bart. Aus seinem tiefgebräunten Gesicht stach das Weiß seiner Augen gespenstisch hervor und ließ sie an *Monster und Mutationen* aus Schwarz-Weiß-Filmen denken.

Frauke hingegen verschwendete keinerlei Gedanken an ihre Tischnachbarn und skizzierte mit ihrer Gabel die Umrisse des Pico del Teide auf der weißen Tischdecke. »Ich bin gespannt, was es zu essen gibt«, bemerkte sie in die Stille am Tisch hinein, während um sie herum, die Lautstärke und das Lachen anschwoll.

»Das stand in der Einladung! Habt ihr die nicht gelesen?« Gerda schüttelte verwundert den Kopf. »Es gibt zuerst eine Suppe, dann Salat, danach Fisch und zum Abschluss ein Dessert. Es ist jedes Jahr dasselbe. Grauenhaft sage ich euch, aber wir wollen nicht woanders Essengehen, weil wir das zahlen müssten, dabei haben wir doch Halbpension gebucht.« Sie verzog missmutig das Gesicht.

»Wir werden heute viel Spaß haben«, prophezeite Julia.

Ungeachtet der zähen Unterhaltung stellte Wolfram eine Frage in ihre Richtung. »Und woher kommt ihr?«

»Aus Braunschweig.«

Die Antwort entlockte ihm ein Lächeln. »Meine Schwester wohnt in Wolfenbüttel. Als ich das letzte Mal mit ihr telefonierte, hat sie mir vorgeschwärmt, wie schön grün es dort ist und dass man auf der Oker paddeln kann. Sogar bis nach Braunschweig.«

»Es gefällt uns sehr gut, dort zu leben«, antwortete Julia ehrlich und verblüfft zugleich angesichts der Wendung des Gespräches.

»Braunschweig, wo liegt das eigentlich?« Gerda zog eine hämische Miene. »War das nicht in der DDR?«

Julia überlegte, weshalb Gerda ihnen offenkundig eins auswischen wollte. Galten ihre Worte tatsächlich ihnen, oder waren sie an Wolfram adressiert, weil er die Unterhaltung mit ihnen suchte? Innerlich schüttelte Julia den Kopf, denn sie hatte es von vornerein kommen sehen, dass sich kein Kontakt entwickeln würde, der sie zufrieden stimmen sollte. Daher plante sie, diese Situation auszusitzen und die Provokation an sich abperlen zu lassen.

Jedoch hatte sie nicht mit Frauke gerechnet, der der aufsteigende Ärger ins Gesicht geschrieben stand und die ausholte, um eine passende Gegenantwort zu liefern.

Julia sah sich genötigt, ihr zuvorzukommen. »Braunschweig lag genau betrachtet im Zonenrandgebiet. Und das gehörte zur BRD und nicht zur DDR.« Sie sog scharf die Luft ein, weil es sie ungemein nervte, in eine solche Diskussion hineingezogen zu werden. »Im Übrigen ist das alles bereits Geschichte und seit Jahrzehnten vom Tisch. Außer alten Säcken, die diesen Teil der Vergangenheit nicht loslassen können, interessiert das heutzutage die jungen Generationen einen feuchten Kehricht. Und das ist gut so!« Am Ende war ihre Stimme lauter geworden, weil sie mit jedem Wort ein Stück weit ihre Beherrschung verloren hatte.

Nach Julias Ausbruch herrschte dröhnende Stille am Tisch. Wolframs Bart hüpfte auf und ab, während er in seinem Kopf Widerworte formte, während Gerda brüskiert das Gesicht zusammenzog, als ob sie auf eine Zitrone gebissen hätte.

Plötzlich wurde es dunkel im Saal. Zwei Scheinwerfer tauchten die Bühne in grelles Licht, auf der sich zwei Frauen dem Publikum mehrsprachig als Hotelmanagerin und deren Assistentin vorstellten.

Erleichtert lenkten Julia und Frauke ihre Aufmerksamkeit zur Bühne hin. Zudem ermöglichte ihnen der Auftakt der Show, die Köpfe zusammenzustecken.

Dabei rang Julia immer noch mit ihrer Fassung. »Was glauben die eigentlich, wer die sind? Dieser aufgeblasene Sack und seine blöde Frau!«

»Kotzbrocken«, pflichtete Frauke ihr bei.

»Und so was will Weltenbummler sein!«

»Eine Katastrophe!«

»Was macht ihr da?« Anja stand auf einmal vor ihnen. Abrupt richteten sie sich auf.

»Wo sitzt ihr denn? Wir haben euch gar nicht gesehen«, meinte Julia mit einem Anflug von schlechtem Gewissen, denn sie fragte sich, wie viel Anja von ihrer Meckerei mitbekommen hatte.

»Wir sitzen vorne am Eingang. An unserem Tisch sind nur Franzosen. Ich verstehe kein Wort.«

Julia und Frauke entdeckten Martin und Nadine, die mit Händen und Füßen mit ihren Tischgenossen redeten.

»Schade, dass wir nicht an einem Tisch zusammensitzen. Wir haben hier total blöde Leute«, führte Julia aus, die sich noch nicht vollständig beruhigt hatte.

»Sag deinen Eltern Bescheid, dass wir uns nachher treffen. Aber jetzt gibt es erstmal die Vorspeise. Besser du gehst zu deinem Platz zurück«, schlug Frauke vor.

»Okay. Bis dann.«

Anja hüpfte, wie es Kinder gerne taten, von einem auf dem anderen Bein zurück und umrundete lachend die Kellner und Kellnerinnen, die schwungvoll den Saal überfluteten.

Frauke und Julia blieb nichts anderes übrig, als sich wieder ihrem Tisch zuzuwenden. Julia mied den Blick von Wolfram und Gerda, um in keine weitere Diskussion hineingezogen zu werden.

Sobald der Teller mit der Suppe vor ihr stand, fing sie an, wie ein Weltmeister zu löffeln, ohne jemanden dabei Beachtung zu schenken. Zur Suppe wurde ein Weißwein gereicht, von dem sie einen großen Schluck nahm.

Frauke stupste Julia sanft von der Seite an. »Ab jetzt lassen wir uns nicht mehr ärgern, okay? Wir haben Urlaub.«

Julia atmete tief durch. »Du hast ja recht.« Sie nahm ihr Glas und prostete Frauke zu. Die Gläser klirrten aneinander und beide tranken aus. Frauke winkte dem in der Nähe stehenden Kellner zu, damit er nachfüllte.

»Hallo ... hallo, ihr beiden aus Braunschweig! Wir wollen auch anstoßen.«

Wolfram schien Julias Ausbruch von vor dem Suppengang vergessen zu haben und erhob sich mit seinem Glas in der Hand. Er streckte sein Weinglas in ihre Richtung aus, wobei seine Arme nicht einmal bis zur Tischmitte reichten.

Ohne sich zu erheben, erwiderten sie nur in der Luft angedeutet den Trinkspruch und nippten am Glas. Anschließend widmeten sie sich in aller Seelenruhe ihrer Suppe.

Kaum hatte Frauke den letzten Tropfen vom Teller gefischt, wurde in rekordverdächtiger Zeit abgeräumt und der nächste Gang, der Salat, innerhalb der nächsten Minute serviert.

»Das sieht köstlich aus.« Julia rückte mit der Gabel einer gegrillten Garnele zu Leibe.

Gerda beugte sich weit über den Tisch und machte einen langen Hals. Nachdem sie alles mit den Augen inspiziert hatte, wandte sie sich Wolfram zu. »Denen fällt nichts Neues ein. Schon wieder ein Salat mit Meeresfrüchten.«

Fraukes Augen funkelten grimmig. »Wenn man natürlich schon das vierte Mal hier ist, kann das Essen leicht fade werden. Ich würde an eurer Stelle nicht übers Essen meckern. Man weiß doch, was einen erwartet.«

Julia stockte in der Kaubewegung und starrte zu Gerda hinüber, die mit versteinerter Miene die Gabel beiseitelegte.

»Ach, ihr seid also Weltreisende? Woher kommt ihr nochmal? Habe ich schon vergessen!«

Julia und Frauke gingen nicht auf ihre erneute Provokation ein und winkten stattdessen dem Kellner zum Nachfüllen der Gläser.

»Wir genießen den Abend«, schwor Frauke Julia ein. Das zweite Glas Wein hatte sie bereits beschwingter gestimmt.

Julia brachte ihr ein Lächeln entgegen, das in dem Moment erstarb, als Frauke ihren Stuhl zurückschob.

»Ich frage Nadine und Martin, ob wir nachher etwas zusammen trinken wollen.«

»Lass mich hier nicht allein«, wisperte Julia ihr noch hinterher, aber es war zu spät – sie war weg. Langsam drehte sie sich zum Tisch um und wurde prompt von Wolfram angesprochen.

»Sag mal, du und Frauke. Seid ihr ein Paar?«

Julia zuckte innerlich zusammen, denn solche Sprüche hatten sie auf ihren Urlauben das ein oder andere Mal vernommen. Meist waren diese Äußerungen nie gutgemeint und im Grunde ziemlich unverschämt gewesen. Es bedeutete für sie das Überschreiten einer gewissen Grenze, die eine *fremde* Person bewusst tat und es ihr nicht zustand.

Trotz der ablehnenden Haltung, die er in ihr auslöste, lehnte sie sich im Stuhl zurück und sah Wolfram gelassen an. »Wir sind überzeugte Single-Frauen und genießen das Leben mit all seinen fantastischen Möglichkeiten! Wir sind offen gegenüber vielen schönen Dingen, die man zu zweit oder zu dritt machen kann.« Dabei lächelte sie ihn aufreizend an.

Wolfram verstand ihre Worte genauso, wie sie es beabsichtigt hatte. Unruhig begann er auf seinem Stuhl hin und her zu rutschen.

Gerda, die auf ihr Handy geschaut und eine Nachricht versendet hatte, blickte auf. »Wolfram, nun sitz mal still!«

Der Gescholtene erstarrte in der Bewegung ohne den Blick von Julia abzuwenden, die eine undurchdringliche Miene aufsetzte. Insgeheim war sie unglaublich stolz auf sich, dass sie eine derat gute schauspielerische Leistung abgeliefert hatte.

Wenig später kehrte Frauke an den Tisch zurück. »Nach dem Dessert treffen wir uns mit ihnen an der Bar.«

»Klasse«, hauchte Julia und beobachtete Wolfram, der den oberen Knopf an seinem Hemd öffnete.

Frauke war Julias Blick gefolgt. »Was ist denn mit dem los? War der Salat zu scharf gewürzt?«

»Ich vermute, er ist in Gedanken bei einem flotten Dreier. Ich habe ihm in der Hinsicht Hoffnungen gemacht.«

»Was? Was habe ich in der kurzen Zeit verpasst? Dich kann man keine Sekunde alleine lassen, ohne dass du schamlos den nächsten Kerl aufreißt!«

»Dann bleib lieber in meiner Nähe. Sonst kann ich für nichts garantieren.«

Sie lachten herzhaft, während Gerda ihnen misstrauische Blicke zuwarf.

Den vorletzten Gang, gebratener Fisch mit kanarischem Gemüse, sowie den kleinen runzligen Kartoffeln mit Salz-kruste, genossen sie, ohne auf Wolfram und Gerda zu achten.

Nach dem Dessert, einer Ansammlung von typisch kanari-schem Gebäck, hielten sie sich die Bäuche und stöhnten ge-sättigt.

»Ein Schlückchen Wein geht noch.« Frauke hob die Hand.

Der Kellner, der ihrem Tisch am nächsten stand, hatte wäh-rend des ganzen Abends die beiden im Auge behalten und füllte die Gläser zügig nach.

»Wenn du weiter so ein hohes Tempo anschlägst, liege ich in der nächsten halben Stunde betrunken unterm Tisch«, jam-merte Julia übertrieben.

»Ist das nicht der Sinn einer solchen Veranstaltung?«

Ihr Gespräch wurde jäh durch die einsetzende Musik der Folkloregruppe unterbrochen. Sie lauschten den Klängen der Musikinstrumente und dem Gesang eines Mannes. Das zweite Lied schloss sich nahtlos dem Ersten an und nach einer hal-ben Stunde war kein Ende abzusehen.

»Ich könnte etwas frische Luft vertragen«, meinte Julia.

»Sieh mal! Martin und Nadine stehen gerade auf. Wir schlie-ßen uns ihnen an.«

Sie machten Zeichen quer durch den Saal, dass sie gleich nachkommen wollten, und erhoben sich von ihren Stühlen.

»Wollt ihr schon gehen?«, fragte Wolfram bedauernd.

»Wir müssen morgen früh raus.«

Ohne weitere Erklärung oder einer Verabschiedung passierten sie unverzüglich den Saal und holten Nadine und Martin am Fuße der Treppe ein. Martin trug Anja auf dem Arm, die eingeschlafen war.

»Was für ein Abend!«, wurden sie von Nadine begrüßt. »Ich kann mich nicht erinnern, jemals eine vergleichbar schwierige Konversation geführt zu haben. Mein Schulfranzösisch ist total eingerostet und mit Englisch sind wir gar nicht weitergekommen. Wie war es bei euch?«

»Anstrengend, interessant und zum Glück vorbei«, scherzte Julia.

Martin unterbrach die Frauen. »Anja ist hundemüde. Besser ich bringe sie aufs Zimmer. Ich wollte mir dann die Fußballergebnisse ansehen. Was haltet ihr davon, wenn ihr ab jetzt einen Frauenabend macht?«

Voller Begeisterung bejahten drei Augenpaare seinen Vorschlag.

»Ich verstehe euch auch ohne Worte!«, lachte er und gab Nadine einen Kuss. »Dann viel Spaß Mädels«, verabschiedete er sich auf der Stelle und verschwand mit Anja.

Die drei Frauen hakten einander unter und zogen los zur Bar, an der zu diesem Zeitpunkt nichts los war. Der Barmann, erlöst von seiner Langeweile, kam freudestrahlend auf sie zu und fragte nach ihren Getränkewünschen.

»Ich finde, wir sollten mit einem Cocktail anstoßen«, schlug Julia vor.

»Sex on the Beach!«, frohlockte Frauke, denn der Alkohol beim Essen hatte sie längst in eine beflügelte Stimmung versetzt.

Vergnügt schauten sie dem Barmann beim Mixen zu; einem jungen Spanier mit langen dunklen Wimpern und einem Grüppchen am Kinn. Auf dem kleinen glänzenden Schild an seinem Hemd entdeckten sie seinen Namen: Rico.

Rico seinerseits badete in den bewundernden Blicken der Frauen, hantierte ausgiebig mit den Flaschen herum, füllte die

Zutaten des Cocktails in den Shaker ein und schüttelte ihn in der Höhe, wobei er wiederholt den Augenkontakt mit ihnen suchte. Selbst Julia, und das überraschte Frauke, flirtete ein wenig mit dem Mann.

Nachdem die Cocktails in die Gläser eingefüllt waren, stellte Rico kleine Schälchen mit gesalzenen Erdnüssen mit aufs Tablett, sodass sie vollbeladen gleich den ersten Tisch, der der Bar am nächsten stand, in Beschlag nahmen.

»Wenn der Cocktail gleichermaßen gut schmeckt, wie der Barmann aussieht, bin ich rundum zufrieden«, sprach Frauke ihren Gedanken aus und zog mit lasziven Augenaufschlag am Strohhalm.

Rico hatte sie nicht aus den Augen gelassen und infolgedessen schenkte er ihr ein strahlendes Lächeln.

Nadine kicherte. »Den hast du im Sack!«

Frauke erwiderte das Lächeln des Mannes. »Ein bisschen Übung kann nie schaden.« Ihr Blick wanderte zu Julia.

»Ich bin in festen Händen.«

Nadine lachte laut heraus. »Dein Mann ist nicht hier. Gönn dir den Spaß!«

Julia starrte Nadine verdattert an.

»Dein Gesichtsausdruck ist köstlich«, gluckste Nadine erheitert. »Ich hatte in den letzten Minuten mehr Spaß, als den ganzen Abend über an einem Tisch voller Menschen, mit denen man sich aufgrund von Sprachproblemen nicht unterhalten konnte«, ergänzte Nadine. »Aber jetzt erzählt, wie es bei euch gewesen ist!«

Ab diesem Zeitpunkt beherrschte Julias Bericht über ihren Verlauf des Folkloreabends das Gespräch. Nadine lauschte mit großen Augen und kam nicht über Wolfram hinweg, der Julia und Frauke mit besonderer Zuwendung bedacht hatte, obwohl seine Frau neben ihm gesessen hatte.

»Die beiden müsst ihr mir morgen unbedingt beim Frühstück zeigen!«, lachte Nadine am Ende aus vollem Herzen.

»Ach schade, morgen werden wir sehr früh aufstehen«, entgegnete Julia.

»Was habt ihr vor?«

»Wir sind auf Wandertour in der Masca-Schlucht.«

»Wie schön! Dieses Tal soll atemberaubend sein. Aber auch gefährlich! Letztes Jahr mussten Urlauber mit dem Hubschrauber gerettet werden, nachdem ein Steinschlag niedergegangen war. Eine Frau wurde sogar lebensgefährlich verletzt.« Nadine stockte für eine Sekunde und sprach mit gedämpfter Stimme weiter. »Martin plante diese Tour für uns, aber ich finde, die Risiken sind einfach zu hoch, weil ...« Ihre Stimme versagte, während sie ihre Hände nervös knetete.

Frauke und Julia traf der Stimmungswechsel mit Wucht, denn nichts hatte daraufhin gedeutet, dass Nadine in ihr altes Schema zurückfallen würde.

Julia legte eine Hand auf Nadines Arm und wartete ab, bis sie ihren Kopf hob und ihr in die Augen sah. »Wir machen morgen die Tour, und ja, es kann etwas passieren. Es kann immer etwas passieren! Das ist das Leben. Trotzdem, und ich bin ebenfalls ein Mensch, der auf Sicherheit bedacht ist, waren Frauke und ich in den Alpen und haben sogar eine Alpenüberquerung unternommen! Das ist ein Hochgebirge, das noch wesentlich gefährlicher als eine Schlucht auf Teneriffa ist.«

»Um Anja brauchst du dir keine Sorgen zu machen!«, warf Frauke ein. Der Alkohol hatte ihre Zunge gelockert und ließ sie nicht länger zögern zu sagen, was sie dachte. »Um dich mache ich mir Sorgen!«

Nadines Schultern sackten kraftlos hinab und machten Platz für viele Fragezeichen, die ihr ins Gesicht geschrieben standen. »Wie meinst du das?«

Julia hielt die Luft an, denn sie war verunsichert, ob es eine gute Idee war, Nadine auf den *Pott* zu setzten. Allerdings, wenn nicht jetzt, wann dann?

»Sieh mal«, begann Frauke und richtete sich auf,»Anja ist kein Kleinkind mehr. Ein Erlebnis wie die Masca-Tour stärkt ihr Selbstbewusstsein und macht sie stark fürs Leben. Außerdem gehen jeden Tag Touren durch diese Schlucht, also ist die Wahrscheinlichkeit einem Unglück zum Opfer zu fallen sehr gering.«

Frauke bemerkte den skeptischen Blick von Julia und sprach rasch weiter.»Aber Anja ist nicht blind, wie es zwischen dir und Martin bestellt ist. Sie spürt und bangt darum, dass ihr euch vielleicht trennt.«

»So ein Blödsinn!«, wehrte Nadine ab und verschränkte die Arme vor dem Körper.

»Kein Blödsinn«, fuhr Frauke sanft fort,»wir haben es mit eigenen Augen gesehen und machen uns auch Sorgen.«

Auf einmal brach Nadine in Tränen aus. Ihr Körper wurde von einem Weinkrampf geschüttelt.

Alarmiert beobachtete Rico das Geschehen von der Bar aus und war drauf und dran zu ihnen herüberzukommen. Frauke wehrte sein Herannahen mit einer Handbewegung ab, während Julia stumme Beobachterin blieb und inständig wünschte, dass Frauke das Richtige tat.

Schweigsam warteten sie ab, bis Nadines Weinanfall verebbte und sie nur noch leise vor sich hin schniefte. Erst nach Fraukes Erlaubnis traute sich Rico, der traurigen Frau ein Päckchen Taschentücher zu reichen.

Dankbar nahm sie es entgegen, fummelte umständlich ein Taschentuch heraus und schnaubte hinein. Danach berührte Frauke sie an der Schulter.

Nadine sah auf und wirkte sehr aufgewühlt.»Eigentlich möchte ich nicht so sein. Manchmal ist es so, als ob ich mich von außen betrachte und dann denke, dass ich das gar nicht bin!« Sie schüttelte betrübt den Kopf.»Mit der Geburt von Anja habe ich mich schlagartig verändert.«

Besorgt schielte Frauke zu Julia hinüber, die ein nachdenkliches Gesicht aufgesetzt hatte und dem Gespräch nicht mehr folgte. Frauke hatte den Eindruck, dass nicht nur Nadine in einer tiefen Krise steckte, sondern auch Julia geradewegs dort hinein schlitterte.

Frauke erahnte, welches Gedankenkarussell in Julias Kopf startete, während Nadine der Welt seltsam entrückt zu sein schien. Ihr tränenverlaufendes Make-up verlieh ihr zusätzlich einen grusligen Touch.

»RICO!« Frauke reckte die Hand in die Höhe. »Schnaps!« Dabei deutete sie ihm mit drei Fingern, in der Hoffnung, dass er den deutschen Ausdruck verstand.

Wenige Augenblicke später standen drei kleine Gläser mit einer klaren Flüssigkeit vor ihnen auf dem Tisch.

Frauke erhob ihr Glas. »Ich denke, wir werden heute nicht all unsere Probleme lösen können«, begann sie und wartete, bis Nadine und Julia in das hier und jetzt zurückkehrten und ebenfalls ihr Glas aufnahmen. »Aber wir haben Urlaub, und verdammt noch mal, die Probleme können uns heute mal am Arsch lecken! Jetzt wird gefeiert! Auf das Leben und die beschissenen Umstände, die es mit sich bringt. Mögen sie sich heute Abend in Luft auflösen!« Sie stieß ihr Glas gegen das der anderen und stürzte die Flüssigkeit hinunter. Danach schüttelte sie sich und hob erneut drei Finger in die Höhe.

»Frauenabend, super Idee«, unterstützte Julia ihren Vorschlag, trank ihren Schnaps aus und blickte Nadine erwartungsvoll an.

Sie nickte zögerlich, dann zuckten ihre Mundwinkel und ein erstes Lächeln machte sich auf ihrem Gesicht breit. »Und ihr habt wirklich eine Alpenüberquerung gemacht? So richtig mit Rucksack und schlafen auf den Berghütten?«

»Um Himmelswillen, nein!« Frauke lächelte belustigt. »Im Urlaub will ich Komfort haben. Julia konnte mich nur überzeugen, mitzugehen, wenn meiner Bequemlichkeit Rechnung getragen wurde.«

Nadines Augen funkelten putzmunter. »Was kann ich mir darunter vorstellen?«

»Wir haben die Alpen überquert, und das war fürchterlich anstrengend, aber das Gepäck wurde mit einem Auto zur nächsten Unterkunft gebracht und wir haben in gemütlichen Pensionen im Tal geschlafen. Inklusive eines Badezimmers mit heißer Dusche und Halbpension«, führte Frauke genauer aus. »Das war der Deal.«

»Vielleicht wäre das eine Idee für einen unserer nächsten Urlaube. Anja hat mehr Kondition als Martin und ich zusammen. Außerdem könnte es uns zusammenschweißen, trotz möglicher Gefahren, die ein Hochgebirge mit sich bringt.« Eine Spur Ironie mischte sich unter ihre Worte.

Daraufhin drückte Frauke der überraschten Nadine einen Kuss auf die Wange.

In diesem Moment verfügte das Schicksal, dass Wolfram mit seiner Gerda an der Bar vorbeilief und die drei Frauen entdeckte. »Hallo meine Damen, das ist aber schön, euch hier zu treffen.« Seine Zunge fuhr aufgeregt über die Lippen. »Ich bin Wolfram«, stellte er sich Nadine im selben Atemzug vor und betrachtete sie eingehend.

Gerda blieb im Hintergrund. »Wolfram, wir gehen jetzt aufs Zimmer!« Prompt marschierte sie los.

Wolfram blickte ihr kurz hinterher, seufzte kaum vernehmlich und richtete anschließend das Wort an die drei Frauen. »Das mit uns wird heute leider nichts mehr werden. Aber meine Gattin besucht jeden Tag den Wellnessbereich und ich wäre dann frei. Ruft mich doch auf dem Zimmer 4019 an.«

Fassungslos starrten sie ihm hinterher, bis er zu Gerda aufgeschlossen hatte und mit ihr im Fahrstuhl verschwand.

Danach prusteten sie aus voller Kehle los. Die anderen Gäste der Bar drehten sich zu ihnen um und reagierten teils amüsiert, teils kopfschüttelnd.

Aus freien Stücken heraus spendierte Rico eine neue Runde Getränke und freute sich ungemein, gutgelaunte und attraktive Gäste zu haben.

Indes schnappte Nadine nach Luft. »Das war also Wolfram! Und wir können ihn buchen, oder was? Das war eindeutig ein unmoralisches Angebot«, gackerte sie und hielt sich den Bauch vor Lachen.

Julia nestelte sich ein Taschentuch aus der Packung, die Rico Nadine gegeben hatte und schnäuzte sich geräuschvoll die Nase. »Jetzt kannst du dir ungefähr vorstellen, was wir heute beim Abendessen aushalten mussten!«

»Darauf müssen wir einen trinken«, schlug Nadine vor. »Oh, hier steht noch ein volles Glas.« Sie setzte an und zog es in einem Zug weg. Zeitgleich bedeutete sie Rico nachzufüllen. »Auf einen lustigen Abend!«

ELF

Als der Wecker um halb sieben klingelte, riskierte Frauke einen flüchtigen Blick auf die Anzeige, nur um zu entscheiden, dass es eindeutig zu früh war.

Julia neben ihr stöhnte leidend und zog sich die Bettdecke über den Kopf. »Wir müssen aufstehen. Masca-Schlucht«, erklang ihre Stimme dumpf durch das Laken hindurch.

Frauke quälte sich in Zeitlupe unter dem Deckbett hervor und richtete sich auf. »Mir hat jemand mit dem Hammer auf den Kopf gehauen.«

»Und ich bin unter eine Dampflok geraten. Holst du die Kopfschmerztabletten aus dem Bad?«

»Brausetablettenfrühstück.«

»Bitte sag nichts von Frühstück«, jammerte Julia.

Nur noch anderthalb Stunden Zeit und sie mussten am Busbahnhof von Puerto de la Cruz sein.

Der Taxifahrer holte sie pünktlich vor dem Hotel ab. Die Sonne schien kraftvoll und der blaue Himmel versprach einen wundervoll sonnigen Tag, doch die beiden verbargen ihre Augen hinter großen Sonnenbrillen und schwiegen die ganze Fahrt über.

Das Taxi hielt direkt am Busbahnhof, dort bezahlten sie den Fahrer und suchten anschließend den Treffpunkt von Doris` Wanderclub.

Trotz der frühen Stunde war der Bürgersteig sehr belebt. Die Menschen drängten dicht an ihnen vorbei und rempelten sie zuweilen an. Ihre Reaktion blieb verhalten, denn sie waren schlicht und einfach zu träge und liefen geradewegs in Doris hinein, die ihnen den Rücken zugekehrt hatte.

»Na sowas!«, rief Doris und drehte sich um. »Ihr seid das!« Sie betrachtete die beiden ausführlich.

Julia lupfte die Sonnenbrille. »Wir sind gestern versackt.« Mehr kam ihr nicht über die Lippen. Rasch bedeckte sie die Folgen des abendlichen Saufgelages hinter den dunklen Gläsern.

Frauke bewegte sich weder einen Millimeter von der Stelle noch sprach sie ein einziges Wort.

Doris´ weiße Zähne blitzten auf. »Ihr habt jetzt zwei Stunden Zeit euch zu erholen, ehe wir die Masca-Schlucht erreichen. Hoffentlich wird euch auf der Fahrt nicht schlecht«, ergänzte sie fürsorglich.

Julia und Frauke schüttelten vorsichtig den Kopf, während Doris ihre Wandergruppe zusammenrief und in den wartenden Bus hineinbugsierte.

Nach einer Stunde Fahrt stiegen sie in einen anderen Bus um, wodurch ein Schwall frischer Morgenluft half, die Laune von Frauke und Julia aufzuhellen. Als sie einmal mehr, aber zum letzten Mal, den Bus wechselten, waren Kopfschmerzen und Müdigkeit endgültig ausgeräumt.

Während der Bus beschleunigte, stand Doris im Gang und hielt sich an den Sitzlehnen fest. »Ab jetzt wird es sehr kurvig. Ich habe kandierte Ingwerstückchen dabei, die gegen Übelkeit helfen. Wer möchte, greift einfach zu.«

Julia langte beherzt in die Tüte hinein. Während sie unbekümmert auf dem Stück herumkaute, lehnte Frauke dankend ab. Seitdem sie einmal beim Sushi-Essen eingelegten Ingwer gekostet hatte, bewirkte bei ihr das *Wundermittel* genau das Gegenteil. Ihr wurde speiübel!

In Folge dessen lenkte sie ihre Konzentration auf die Landschaft, die im hohen Tempo an ihr vorbeirauschte. In der ein oder anderen Kurve schluckte Frauke, denn sie saß direkt am Fenster und konnte aus ihrer erhöhten Position heraus ausmachen, wie dicht sie am Abgrund entlangfuhren.

Dennoch legte sie all ihr Vertrauen in die Hände der Busfahrerin, die sie von ihrem Platz aus sehen konnte. Frauke redete sich ein, dass die Fahrerin die Strecke nicht das erste Mal befuhr und in der Art und Weise, wie sie vor jeder scharfen Kurve rechtzeitig das Tempo drosselte, bestärkte sie in ihrem Glauben.

Nachdem die abenteuerliche Fahrt stetig bergauf gegangen war, erreichten sie einen Punkt, ab dem es ausschließlich bergab ging. Es dauerte nicht mehr lange und sie erreichten das Dorf Masca.

An der Endhaltestelle scharte Doris ihre Wandergruppe um sich und leitete den Start der Tour mit ein paar Informationen über das Dorf ein.

»Bis vor ein paar Jahren war es ein sehr verschlafener Ort. Die Einwohner lebten hauptsächlich von der Landwirtschaft, die sie auf ihren Terrassenfeldern an den steilen Hängen betrieben. Mit dem Aufblühen des Tourismus, änderte sich im Dorf radikal das Leben. Wer zuvor in der Landwirtschaft gearbeitet hatte, sattelte um auf Gastronomie oder eröffnete einen Souvenirladen. Hier bekommt ihr allerlei Schnickschnack zu kaufen, der allerdings überall auf Teneriffa erhältlich ist. Daher verkneifen wir uns eine Shopping-Tour und unternehmen das, weshalb wir hier sind! Wandern.«

Doris blickte in die Runde, um sich zu vergewissern, dass alle startklar waren. »In gut vier Stunden werden wir das Meer erreichen. Also, auf geht´s!«

Kaum ausgesprochen, setzte sie sich an die Spitze der Gruppe. Zunächst marschierten sie durch das kleine Dörfchen, in dem keine Menschenseele zu entdecken war und nur das Trappeln ihrer Wanderschuhe in den schmalen Gassen widerhallte.

Als hätte Doris die Gedanken der Wandergruppe erraten, sagte sie: »Wenn die ersten Busse mit den Touristen einfallen, ist hier der Teufel los. Dann steigen viele mit Sommerlatschen die Schlucht hinab, wovon ich nur dringend abraten kann. Der Boden ist rutschig und zwischendurch werden wir sogar ein wenig Klettern müssen.«

Sie musterte unauffällig die Schuhe ihrer Gäste, ob nicht jemand mit Sandalen unterwegs war. Ihre Befürchtung erwies sich zum Glück als haltlos.

Nachdem sie das Dorf hinter sich gelassen hatten, kamen sie auf eine kleine Brücke zu, die einen mehrere Meter tiefen Abgrund überspannte und den Einstieg in die Wanderung markierte.

Sie blieben in der Mitte obenauf stehen und blickten in die Schlucht hinein. Die Vegetation zeigte sich von der kargen Seite, mit vereinzelten Palmen, flachen Büschen, Kakteen und Agaven. Das schmälerte jedoch nicht den grandiosen Anblick, den die Felswände abgaben, die in schwindelerregende Höhen emporschossen.

»Ich werde ein Foto machen!«, verkündete Frauke und lief ein paar Meter zurück, bis sie eine erhöhte Position fand, von der aus sie die Wanderer anvisieren konnte.

In der Mitte des Grüppchens, wie sollte es auch anders sein, stach Doris hervor, die zwar nicht besonders groß daherkam, aber selbstbewusst alle anderen überstrahlte. Ihre schwarzen Locken funkelten in der Sonne und ihre weißen Zähne blitzten mit der neben ihr lachenden Julia um die Wette.

Neben Julia stand ein Paar um die Mitte vierzig, welches ihren Sohn zwischen sich platziert hatte. Der Jugendliche fiel durch sein rotes T-Shirt auf, auf dem ein fieser, großer Totenkopf abgebildet war. Im Gegensatz zu seinem Shirt wirkte sein Gesicht überraschend freundlich, so dass Frauke davon ausging, dass sein innerer Kern nicht so schlecht sein konnte.

Zu guter Letzt vervollständigte ein älteres Ehepaar die Gruppe. Frauke schätzte die beiden auf Anfang oder Mitte sechzig. Deren sonnengebräunte Haut und die durchtrainierten sehnigen Beine verrieten ihr, dass sie nicht zum ersten Mal Wandern gingen. Die Frau fiel ihr besonders ins Auge, weil sie sich anstatt auf einem Aluminiumwanderstock auf einem krummen Holzstab abstützte.

»Frauke, wenn du dann fertig bist, können wir los!«, rief Doris zu ihr hinüber.

»Alles klar! Aufnahmen sind im Kasten.« Sie steckte das Handy in ihre Hosentasche und schloss zu den anderen auf.

Die ersten Meter verliefen ohne Gefälle und gaben ihnen Zeit, die fantastische Natur zu bewundern. Jedem stand die Begeisterung ins Gesicht geschrieben und sie konnten sich kaum vom Anblick der hohen Felswände losreißen.

Der gemütliche *Spaziergang* endete kurze Zeit später, als das Gelände abschüssig wurde. Ab dieser Stelle setzte sich der Junge mit dem Totenkopfshirt an die Spitze der Gruppe.

Durch ein paar gezielte Fragen brachte Julia in Erfahrung, dass der Name des Jungen Sven lautete und er und seine Eltern Paul und Inge aus Rüsselsheim kamen. Die Familie war seit fast zwei Wochen auf der Insel und hatte eine Reihe von Wanderungen unternommen.

»Übermorgen werden wir mit Juan den Pico del Teide besteigen. Am nächsten Tag reisen wir leider ab. Das wird dann unsere letzte Tour werden«, bemerkte Paul wehmütig.

Julia hatte interessiert zugehört und wandte sich Frauke zu. »Was meinst du? Wollen wir nicht auch den Pico besteigen? Das ist ein Muss auf Teneriffa!«

Ohne groß zu überlegen, stimmte Frauke zu, die dank der frischen Luft und der Bewegung sämtliche Wehwehchen vom Vorabend ausgeräumt hatte.

Paul kramte aus seiner Hosentasche einen Zettel hervor. »Das ist Juans Telefonnummer. Fotografier sie am besten ab. Seine Tour war noch nicht komplett ausgebucht. Ihr müsst unbedingt heute anrufen, damit ihr eine Genehmigung zur Besteigung der Spitze bekommt. Dafür benötigt Juan Angaben aus eurem Personalausweis.«

Julia machte rasch eine Aufnahme mit ihrem Handy. »Ich rufe ihn heute Abend an.« Sie hatte im Internet von der Bedingung erfahren, dass der Zugang auf die Spitze des Pico auf zweihundert Personen pro Tag beschränkt war.

»Wo lang?«, rief Sven, der an einer Weggabelung stand und nicht wusste, ob er rechts oder links gehen sollte.

Doris wies nach rechts und der Junge eilte voran, sprang leichtfüßig über ein paar Steine und umrundete voller Schwung einen großen Felsbrocken.

Im Gegensatz zu Sven nutzten die Erwachsenen ihren Wanderstock, um sich abzustützen und Gelenke und Knie zu schonen. Zwischendurch war ein rutschendes Geräusch zu hören, als Wanderschuhe auf dem Geröllboden nicht den richtigen Halt fanden.

Die Gespräche wurden seltener, weil ihnen der steile Abstieg einiges abverlangte und der spezielle Untergrund erhöhte Aufmerksamkeit voraussetzte.

Trotzdem kamen sie gut voran und nach zwei Stunden Anstrengung schlug Doris einen Zwischenstopp in einer Senke vor, die im Schatten der hohen Felsen lag.

»Das kommt genau richtig«, reagierte Frauke erleichtert. »Ich habe ein wenig Hunger, denn heute Morgen ist das Frühstück eher spärlich ausgefallen.«

»An fester Nahrungsaufnahme war vermutlich nicht zu denken«, spann Doris mit einem Augenzwinkern den Faden weiter.

»Den Saufabend habe ich fast vergessen.« Frauke grinste breit und entnahm ihrem Rucksack ein Brötchen, dass sie sich morgens im Frühstücksraum geschmiert hatte.

Jeder suchte sich nun einen bequemen Platz, meist auf einem der großen Steine. Es wurden Lunchpakete ausgepackt, Äpfel geschnitten und Bananen geschält. Dazu tranken sie Wasser aus ihren mitgebrachten Flaschen.

Nachdem Frauke ihr zweites Brötchen vertilgt hatte, legte sie den Kopf weit in den Nacken und blickte hinauf zu den schroff aufragenden Felswänden. Jetzt zur Mittagszeit stand die Sonne hoch, aber die Felswände spendeten immer noch genügend Schatten.

»Im Sommer wird es hier bestimmt richtig heiß«, sprach sie ihren Gedanken laut aus.

Günther und Edeltraut, die Senioren der Gruppe, saßen in ihrer Nähe und aßen grüne Äpfel. Jedes Mal wenn sie abbissen, knackte es laut.

Günther nagte soeben den letzten Rest bis zum Gehäuse ab. »Vor zehn Jahren waren wir im Hochsommer auf Teneriffa. Damals waren wir so naiv, in der Mittagszeit zu wandern und nicht ausreichend Wasser dabeizuhaben. Es ging uns auf der Mitte des Abstiegs aus.« Er steckte die Apfelreste in eine Tüte und nahm ein paar Tomaten aus dem Rucksack. »Richtig dämlich war aber, dass wir überhaupt nicht daran gedacht hatten, alles wieder hochlaufen zu müssen. In der prallen Sonne und ohne Wasser! Es war die Hölle!«

Er biss kräftig in eine Tomate hinein, wodurch der Saft auf den Boden tropfte. Mit klebrigen Fingern suchte er in seiner Hosentasche nach einem Taschentuch und blickte Edeltraut hilfesuchend an. Im blinden Einvernehmen erzählte sie für ihn weiter.

»Oben angekommen fühlten wir uns, als ob wir eine Wüste durchquert hatten. Wir hatten solch einen Durst, dass man es uns angesehen hat. Ein paar nette Einwohner des Dorfes versorgten uns anschließend mit Wasser. Das hat uns das Leben gerettet!« Sie unterstrich ihre letzten Worte mit einem Augenzwinkern.

»Und dann geht ihr heute noch mal die Tour?« Julia lächelte Edeltraut zu, die mit ihrer offenen und liebenswerten Art bei ihr großen Anklang fand und die sie längst in ihr Herz geschlossen hatte.

»Diesmal wollten wir alles richtig machen und es genießen«, schmatzte Günther, während er die zweite Tomate in den Mund schob, der wiederum so voll war, dass Edeltraut fortfuhr.

»Heute haben wir eine Tour gebucht, bei der wir unten am Meer von einem Boot abgeholt und nach *Los Gigantos* gefahren werden.«

»Und damit seid ihr bei mir goldrichtig gelandet!« Doris verstaute ihre Wasserflasche und erhob sich. »Seid ihr gestärkt?« Sie schulterte den Rucksack und setzte ihren Hut auf. »Wir wollen nicht unser Boot verpassen.« Sie kramte ihr Handy hervor und blickte kurz darauf. »Miguel ist zwar ein geduldiger Mann, aber er wird nicht ewig auf uns warten.« Ein verträumtes Lächeln formte ihre Gesichtszüge weich.

Frauke war es nicht entgangen. »Sag mal Doris, ist das einer dieser tollen spanischen Männer?«

Doris lief rot an, während sie intensiv den Sitz ihres Hutes überprüfte.

Frauke durchschaute ihr Manöver. »Miguel scheint ein ganz besonderer Mann zu sein, der Doris zum Träumen verleitet.«

»Frauke, du bist zu neugierig!«, warf Julia ein.

»Ich interessiere mich für meine Mitmenschen.«

»Faule Ausrede.«

»Gar nicht. Außerdem, wie nennst du das, wenn du aus Anderen die komplette Lebensgeschichte herausquetschst? Nicht neugierig?«

»Sie erzählen es mir freiwillig.«

Der Rest der Gruppe setzte sich in Bewegung, begleitet durch das muntere Gespräch der beiden.

»Hoffentlich dauert das nicht bis zum Ende der Tour«, raunte Edeltraut ihrem Mann zu. »Die sind schlimmer als Lisbeth und Waldemar aus Bad Gandersheim. Wenn die erst mal loslegen, nimmt die Diskussion kein Ende.«

Ungerührt setzten Frauke und Julia ihren Schlagabtausch eine Weile fort. Irgendwann gingen auch ihnen die Worte aus und nur der Gesang der Vögel und das Trappeln der Schuhe verblieb als beständige Geräuschkulisse.

Ohne ein ablenkendes Gespräch fand Julia ausreichend Zeit, den Sicherheitsaspekt dieser Wanderung unter die Lupe zu nehmen. Dazu warf sie einen kritischen Blick nach oben und überlegte, ob ihre nächste Frage dumm war, aber ihre Wissbegierde siegte.

»Was mir schon die ganze Zeit durch den Kopf geht, ist, ob man hier nicht einen Helm tragen sollte? Die Steine, die auf dem Weg liegen, sind doch bestimmt von oben herabgefallen.«

Doris bekam diese Frage regelmäßig gestellt und ihre Antwort lautete meist so, oder so ähnlich. »Ein Helm würde dir wenig nützen. Sei froh, wenn es ein großer Stein ist, dann ist es wenigstens schnell vorbei!« Ihrer Meinung nach konnte man dem Schicksal kein Schnippchen schlagen. Wenn die Uhr abgelaufen war, dann sollte es eben so sein, war ihre Devise.

Julia dagegen, die eine zufriedenstellendere Antwort erhofft hatte, beäugte weiterhin skeptisch die Felswände, ob nicht just in diesem Moment ein Stein drohte ihr auf den Kopf zu fallen.

»Julia, wenn du weiter nach oben starrst, ist es wahrscheinlicher, dass du einen Stein auf dem Weg übersiehst und dadurch zu Fall kommst. Die Folgen könnten ähnlich eines herabfallenden Felsbrockens sein«, zog Frauke sie auf.

Plötzlich stolperte Julia. »Huch!«

»Siehst du!«

Erschrocken richtete Julia ihre Sinne auf den Boden. Sie wusste selbst, dass es Blödsinn war, sich zu viele Sorgen zu machen. Aber so tickte sie nun einmal. Am liebsten plante sie alles weit im Voraus und wollte damit möglichen Risiken vorbeugen.

Eine vorausliegende Passage, bei der sie die Rucksäcke abnehmen und sich durch eine Lücke zwängen mussten, lenkte Julia von weiteren Gedankenspielen ab.

Kaum war dieser Durchgang geschafft, sprangen sie beherzt über eine Mini-Schlucht von Stein zu Stein, gefolgt von einem Felsvorsprung, den sie mühsam mit Hilfe der anderen erklimmen mussten. Der Weg war abenteuerlich und abwechslungsreich zugleich und bereitete allen sichtlich große Freude.

»Morgen werde ich Muskelkater haben«, kündigte Frauke an, die hinter Julia herlief. »Aber es hat sich gelohnt.«

»Es würde Heiko auch gut gefallen«, ergänzte Julia. »Ralf vielleicht auch, aber der ist jetzt Geschichte.«

»So ganz stimmt das doch nicht!«

Julia blieb stehen und Frauke bremste dicht hinter ihr ab. Auch ohne Worte deutete Frauke ihren Blick.

»Ist ja gut! Du hast recht«, räumte sie ein. »Wie dem auch sei, ich möchte gar nicht mit den Männern, ob Heiko oder Ralf oder meinem zukünftigen Freund, im Urlaub sein.«

Julia sah sie verblüfft an.

»Das liegt doch auf der Hand! Das ist unser Urlaub!« Frauke wurde unerwartet ernst. »Nur wir zwei! Keine Männer. Immerhin kennen wir uns am längsten. Da kommt kein Mann heran.«

»Heiko schon ziemlich dicht«, gluckste Julia.

»Im Gegensatz zu meinem, oder was?«

»Länger als ein Jahr hat das keiner bei dir ausgehalten!«

»Also, das ist ja wohl ein starkes Stück!«, schäumte Frauke, wobei ein Lächeln ihre Augen umspielte.

»Mädels, lasst uns mal vorbei! Das kann sich doch keiner mitanhören!« Günther überholte die beiden.

»Vielleicht solltet ihr heiraten!«, warf Edeltraut ein. »Ihr seid das perfekte Paar - nach dreißig Jahren Ehe!« Kichernd zog sie an ihnen vorbei.

»Wir werden für ein altes, zänkisches Ehepaar gehalten«, schlussfolgerte Frauke grinsend. »Ich finde, das können wir als Kompliment auffassen. Meinst du nicht auch?«

Julia zuckte mit den Schultern. »Ist das wirklich ein Kompliment? Ich bezweifle es.«

Frauke hatte keine Bedenken, denn sie war felsenfest davon überzeugt, eine wunderbare Freundschaft zu haben, zu der eben auch Differenzen zählten. Immerhin waren sie keine ein-eiigen Zwillinge und mussten nicht immer einer Meinung sein. Außerdem konnten sie sich herrlich streiten, ohne es der anderen nachzutragen.

Natürlich wusste Frauke um den Umstand, dass ihre Män-nerbeziehungen schwierig und meist nur von kurzer Dauer waren. Allerdings war sie gleichermaßen der Ansicht, dass sie meist nur Pech hatte. Wahrscheinlich suchte sie sich immer den Falschen aus.

Ein erschreckender Geistesblitz durchzuckte sie und warf die Frage auf, ob sie in der Tiefe ihres Herzens nicht eine bin-dungsscheue Frau war! Dieser Gedanke setzte sich bei ihr fest wie eine Klette und schloss mit der Frage an, ob sie nicht ein Fall für den Psychiater sei!

In diesem Moment achtete sie nicht auf ihre Füße, kam ins Straucheln und drohte nach vorne überzukippen.

Zwei kräftige Arme fingen sie auf. »Hab dich!«

Erleichtert sah Frauke in Julias Augen. »Danke.«

»Ist doch klar. Dazu sind Freunde da.« Julia lächelte.

Frauke sog tief die Luft ein, als eine kleine Glückswelle ih-ren Körper überflutete! Denn was immer auch bei ihren Be-ziehungen zu Männern schieflief, so hatte sie in Julia die beste Freundin gefunden, die sie sich wünschen konnte. Demnach führte sie seit etlichen Jahren eine enge Beziehung mit Julia und folgerte für sich daraus, dass sie kein bindungsscheuer Mensch war!

Trotzdem legte sich ihre Stirn in Falten, während sie im Zuge dessen überlegte, dass die Beziehung zu Julia insofern einfacher war, weil sie in getrennten Haushalten lebten. Mit einem Mann zusammenzuleben, erschien ihr überdies kom-plexer und weitaus schwieriger zu sein.

Frauke schüttelte sich kurz bei der Erinnerung an die Lieb-schaft, die sie vor Ralf gehabt hatte; Mirko.

Seinetwegen hatte sie auf ihre heißgeliebten Rosamunde-Pilcher-Filme verzichtet, weil seiner Meinung nach der Sonntagskrimi geschaut werden musste. Nicht nur das, war ausschlaggebend gewesen, ihm den Laufpass zu geben, führte aber dazu, dass sie erneut an ihrer Einstellung zu ihren Liebesbeziehungen zweifelte. Hätte sie nicht das Opfer bringen und ihm zuliebe auf einen romantischen Film verzichten können?

»Ich kann das Meer schon riechen«, frohlockte Julia und durchbrach Fraukes innere Debatte.

Frauke fasste es als Warnsignal auf, den *Quatsch* mit der eigenen Psychoanalyse sein zu lassen. Es bereitete ihr nur schlechte Laune und die konnte sie im Urlaub nun wahrlich nicht gebrauchen. Deswegen blickte sie guter Dinge vorwärts und freute sich auf die erwartete kühle Meeresbrise.

Nach einer letzten Biegung war es soweit und der Weg mündete in einer weitläufigen Bucht, die von schroffen Felswänden eingerahmt wurde. Dem breiten Steinstrand rollten Wellen mit weißen Schaumkrönchen entgegen und im Hintergrund schaukelten weiße Schiffe auf dem blauen Wasser. Ein idyllisches Bild geschaffen wie für eine Postkarte.

Julia suchte das Meer nach dem Boot ab, das die Wandergruppe an Bord nehmen sollte. »Hier wartet niemand auf uns.«

»Folgt mir und wir werden Miguel schon finden«, erwiderte Doris gelassen, während ihr Herz laut zu klopfen begann.

In ihr keimte die Befürchtung auf, von ihm versetzt worden zu sein. Sollte es der Fall sein, stand für sie die Entscheidung fest: Es war ihm nicht ernst mit ihr und es existierte zwischen ihnen kein besonderes Band; eine Anziehungskraft, die ihr jedes Mal, wenn sie aufeinandertrafen, den Atem raubte. Erging es ihr nur so?

Bei aller Unklarheit bezüglich Miguel und seinen Gefühlen war es für sie ein absolutes Gebot diese Tour sauber zu Ende zu führen und sich nicht vor der Gruppe zu blamieren. Daher folgte sie ihrem gewohnten Ablauf und ging auf einen Ausleger zu, der gut dreißig Meter in die Bucht hineinragte.

»Miguel kommt mit einem U-Boot?«, äußerte Paul vorwitzig.

Doris lächelte milde und erklomm die hohe Stufe, die den Zugang zum schmalen Steg markierte. Hinter ihr reihten sich Inge und Paul ein, zu denen Sven aufschloss, gefolgt von Günther und Edeltraut. Frauke und Julia bildeten das Schlusslicht.

Doris´ Anspannung wuchs, während sie die Bucht nach Miguel absuchte, aber es waren zu viele Boote und keines davon näherte sich ihnen.

»Doris?« Die Gruppe scharrte ungeduldig mit den Füßen.

Seufzend holte sie Luft und machte sich mit der Vorstellung vertraut, dass sie entweder die Schlucht wieder hinaufsteigen, oder ihr Glück bei einem der vielen Freizeitkapitäne versuchen mussten. Egal welche Alternative, es war eine Katastrophe!

»Da hinten steuert einer auf uns zu!«, erlöste Sven die zum Zerreißen angespannte Doris.

Aus der Ansammlung von Schiffen hatte sich eins herausgelöst und näherte sich mit dem Heck voran dem Anleger. Die an Deck sitzenden Passagiere beobachteten das Manöver mit größtem Interesse. Aus mehreren Metern Abstand wurden nur noch wenige Zentimeter und das Boot war zum Greifen nahe.

Doris wagte als erste den Schritt auf das wankende Schiff. Lächelnd drehte sie sich um. »Bitte passt gut auf! Nicht, dass mir jemand ins Wasser fällt.«

Julia wandte sich Frauke zu. »Die Warnung galt vermutlich dir.«

»Sehr witzig! Pass auf, dass dir deine beste Freundin nicht gleich einen Schups gibt«, hielt sie dagegen.

»Dann halte ich mich bei dir fest und ziehe dich mit ins Wasser.«

Ein lautes Räuspern erklang. »Wenn ihr dann soweit seid, können wir ablegen.« Doris starrte auffordernd zu ihnen hinüber, während die versammelte Wandergruppe ungeduldig hinter ihr wartete und die erneute Diskussion mit einem Kopfschütteln quittierte.

»Bin schon unterwegs«, setzte Frauke mit Schwung an und sprang über die Lücke aufs Schiff.

Julia war die Letzte und da sie der Mittelpunkt des allgemeinen Interesses war, wollte sie lässig zu ihnen hinüberhüpfen. Doch völlig unerwartet hatte sich der Abstand zwischen Anleger und Boot vergrößert.

Das wiederum hatte Julia nicht einkalkuliert und ihr Schritt wurde zu knapp. Sie erreichte das Bootsdeck lediglich mit den Zehenspitzen und erahnte, dass sie nicht genug Schwung besaß, um sich hinüberzuretten. Infolgedessen sank sie in den Ausfallschritt, wobei ihre Arme wild in der Luft herumruderten.

Julias Augen weiteten sich. »Hilfe!«

Frauke schaltete blitzschnell und griff nach ihren Armen. Sie bekam einen zu fassen, aber das Schiff war erneut um ein paar Zentimeter weggedriftet. Julia rutschte tiefer in die Grätsche, aus der sie aus eigener Kraft nicht mehr hochkommen würde. Sie näherte sich unaufhaltsam dem Spagat und jedem war klar, dass sie die Notwasserung in Betracht ziehen musste.

»Lass mich los! Ich bin doch keine Balletttänzerin!«

Frauke hatte ein Einsehen und lockerte den Griff. »Ich werde dich gleich aus dem Wasser retten!«

Julia schloss die Augen und ergab sich dem Unvermeidlichen. Doch plötzlich packte sie jemand an den Armen. Überrascht riss sie die Augen auf. Gleichzeitig wurde sie in einer fließenden Bewegung an Bord gezogen.

Jeglicher Kontrolle beraubt, quiekte sie protestierend auf und prallte mit Wucht an die behaarte Brust ihres Retters. Ihre Nase drückte sich in ein Meer von schwarzen, gekringelten Brusthaaren, in denen ein goldenes Kreuz glitzerte.

Es verschlug ihr für einen Moment die Sprache. Sie hob den Kopf und lächelte ihrem Retter zaghaft zu. Die Sonne blendete ihr ins Gesicht, so dass sie die Gesichtszüge des hochgewachsenen Mannes nicht erkennen konnte.

Unterdessen brandete Beifall unter den Schaulustigen auf. Vereinzelt mischten sich enttäuschte Zwischenrufe von denjenigen darunter, die lieber gesehen hätten, wie die ungeschickte Frau ins Wasser gefallen wäre.

Julia überwand den ersten Schock und spürte, wie ein peinliches Gefühl von ihr Besitz ergriff. Die Schamesröte kroch in ihr Gesicht, so dass sie beschämt die Augen zu Boden senkte. Währenddessen wandte sich ihr Retter ab und stapfte davon.

Frauke fiel Julia um den Hals. »Das war echt knapp! In Gedanken hatte ich schon meine Schuhe ausgezogen und wäre dir ins Wasser gefolgt. Oder hätte dir einen Rettungsring zugeworfen! Gibt es den hier? Egal, sonst hätten wir von Edeltraut den Wanderstock genommen und an dem hättest du dich festhalten können.«

Doris unterbrach Frauke. »Das Wasser ist hier kaum mehr als einen Meter tief. Sie hätte überlebt.«

»Ach so.« Fraukes Gesicht entspannte sich und sie gab Julia aus der Umarmung frei.

Daraufhin sackte Julia ermattet auf eine schmale Bank, die sich zum Glück gleich in der Nähe befand. Sie atmete mehrfach tief durch und fuhr ihren Körper von einer Höchstanspannung auf einen normalen Modus mit durchschnittlichem Puls herunter.

Dagegen klebte Doris´ Blick unverändert an Julias Retter, der nach vorne in Richtung Bug davoneilte. Einige der Schaulustigen klopften ihm anerkennend auf die Schulter.

Ohne auf die Reaktion der Passagiere einzugehen, erreichte er die Kommandobrücke, die nach allen Seiten hin offen war und durch die erhöhte Position einen guten Überblick über das Schiff bot.

»Ich werde Miguel wegen der verzögerten Abfahrt besänftigen.« Doris nahm ihren Hut ab und schüttelte die schwarzen Locken im Wind aus. Mit schwingenden Hüften folgte sie ihm und kletterte die kurze Leiter hinauf. Als sie ihn ansprach, wirkte er nicht überrascht, vielmehr schenkte er ihr ein liebevolles Lächeln.

»Das ist also Miguel«, hauchte Frauke. Der gut ein Meter neunzig große Mann, war ihrer Einschätzung nach ungefähr so alt wie Doris. Seine Statur war beeindruckend kräftig und das hellblaue, weit aufgeknöpfte Hemd schmeichelte seiner sonnengebräunten Haut. Selbst sein Lächeln fand in Fraukes Augen Anklang.

Julia murmelte etwas vor sich hin.

»Was hast du gesagt?«, lenkte Frauke ihre Aufmerksamkeit zu ihr.

»Warum musste mir das ausgerechnet passieren?«

»Das ist einfach zu erklären! Je länger du mit mir zusammen bist, desto mehr färbt meine Pechsträhne auf dich ab. Am Ende des Urlaubs werde ich unfallfrei durchs Leben gehen und du wirst ständig auf der Hut sein müssen und darüber hinaus Selbstgespräche führen.«

»Das ist ja furchtbar!«

Frauke kicherte.

Julia raufte sich ihre kurzen Haare. »Könntest du uns etwas zu trinken organisieren? Ich muss den Schock hinunterspülen.«

»Geht klar.«

Mit einem kühlen Bier in der Hand ergatterten sie einen Platz an der Außenreling, wo ihnen der Fahrtwind Abkühlung verschaffte. Einen Blick aufs Meer hatten sie nicht übrig, denn sie schielten neugierig zu Doris und Miguel hinüber.

Seitdem das Schiff abgelegt hatte, war Doris nicht von seiner Seite gewichen. Es war unübersehbar, ihre gegenseitige Anziehungskraft, die Doris deutlich offenbarte, indem sie überschwänglich lachte, sich unablässig durch die Haare fuhr und beinahe jede Meereswelle nutzte, um sich an ihm festzuhalten. Ohne jeden Zweifel fand Miguel ebenfalls Gefallen an ihr und ein ums andere Mal legte sich sein Arm stützend um ihre Hüfte und zog sie zu sich heran.

»Die beiden sind verliebt«, sagte Julia mit einem verklärten Blick.

»Erinnerst du dich noch an Julius?«

Julia wandte sich Frauke zu. »Du warst total verrückt nach ihm. Ich habe das nie verstanden. Er war ein grauenhafter Sofahocker, der von Tag zu Tag zum Pantoffelpascha mutierte.«

Frauke lachte. »Wie wahr! Im Nachhinein gesehen hast du natürlich recht. Komisch nur, dass man das am Anfang einer Beziehung gar nicht wahrhaben will. Irgendein chemischer Cocktail setzt dem Gehirn zu und legt das rationale Denken auf Eis.«

»Schade nur, dass Ralf dein Gehirn nicht derart unter Drogen setzen konnte.« Julia entging nicht, wie Frauke das weite Meer fixierte und ihre Feststellung ignorierte.

»Der wievielte Freund war das eigentlich, der nun das Zeitliche gesegnet hat?« Julia erwartete keine Antwort von ihr, stattdessen nahm sie ihre Finger zur Hilfe und begann aus ihrem Gedächtnis heraus, die Namen von Fraukes Verflossenen aufzulisten. Sie begann bei Ralf und hangelte sich in die Vergangenheit zurück.

Frauke beobachtete sie aus den Augenwinkeln. Die eine Hand war rasch abgezählt und Julia kommentierte es mit *eins*. *Zwei* war wenig später voll und Frauke wurde es ungemütlich zu Mute, denn Julia hatte mittlerweile *drei* verkündet.

»Ich hatte doch keine fünfzehn Freunde seit der Schulzeit!«, haderte Frauke mit ihrer Aufzählung.

»Ich bin noch nicht fertig«, erwiderte Julia ungerührt. Erst bei *neunzehn* ließ sie die Hände sinken. »Ich bin mir nicht ganz sicher, aber es müsste auf plus minus zwei hinkommen.« Still-vergnügt lehnte sie sich zurück.

Frauke war blass um die Nase geworden. »Vielleicht müs-sen wir exakter definieren, was eigentlich unter *Freund* fällt.«

»Harmlose Flirts habe ich nicht mitgezählt.«

Frauke atmete tief aus. »Wenn man sich die Zahl Neunzehn auf der Zunge zergehen lässt, dann hört es sich nach ziemlich viel an.«

»Das liegt daran, dass, sobald es ernst wird, du das Weite suchst. Und wenig später steht der nächste vor der Tür.«

Frauke hob zum Protest an, überlegte es sich aber anders. »Wahrscheinlich stimmt das«, räumte sie ein.

Die harten Fakten lagen auf dem Tisch, es gab nichts zu beschönigen. Frauke hätte hinzufügen können, nicht mit je-dem tatsächlich ins Bett gegangen zu sein, aber im Grunde war das nicht erwähnenswert. Sie war immer der Auffassung gewesen, dass sie eine Beziehung lieber kurz und schmerzlos beendete, als wenn sie *ewig* darin festgehangen hätte. Ganz of-fensichtlich war noch nie *der* eine Mann darunter gewesen, der es vollbracht hatte, sie dauerhaft zu binden.

»Da hinten ist Los Gigantos!«, rief Julia und wies mit dem Finger auf den Ort hin, der sich zwischen Meer und steilen Lava-Hängen einbettete.

Frauke vergaß augenblicklich, weshalb ihr zuvor bei der Zahl Neunzehn das Blut aus dem Gesicht gewichen war. Vol-ler Vorfreude blickte sie dem Zielort entgegen, der wahrlich einen erstaunlichen Namen trug.

Mit Doris an seiner Seite steuerte Miguel in den Hafen hin-ein. Das Anlegemanöver ging schnell vonstatten, worauf ein Gehilfe das Schiff an der vorgesehenen Stelle am Kai vertäute. Ein metallener Steg wurde ausgefahren und die ersten Passa-giere gingen von Bord.

Die Wandertruppe sammelte sich auf festem Boden und wartete einmütig auf Doris, die sich von Miguel verabschie-dete. Sie wechselten ein paar Worte, dann beugte sich Miguel zu ihr hinunter und gab ihr rechts und links ein Küsschen auf die Wange. Dabei flüsterte er ihr etwas ins Ohr, woraufhin Doris entzückt lächelte, und ihm einmal fest die Hand drückte.

Danach überquerte sie den Steg und kam auf ihre Gruppe zu, die ihr schweigend und mit großen Augen entgegensah. Doris verstand augenblicklich, was in ihren Köpfen herumspukte und wurde rot.

»Es gibt sie doch! Die aufregenden spanischen Männer«, fasste Frauke lächelnd zusammen. »Einer steht dort oben und lässt dich nicht aus den Augen.«

»Miguel ist wirklich nett«, wich Doris aus. »Sieht er immer noch zu mir herüber?«

Kopfnickend erfuhr sie die Bestätigung, die ihren Bauch kleine Purzelbäume schlagen ließ. Sie schaute über die Schulter und fing seinen Blick auf. Mit einem spitzbübischen Lachen wandte er sich ab und ging wieder seiner Arbeit nach.

»Bevor ich komplett im Boden versinke, machen wir uns auf den Weg in den Ort«, äußerte Doris aufgekratzt. »Unser Bus heimwärts fährt erst in drei Stunden. Ihr habt somit Zeit, den Ort zu erkunden. Wir treffen uns dann in knapp drei Stunden dort drüben an der Haltestelle. Alles klar?«

Alle nickten eifrig und besprachen, wer welche Pläne für die freie Zeit verfolgte. Letztendlich gingen sie getrennte Wege. Sven wollte zum Schwimmen an den Badestrand und seine Eltern wollten ihn nicht alleine gehen lassen. Günther und Edeltraut hatten vor Bummeln zu gehen und anschließend etwas zu essen.

Julia und Frauke entschieden sich in der Nähe des Hafens zu bleiben, um in einem Restaurant einzukehren. Frauke hatte darauf bestanden, denn ihr Magen hing ihr schon in den Kniekehlen, wie sie lauthals verkündet hatte.

Doris blickte zum Hafen zurück und meinte Miguel auszumachen, der auf seinem Boot stand und in ihre Richtung sah.

Am liebsten wäre sie zu ihm zurückgegangen, aber neue Passagiere drängten an Bord und er würde bald auslaufen.

Wie jedes Mal, nach dem Zusammentreffen mit Miguel, befand sie sich in einer wundervollen euphorischen Stimmung. Ihr Herz schlug schneller und lauter und ihr Körper glühte von innen heraus.

Leider folgte auf dieses Hochgefühl kurze Zeit später der *Absturz* in ein Loch, da seit Monaten diese wöchentliche Schleife ablief, in der sie einander wiedersahen, aber kein Stück näherkamen. Dabei brannte Doris darauf, mehr über ihn in Erfahrung zu bringen und herauszufinden, ob es mehr war als ein heißer Flirt.

Nach der freien Zeit trafen Günther und Edeltraut als Erstes am verabredeten Treffpunkt ein. Als Doris dazustieß und wenig später Frauke und Julia, gaben die Rentner aus Bremerhaven ihre Erlebnisse aus dem Restaurant, in dem sie eingekehrt waren, zum Besten.

»Am Nachbartisch saß eine englische Familie«, begann Edeltraut, die sich auf ihrem Wanderstock abstützte. »Der Mann saß mit freiem Oberkörper am Tisch, während er ein riesiges Stück Fleisch mit einer Unmenge an Pommes vertilgte. Sein Rücken war knallrot verbrannt, fast so rot wie der Ketchup auf seinem Teller.«

»Und erst die Frau!« Günther lachte auffallend laut. »Sie hatte unglaubliche Möpse, die ihr fast aus dem Mini-Bikini-Oberteil herausfielen.«

»Günther!« Edeltraut starrte ihn erschrocken an.

»War doch so!«

»Ja ... aber Möpse?«

»Also gut mein Engelchen. Brüste. Sehr große, ausladende Brüste!«

»Ob sich das besser anhört?«

Die anderen lachten begeistert, während Paul mit Inge und Sven die Gruppe vervollständigte.

Sven musterte neugierig die Erwachsenen und sperrte die Ohren sperrangelweit auf. Aber niemand hatte vor, das Thema weiter vor ihm auszubreiten, obwohl sie erahnten, dass Sven durch das Internet längst einen tieferen Einblick in *gewisse Dinge* erlangt hatte.

Doris klatschte in die Hände. »Unser Bus kommt.«

Sie waren nicht die Einzigen, die dem Bus sehnsüchtig nach einem langen Tag in der Sonne entgegensahen. Kaum, dass die Tür beim Busfahrer aufging, drängelten sich die ersten Fahrgäste hinein. Als Doris mit ihrer Wandertruppe zustieg, waren bereits viele der Sitzplätze belegt. Demzufolge suchte jeder für sich einen freien Platz und sie verstreuten sich auf verschiedene Sitzreihen. Unmittelbar nachdem der Bus angefahren war, fiel der ein oder andere Wanderer in einen leichten Schlaf, um die Strapazen der zurückliegenden Stunden abzumildern.

Die Erholungspause währte nicht lange, denn nach Erreichen des ersten Umsteigebusbahnhofs standen sie erneut auf ihren müden Beinen und warteten auf die Anschlussverbindung. Frauke und Julia standen etwas abseits mit Doris beisammen.

»Vorhin auf dem Boot war das Geschaukel deutlich angenehmer als das im Bus«, pirschte Frauke auf das Thema zu, das sie brennend interessierte. »Miguel ist so heiß!«

Doris verschlug es die Sprache, während Julia so etwas in der Richtung hatte kommen sehen. Aber anstatt eines Kommentars war sie wie Frauke auf ein paar pikante Details erpicht.

»Komm schon Doris«, forderte Frauke sie mit sanfter Stimme auf, »wir sind quasi unter uns. In ein paar Tagen sind wir von der Insel verschwunden und du wirst dich nicht mehr an uns erinnern.«

»An euch nicht mehr erinnern? Sollte ich jemals Gedanken hegen Schriftstellerin zu werden, werdet ihr in meinem Buch vorkommen.«

»Das ist ein Deal! Du kannst uns in deinem Vielleicht-Buch verwursten, wenn wir nun endlich erfahren, was zwischen dir und Miguel läuft.«

»Nicht so laut!« Doris warf einen Blick über die Schulter. Sie entdeckte den Rest der Gruppe, wie sie vor einem großen Baum standen und scheinbar rätselten, wie die grünen, noch unreifen Früchte daran heißen mögen. Die meisten erkannten Papaya nur, wenn sie im Supermarkt vor ihnen lag. Niemand rechnete damit, sie freiwachsend auf Teneriffa vorzufinden.

Doris behielt länger als nötig den Blick dorthin zugewandt, denn sie dachte darüber nach, wie es um sie und Miguel bestellt war. In ihr gärte der Gedanke, dass Miguel einfach nur gerne mit ihr flirtete, wie mit anderen Frauen vielleicht auch. Allerdings hatte sie, solange sie ihn kannte, nie beobachtet, dass er es tatsächlich auch tat.

»Hallo Doris?« Julia wedelte mit der Hand vor ihrem Gesicht herum. »Du bist ganz weit weg!«

Doris entfuhr ein tiefer Stoßseufzer. »Ich weiß nicht genau, was zwischen uns läuft«, gestand sie ein.

»Eins lässt sich allemal festhalten, dass ihr vorhin heftig am Herumturteln gewesen seid!«

Doris´ Gesicht überzog eine leichte Röte. »Das geht seit etlichen Wochen so. Danach bin ich immer total aufgekratzt, glücklich und verwirrt.«

»Das ist doch super!«

Doris´ Schultern sackten hinab. »Die spanischen Männer sind anders als die deutschen und es wird viel Wert auf Familie und das Drumherum gelegt.«

»Wie meinst du das?«

»Erst einmal bin ich schon achtunddreißig.«

»Ich hätte dich viel jünger eingeschätzt«, entgegnete Frauke. »Und wie alt ist Miguel?«

»Sechsunddreißig.«

»Dann ist er nur etwas jünger. Weiß er das? Manche haben echt Probleme damit.«

»Kann ich dir nicht sagen.«

»Wie lange kennt ihr euch schon?«, klinkte Julia sich mit ein.

»Er ist seit gut einem Jahr wieder auf der Insel.«

»Wieder?«

»Sein Vater hatte vor anderthalb Jahren einen Herzanfall und Miguel half vorübergehend bei den Bootstouren aus. Damals lernte ich ihn kennen und es funkte zwischen uns, als er das erste Mal meine Tour aus der Masca-Schlucht aufgabelte.« Ihre blauen Augen funkelten verträumt. »Als ich ihn anblickte, wäre ich um ein Haar ins Wasser gefallen.«

»Siehst du Julia, das kann jedem passieren.« Frauke grinste vorwitzig zu ihr hinüber.

Julia mochte nicht mehr an den Vorfall erinnert werden und stürzte sich lieber auf Doris´ Geschichte. »Wenn es in jener Zeit zwischen euch gefunkt hat, warum ist er dann trotzdem weggegangen?«

»Als es seinem Vater besser ging, zog es ihn zu seinem Job nach Gran Canaria zurück. Ihr müsst wissen, dass die Familie auf allen Kanarischen Inseln Schiffe besitzt.«

»Warum ist er nicht verheiratet?«, wollte Frauke wissen.

Julia stupste sie mit dem Ellenbogen in die Seite. »Sowas kannst du doch nicht fragen!«

»Nicht?«, erwiderte Frauke mit gespielter Überraschung.

»Mädels«, ging Doris dazwischen, denn die Diskussionsfreude der beiden hatte sie inzwischen hinlänglich kennengelernt. »Ich würde euch gerne alle Fragen beantworten, aber ich weiß es wirklich nicht. Das kann ich ihn doch nur fragen, wenn ich mit ihm alleine wäre.«

»Ihr hattet noch keine Verabredung?« Julia war baff.

Doris presste die Lippen fest aufeinander.

»Das geht gar nicht!«, erklärte Frauke voller Überzeugung. In ihrer Vorstellung waberten Bilder von Doris und Miguel umher, wie sie am Strand bei Kerzenlicht und Mondschein standen. Irgendwo bimmelten Glocken und es hörte sich nach Hochzeitsgeläut an.

»Das ist alles echt kompliziert.« Doris zuckte ernüchtert mit den Schultern.

Frauke stellte in ihrem Kopf die Hochzeitsglocken aus und wandte sich Julia zu. »Man müsste ein Date für die zwei organisieren, damit sie eine Chance bekommen.«

»Gute Idee, aber weder du noch ich sprechen Spanisch und können das einfädeln.«

»Wir könnten morgen noch mal die Masca-Schlucht gehen und Miguel einen Brief überreichen, den Doris auf Spanisch schreibt.«

Fassungslos verfolgte Doris ihre Diskussion. In ihr stieg Panik auf, denn bislang war es nur ein Flirt gewesen. Jetzt planten sie, der *Sache* mehr Tiefe zu geben, und das machte ihr Angst! Was, wenn Miguel kein ernsthaftes Interesse an ihr hatte? »Mädels, lasst mal gut sein«, bog sie hastig die Vorschläge ab. »Vielleicht ist es gut so, wie es ist.«

»Was daran ist gut?« Julia stemmte die Hände in die Hüften.

»Na ja, es ist doch ... äh ... schön, so zu flirten.«

»Quatsch«, wischte Julia ihre Argumentation beiseite, die in ihren Augen keine war, »jede Frau sehnt sich nach einer festen Bindung.« Ein Seitenblick auf Frauke genügte, um ihre Meinung zu relativieren. »Vielleicht nicht jede. Ich finde aber, du solltest es riskieren.«

Angesteckt von so viel Zuversicht, rang sich Doris ein zaghaftes Lächeln ab. »Okay.« Sie atmete einmal tief durch. »Jetzt wird es aber Zeit«, sagte sie und winkte der Gruppe zu, die immer noch die Papaya bewunderte. »Ich will ihnen erklären, was sie die ganze Zeit anstarren.«

»Das ist aber kein Ablenkungsmanöver, oder? Du fasst ein Date mit Miguel ins Auge?« Julia musterte sie beharrlich.

»Einverstanden, ihr Nervensägen.« Sie gestattete sich keinen Gedanken daran, was bei einer Verabredung alles schiefgehen konnte.

ZWÖLF

»War der Tag anstrengend gewesen«, stöhnte Frauke und streckte alle viere von sich. Dabei versank sie in dem weichen, bequemen Sessel, den sie in einer ruhigen Ecke der Bar des Hotels vereinnahmt hatte.

Julia saß nicht minder ermattet neben ihr und nippte am Rotweinglas. »Ein Tag nach meinem Geschmack.«

»Morgen bewege ich mich kein Stück.« Frauke spürte jeden einzelnen Knochen im Körper und die Muskeln, die tags darauf noch mehr schmerzen würden. Natürlich schrieb sie ihre Verausgabung der mangelnden Kondition zu. Sie spielte mit dem Gedanken, es nach dem Urlaub mit Sport zu versuchen. Der Vorsatz hielt nur einen Wimpernschlag lang an, denn im Grunde hasste sie sportliche Betätigung jedweder Art. Mühevoll erhob sie sich. »Aua.«

»Alles in Ordnung?«

Frauke vollzog eine wegwerfende Bewegung mit der Hand. »Die alte Frau humpelt zur Bar. Noch einen Wein?«

»Gerne. Hauptsache wir trinken nicht wieder so viel wie gestern.«

»Ich werde heute eh nicht alt. Wahrscheinlich schlafe ich bald in dem gemütlichen Sessel ein«, rief Frauke ihr über die Schulter zu.

Kurz vor der Bar wurde sie von einer freudestrahlenden Nadine abgefangen, die sie impulsiv umarmte.

»Nadine! Das ist eine Überraschung. Ich hole gerade etwas zu trinken. Wie sieht es mit dir aus?«

»Ich nehme einen Rotwein.«

Mit den Getränken kehrten sie zu Julia zurück und stießen die Gläser aneinander. Die Erinnerung an den vorherigen Abend kehrte zurück, an dem sie gnadenlos an der Bar versackt waren.

»Heute Abend trinken wir aber nicht so viel«, schwor Julia die beiden ein.

Nadine schmunzelte. »Ich habe heute Morgen total verschlafen und hatte eine grässliche Fahne.« Sie verzog das Gesicht zu einer Grimasse. »Martin war mit Anja am Pool und hat mich meinen Rausch ausschlafen lassen.«

»Dann ging es dir besser als uns! Wir wurden unsanft aus den schönsten Träumen gerissen, sind gefühlte tausend Kilometer Bus gefahren, um dann mehrere Stunden eine Schlucht hinab zu kraxeln.« Frauke fuhr sich durch die langen Haare. »Aber es hat unheimlich viel Spaß gemacht. Außerdem«, sie blickte zu Julia hinüber, »ist von nun an meine Pechsträhne passé.«

»Wie das?«

Frauke berichtete von den Geschehnissen in der Bucht und was Julia beim Übersetzen auf Miguels Boot passiert war. Dabei verpackte sie Julias Beinahe-Wässerung in eine charmante und witzige Wortwahl, so dass selbst Julia herzhaft mitlachen konnte.

»Und wie geht es mit Doris und Miguel weiter?«, knüpfte Nadine an dem Teil der Geschichte an, der sie gefühlsmäßig am meisten berührte.

»Wir wissen noch nicht genau, wie wir das mit dem Date einfädeln sollen«, gab Julia unumwunden zu.

»Vielleicht sollte Miguel einmal mit auf einer von Doris´ Wanderungen gehen. Das wäre für beide unverfänglich und es könnte danach eine echte Verabredung folgen«, gab Nadine ihren Einfall zum Besten.

»Kein schlechter Gedanke«, griff Julia die Idee auf, »nur wie bekommen wir Miguel mit auf die Wanderung?« Fragend hob sie die Augenbrauen in die Höhe. »Wer soll ihm die Nachricht überbringen?«

Schweigende Blicke ruhten auf ihr.

»Nein, das mache ich nicht! Auf keinen Fall!« Abwehrend verschränkte sie die Arme vor der Brust.

»Miguel ist dein Lebensretter! Ohne ihn wärst du ins Wasser gefallen. Ich finde, du solltest dich bei ihm bedanken. Unbedingt.« Überzeugt von der genialen Idee, lächelte Frauke. Ergeben ließ Julia die Arme sinken. »Das tue ich aber nur unter Protest und auch nur für Doris.«

»Was anderes verlangt auch keiner von dir. Zur Schockbekämpfung hole ich mal eben drei Schnäpse.« Stöhnend erhob sich Frauke aus dem tiefen Sessel.

»Hat sie sich verletzt?«, fragte Nadine besorgt.

»Nein, nur zu viel bewegt. Aber mal etwas anderes. Wo sind Anja und Martin?«

»Anja hat am Pool ein gleichaltriges Mädchen und dessen älteren Bruder aus Remscheid kennengelernt. Heute Abend wollten sie zusammen einen Film ansehen und ich habe zugestimmt.« Etwas unsicher blickte Nadine zu ihr hinüber.

»Das ist schön für Anja.« Julia erahnte, was in ihr vorging, denn normalerweise behütete Nadine ihre Tochter wie ein Augapfel. Dass Anja zu *fremden* Kindern durfte, grenzte schier an ein Wunder.

»Es ist mir nicht leichtgefallen, die coole Mutter zu mimen. Der Junge hat Anja ständig aufgezogen und sie geärgert.«

Nadines Gesicht wurde abwesend, während Frauke die kleinen Schnapsgläser auf dem Tisch abstellte.

»Habe ich etwas verpasst?«

Julia schüttelte schweigend den Kopf und ließ Nadine nicht aus den Augen.

Frauke verstand den stummen Hinweis und sank in ihren Sessel zurück, während Nadine aus ihrer Gedankenwelt an den Tisch zurückkehrte.

»Anja war so stark und mutig, als sie mir verkündete, dass sie mit Lukas schon klarkommen würde. So heißt der Junge. Ich solle mir keine Sorgen machen, meinte sie noch. Ich war völlig geplättet! Meine neunjährige Tochter wusste ganz genau mit Lukas umzugehen - im Gegensatz zu mir.« Ein Lächeln breitete sich auf ihrem Gesicht aus. »Mir blieb nichts anderes übrig als ihr zu erlauben, den Abend mit ihren neuen Freunden zu verbringen. Aber«, drohend erhob sie den Finger, »natürlich hat sie ein Handy dabei und um einundzwanzig Uhr ist sie spätestens zurück.«

»Sehr gut.« Julia klopfte Nadine lobend auf die Schulter. »Anja bekommt den nötigen Freiraum, um sich zu entwickeln und erwachsen zu werden.«

»Ich weiß. Es fällt mir trotzdem nicht leicht. Aber ich arbeite daran.« Sie kippte den Schnaps in einem Zug weg. »Schmeckt schon wieder.« Augenzwinkernd stand sie auf. »Noch einmal dasselbe, dazu eine Flasche Wasser plus einer Flasche Rotwein?« Ohne eine Antwort abzuwarten, steuerte sie die Bar an.

Julia beobachtete, wie Nadine dem Barmann ein liebenswertes Lächeln schenkte und die Bestellung aufgab. »Wenn ich daran denke, wie wir sie kennengelernt haben! Sie war eingeschüchtert, verschreckt vom Leben und in ihrer eigenen Welt gefangen. Und jetzt?«

»Läuft sie langsam zur Hochform auf und wird vermutlich die Nadine, die Martin einst kennengelernt hat.«

Es dauerte nicht lange und Nadine balancierte das volle Tablett an ihren Tisch. »Martin wird heute wieder eine Frau mit einer Alkoholfahne neben sich haben.«

»Wo steckt er eigentlich?«

Julias Frage trieb Nadine die Schamesröte ins Gesicht, während sie die Gläser verteilte. »Ich denke, er ist ein wenig erschöpft.«

»Von einem faulen Pooltag?« Julia blickte sie verwirrt an.

»Wovon kann man denn noch erschöpft sein?« Frauke verdrehte die Augen gen Himmel.

»Ach so, das.« Julia lief ihrerseits rot an.

Nadine kicherte. »Anja ist vorhin zu ihrem Filmabend aufgebrochen und ich ... und Martin ... wir ... also, ihr wisst schon.« Nadines Gesicht leuchtete puterrot.

»Was für eine Belohnung nach einem Saufabend, gefolgt von einem verpennten Tag!«, fasste Frauke vergnügt zusammen.

Sie erhoben die kleinen Gläser und stießen miteinander an.

»Auf einen schönen Abend!«

Nachdem die Gläser geleert waren, legte sich auf Nadines Gesicht ein trauriger Ausdruck. »Leider habe ich noch eine schlechte Nachricht für euch.«

»Welche denn?«

»Wir reisen morgen früh ab. Das ist bei dem Trubel etwas untergegangen.«

Julia zog ein langes Gesicht. »Wir werden euch sehr vermissen.«

Für einen Moment herrschte gedrückte Stimmung.

»Also gut«, Frauke hievte sich ächzend aus dem Sessel heraus, »noch eine Runde Kurzes auf den Schock.«

»Waaaaaahnsinn, warum schickst du mich in die Hölle?«

»Hölle, Hölle, Hölle, Hölle!«

»Ruhe da unten!«, brüllte eine deutsche Stimme.

»Pst!«, gluckste Frauke und hielt sich den Zeigefinger an die Lippen.

Julia und Nadine schwankten gefährlich und hielten sich gegenseitig fest. Frauke reichte ihnen die Proseccoflasche und Nadine nahm einen großen Schluck daraus. Die sonst so auf Hygiene bedachte Julia tat es ihr nach und dachte nicht eine Sekunde daran, den Flaschenhals abzuwischen.

»Los, auf die Brücke!«, schlug Nadine vor und torkelte auf den schmalen Steg zu, der den Pool überspannte und auf einer kleinen Insel mündete.

Julia und Frauke folgten ihr laut gackernd.

»Ich gehe vorweg!«, alberte Frauke herum, »damit du nicht ins Wasser fällst!«

»Ha ha!«, konterte Julia und ruderte im nächsten Moment mit den Armen, um das Gleichgewicht zu halten.

Frauke eilte mit unsicheren Schritten voraus und prallte unbeabsichtigt gegen Nadine, die die Insel erreicht hatte und Aufmerksamkeit erhaschend die Hand hob.

»Meine Lieben!«, eröffnete sie ihre kleine Rede und klammerte sich im nächsten Augenblick bei Frauke fest, weil sie drohte von der feuchten Insel abzurutschen. »Gib mir mal die Pulle!« Sie hob die Flasche in die Höhe. »Ab heute fängt ein neues Leben an! Weg mit der Angst, der Bescheidenheit und dem blöden Trübsinn. Prost!« Sie setzte an und stürzte den Rest hinunter. Anschließend flog die Flasche im hohen Bogen in den Pool hinein.

Begeistert klatschten Julia und Frauke in die Hände.

Danach klopfte Frauke ihr auf die Schulter. »Recht so! Nicht unterkriegen lassen. Und zwischendurch mal ordentlich fluchen. Versprich mir das!«

»Teufel noch eins, so soll es sein!«

Unterdessen versuchte sich Julia an Frauke vorbeizuschieben. »Nadine, lass dich drücken.« Sie breitete die Arme aus, dann verzog sie überrascht das Gesicht, als ihr Fuß zur Seite wegrutschte. Sie geriet ins Wanken und krallte sich in ihrer Not an Frauke fest.

Dadurch verlor Frauke die Balance und suchte ihren Halt bei Nadine, deren Kräfte nicht ausreichten, um zwei Frauen und sich selbst festen Stand zu geben.

So glitt eine nach der anderen von der Insel und folgte mit lautem Platschen der vorausgegangenen Proseccoflasche.

Als sie aus dem Wasser auftauchten, überflutete ihr Gelächter den Poolbereich. Darunter mischte sich ein hell klingendes Lachen, das von einer Horde Kids stammte, die ihren Absturz mitverfolgt hatte und sich ausgiebig auf ihre Kosten amüsierte.

Nadine schüttelte sich wie ein nasser Hund. »Zum Glück ist Anja nicht dabei. Das fehlte noch, dass meine Tochter mich so sieht!«, lallte sie heiter.

»Und ich habe ein Déjà-vu.« Frauke blinzelte entgeistert.

»Was?«

»Der Tag, an dem Anja und ich pitschnass vom Pool gekommen sind.« Frauke schlug sich die Hand vor den Mund. »Das wollte ich nicht sagen! Ich habe mein Indianerehrenwort gegeben.«

»Ihr seid auch über die Insel ins Wasser gerutscht?«

»So einfach ins Wasser gefallen sind wir nicht!«

»Wie dann?«

»Zuerst haben wir auf dem Rasen Radgeschlagen.«

Erstaunt hob Julia die Augenbrauen.

»Ich bin zwar nicht schlank, aber das geht immer noch!« Entrüstet stemmte Frauke die Hände in die Seite.

»Das meinte ich nicht, sondern bezog es auf dein Alter. Das tun doch nur kleine Mädchen.«

»Offenbar nicht«, kicherte Nadine. »Du willst mir aber nicht erzählen, dass ihr es über die schmale Brücke versucht habt?«

»Es war nicht meine Idee gewesen«, verteidigte sich Frauke. »Anja war nicht davon abzubringen und als sie ins Wasser gefallen war, wollte ich sie nicht hängenlassen und bin hinterher.«

Nadine zog scharf die Luft ein, während Julia und Frauke fürchteten, dass sie in ihr altes Schema der Hubschrauber-Mutter zurückfallen würde. Aber etwas völlig Unerwartetes geschah: Nadine stieß die angehaltene Luft hervor, um anschließend ein befreites und ansteckendes Lachen herauszulassen.

Spontan fielen sich die Frauen in die Arme und bekamen sich gar nicht mehr ein.

»Was ist da unten los?«, brüllte eine wenig charmante Stimme.

Aufgeschreckt wie die Hühner, sprangen sie aus dem Pool und flüchteten ins Hotel hinein. Dabei hallte ihr lautes Lachen noch lange nach.

DREIZEHN

»Das hat sie sehr schön gemalt.« Julia hielt ein Bild in ihren Händen. »Das bist du, die mit den langen Haaren. Ich bin die mit den kurzen und das sind ihre Eltern.«

Frauke warf einen kurzen Blick darauf. »Mit viel Fantasie kann man sich das vorstellen.« Sie konzentrierte sich zurück auf die Straße. »Schade, dass wir heute Morgen dermaßen verschlafen haben und uns nicht mehr verabschieden konnten.«

»Ich frage mich wirklich, wie Nadine es geschafft hat, in aller Herrgottsfrühe aufzustehen, um den Bus zum Flughafen zu erwischen.«

»Wahrscheinlich hat Martin sie getragen.« Nachdenklich zog Frauke die Nase kraus. »Weißt du eigentlich, wann wir im Bett waren?«

»Hell war es auf jeden Fall noch nicht.« Julia nahm einen großen Schluck aus der Wasserflasche. »Ein Wunder, dass du dir das Autofahren schon wieder zutraust. Gibt es eigentlich eine Promillegrenze in Spanien?«

Frauke blies sich eine lange Haarsträhne aus dem Gesicht. »Meine Güte Julia! Lehn dich zurück und entspann dich. Mit der Kiste hier kann man doch sowieso nicht schnellfahren.«

Ihre Anspielung bezog sich auf den quietsch-gelben Peugeot 205. Nach dem Langschläferfrühstück waren sie entsprechend spät bei der Wagenvermietung aufgekreuzt, so dass alle passablen Autos vergeben waren. Einzig dieser verbeulte und zerkratzte Franzose war übriggeblieben. Das Auto war weder eine Schönheit, noch besaß es ausreichend PS, um auf der Autobahn mit den anderen mithalten zu können. Selbst Busse und LKWs überholten sie.

»Zum Glück hat Nadine ihre Adresse aus Deutschland an der Rezeption hinterlassen,« sagte Julia und folgte dem Rat-

schlag von Frauke, sich relaxt auf dem Beifahrersitz zurück-
zulehnen. »Wenn wir wieder zu Hause sind, besuchen wir sie.
Die Familie ist mir richtig ans Herz gewachsen.« Sie kramte
aus ihrer Tasche den Reiseführer von Teneriffa hervor und
blätterte darin herum. »Wir sollten in *Garachico* anhalten. Ein
Vulkanausbruch von 1706 hat einen großen Teil des Ortes
zugeschüttet. Die erkalteten Lavaströme prägen bis heute ein-
drucksvoll den Ort und sind ein weiteres Highlight auf der
Insel.«

Julia sah zu Frauke hinüber, die damit beschäftigt war, mit
dem jungen Mann eines auf gleicher Höhe fahrenden Cabrios
zu flirten.

»Frauke?«

»Was!«

»Was machst du da?«

»Ich schau nur ein bisschen aus dem Fenster.«

»Was ist jetzt mit Garachico?«

»Hört sich gut an. Sag mir, wo es langgeht«. Sie schenkte
dem Mann einen letzten Augenaufschlag, der lächelnd Gas
gab und davonzog.

In Garachico fanden sie einen der begehrten Parkplätze am
Meer und überquerten zu Fuß die verkehrsreiche Küstenstraße.

Ihr anschließender Weg zu einem Aussichtspunkt oberhalb
des Ortes belohnte sie mit dem Panoramablick auf die weiß
leuchtenden Häuser mit den roten Ziegeldächern vor einem
tiefblauen Himmel. Abgerundet wurde das Bild durch einen
im Meer liegenden schwarzen Felsen, der imposant in die
Höhe aufragte.

»Überwältigend«, drückte Frauke ihre Begeisterung aus und
machte ein paar Aufnahmen. »Das Leben ist doch wirklich
ungerecht, dass wir hier frühlingshaftes Wetter haben, während zu Hause der Winter das Land hartnäckig im Griff hat.«

»Ich komme um vor Mitleid«, lachte Julia.

Auf dem Rückweg liefen sie an schönen Stadtpalästen und hübschen Kirchen vorbei, an bezaubernden Plätzen sowie wild blühenden Gärten. Es gefiel ihnen, dass beinahe jede erdenkliche Stelle genutzt wurde, um diese mit dekorativen Blumentöpfen zu verschönern. Ein wundervolles Detail, dass sie mit nach Deutschland nehmen wollten.

Zurück an der Meeresbucht angelangt, sahen sie sich die aus schwarzem Lavagestein erbaute Festung an. Mächtige Kanonen zeigten aufs offene Meer und machten deutlich, dass der Ort in früheren Zeiten gut gewappnet war.

Julia tippte mit dem Finger gegen eine der gusseisernen Rohre. »Das ist Ironie des Schicksals, dass die Bedrohung für die Menschen nicht vom Meer kam, sondern hinterrücks von einem Vulkan. Der Lavastrom verkleinerte die Bucht und damit die Hafeneinfahrt in dem Ausmaß, dass es schlagartig mit einem blühenden Garachico vorbei war.« Wie zur Bekräftigung hieb sie ihre Faust in die flache Hand.

»So schnell kann es gehen«, erwiderte Frauke geistesabwesend.

»Was ist los?«

»Von dem geschichtsträchtigen Ort habe ich Hunger bekommen. Sieh mal, da drüben ist ein Restaurant.«

»Bevor du mir vor Schwäche zusammenbrichst, sollten wir natürlich schnell etwas Essen gehen.«

»Grandiose Idee.«

Sie nahmen einen Tisch unter dem geflochtenen Sonnenschutz in Beschlag und bestellten wenig später ihre Gerichte und etwas zu trinken.

Auch beim Essen beschäftigte Frauke die Katastrophe des Ortes aus dem achtzehnten Jahrhundert. »Wie das wohl für die Menschen gewesen sein muss, als die Lava in den Ort strömte? Sie mussten fliehen und haben alles verloren. Das war sicherlich ein verstörendes Ereignis.«

»Das war bestimmt schrecklich«, pflichtete Julia ihr nachdenklich bei. »Hoffentlich kommt es nicht zu einem Vulkanausbruch, solange wir hier sind. Ich möchte nicht ins Meer springen müssen. Der Pico del Teide ist doch nicht mehr aktiv, oder?«

»Ich glaube nicht. Das können wir morgen Juan fragen.«

»Wann holt uns der Bergführer ab?«

»Um sieben Uhr.« Frauke verzog missmutig das Gesicht. »Das ist für meinen Geschmack viel zu früh, aber was tut man nicht alles, um den höchsten Berg Spaniens zu bezwingen.«

»Dann gehen wir heute früh ins Bett. Etwas Gutes hat es, dass Nadine abgereist ist. Sie kann uns nicht mehr zum Alkohol verführen«, bemerkte Julia erheitert. »Aber lustig ist es allemal gewesen.« Sie lachte hell auf. »Und erst unser unfreiwilliges Bad! Ich hatte lange nicht mehr so viel Spaß!«

Sie setzten die Fahrt in Richtung Westen fort und befuhren eine Zeitlang holprige Straßen, an denen rechts und links weiße Mauern die dahinterliegenden Bananenplantagen einfriedeten. Wenig später öffnete sich die Landschaft und präsentierte sich von der kargen, trockenen Seite. Im Hintergrund erhoben sich die ersten Ausläufer des *Teno-Massivs*.

Plötzlich tauchte am rechten Straßenrand ein orange leuchtendes und überdimensionales Schild auf. Frauke nahm automatisch den Fuß vom Gaspedal.

»Road closed«, entzifferte Julia das verwitterte Schild. Dann war es aus ihrem Sichtfeld verschwunden.

Obendrein hatte Frauke die Symbole für *Durchfahrt verboten* sowie die Warnung vor herabfallenden Steinen entdeckt. Stirnrunzelnd fuhr sie weiter, während Julia abwechselnd auf die Straße und zu Frauke hinüberblickte.

Keine fünfhundert Meter entfernt stand nach einer Kurve das nächste Schild.

»Route barrée«, lass Julia vor.

»Weshalb gibt es diese Schilder? Zum *Punta de Teno* gibt es nur diese Straße«, wunderte sich Frauke.

»Wir dürfen hier nicht fahren! Das sind Verbotsschilder.« Julia wurde mulmig zu Mute, denn wo Verboten stand, hielt sie sich daran - meistens.

»Ach was. Sieh mal, da kommt uns ein Auto entgegen.« Julia registrierte nur am Rande das andere Fahrzeug, denn das nächste Verbotsschild kam auf sie zu. »Frauke ...«

»Mach die Augen zu! Dann siehst du es nicht. Wir fahren weiter.« Entschlossen tippte Frauke aufs Gaspedal, woraufhin der kleine Peugeot behäbig an Fahrt aufnahm. Glücklicherweise folgten keine weiteren Hinweistafeln mehr. »Die Schilder waren ein Irrtum. Außerdem habe ich keins auf Deutsch gesehen, also gilt das Verbot nicht für uns.« Stur behielt sie das Tempo bei, wagte aber nicht, Julia den Kopf zuzuwenden.

»Wir haben nur auf die rechte Seite geachtet, auf der linken standen auch welche.«

»Komm schon, sei keine Spielverderberin. Die paar Warnschilder können uns doch nicht abhalten, oder? Wo ist dein Entdeckergeist?«

Julia kurbelte das Fenster weit hinunter und hielt den Kopf in den Wind. »Hier kommt die unerschrockene Julia! Die Missachterin von Verbotsschildern! Und die sich von Frauke ins Verderben fahren lässt!«

»Sehr theatralisch,« brummte Frauke, die ihre Aufmerksamkeit auf die kurvige Straße lenkte, die im weiteren Verlauf dicht an den Felshängen entlangführte.

Der gelbe Peugeot kämpfte mit der stetig wachsenden Steigung, während Julia rechter Hand den wundervollen Ausblick auf das tief unten funkelnde Meer genoss.

Nach einigen Minuten bemerkte sie, dass in der breiten Gosse neben der Fahrbahn eine Vielzahl von kleineren Gesteinsbrocken lag. Sie zerfurchte die Stirn, verbot sich aber, weiter darüber nachzudenken und wurde im nächsten Augenblick durch den vor ihnen liegenden Tunnel abgelenkt.

Sie fuhren hinein und argwöhnten, dass die Straße nach der dunklen Röhre nicht weitergehen würde. Julia schnappte erschrocken nach Luft, denn sie sah einzig und allein den blauen Himmel, der auf die Dunkelheit folgte.

Doch Frauke zog das Auto scharf nach links und folgte der abknickenden Fahrbahn. Gleichzeitig fuhren zwei Autos an ihnen vorbei, keine Minute später ein weiteres.

»Hier hält sich niemand an Verbote«, formulierte Frauke ihre Erleichterung und sah sich darin bestärkt, den Weg fortzusetzen.

Voraus kündigte sich der nächste Tunnel an. Sie fuhren aus dem gleißenden Sonnenlicht in die Finsternis hinein. Nach gut einhundert Metern war das Tunnelende absehbar, kurz danach wartete bereits die nächste dunkle Durchfahrt. Ein entgegenkommendes Auto blendete sie mit den Scheinwerfern.

»Das lässt sich echt blöd fahren. Hell, dunkel, hell, dunkel. Ich sehe nichts«, klagte Frauke und hielt sich verbissen am Lenkrad fest.

Julia schnappte hörbar nach Luft.

»Halb so schlimm. Ich fahre besser etwas langsamer«, reagierte Frauke prompt und drosselte die Geschwindigkeit.

Der darauffolgende Tunnel war der längste auf ihrer Fahrt. Es kamen ihnen mehrere Autos sowie eine Motorradkolonne entgegen.

»Fehlt eigentlich nur noch ein Reisebus.«

Nichts dergleichen geschah, zumal weitere Tunneldurchfahrten ausblieben. Wenig später erreichten sie die höchste Anhöhe auf ihrem Weg zum Punta de Teno. Ab dort ging es beständig abwärts, hinein in eine flacher werdende Landschaft.

»Was ist das denn für ein Idiot!«, schimpfte Frauke und sah in den Rückspiegel.

An ihrer Stoßstange hing ein silberfarbener Geländewagen. Im Rückspiegel konnte Frauke nur den Kühlergrill und den Mercedesstern ausmachen, so dicht fuhr der Wagen auf. Plötzlich brüllte der Motor des Verfolgers auf, um laut hupend auf der Gegenfahrbahn an ihnen vorbeizuschießen. Empört sahen sie aus ihrem kleinen Peugeot hinüber, jedoch prallten ihre vorwurfsvollen Blicke an den verdunkelten Scheiben ab. Innerhalb kürzester Zeit wurde der Wagen zu einem Punkt in der Ferne.

»Ich dachte, in Spanien fahren die Menschen gelassen!« Julia schüttelte betrübt den Kopf.

»Zu irgendetwas muss die PS-Karre doch gut sein! Da steigt bestimmt ein ungepflegter Mann mit großem Minderwertigkeitskomplex aus.«

»Unrasiert, in Jogginghose und mit Badelatschen.«

So richtig zu erheitern vermochte sie die Vorstellung nicht. Sie legten die letzten Kilometer schweigend zurück, bis sie auf einen Schotterparkplatz abbogen. Frauke parkte direkt neben dem Mercedes, der sie zuvor bedrängt hatte. Der abkühlende Motor gab leise, klackende Geräusche von sich. Sie stellten sich auf die Zehenspitzen und spähten ins Innere, aber der Wagen war leer.

Julia umrundete den Wagen. »Hier ist ein Aufkleber von einer Mietwagenfirma. Falls uns der Fahrer über den Weg läuft, bekommt er einen Schubs und segelt die Klippen hinunter.«

»Ich helfe dir. Vor Gericht werde ich aussagen, dass er von einer Windböe erfasst wurde.«

Julia lachte und ihre Stimmung hellte sich zusehends auf. »Jetzt lass uns erkunden, weshalb wir die abenteuerliche Reise auf uns genommen haben.«

Sie folgten einem gewundenen Holzpfad, der nahtlos in einen steinernen Weg überging, auf dem sie stehenblieben. Durch die erhöhte Position, die sie einem erkalteten Lavaplateau zu verdanken hatten, gewannen sie einen weitreichenden

Rundblick. Sie betrachteten die Küste in ihrem Verlauf und bewunderten das Teno-Massiv, dessen braune Felsen steil in das dunkelblaue Meer hinabfielen.

»Dort irgendwo sind wir aus der Masca-Schlucht herausgekommen«, meinte Frauke und zeigte etwas unbestimmt in eine Richtung.

»Man kann nicht genau feststellen, welche Schlucht es ist. Von hier aus sehen alle gleich aus. Die Landschaft ist wahnsinnig beeindruckend.«

Sie setzten ihren Erkundungsrundgang auf dem steinernen Weg fort, der sie direkt auf den Leuchtturm zuführte, der durch ein mächtiges Eisentor für Besucher gesperrt war.

»Schade«, sagte Julia, »ich wäre gerne hinaufgestiegen. Dann hätten wir hoch über dem Meer gestanden, auf die Brandung hinabgesehen und der Wind hätte uns wild um die Nase geweht.«

»Immerhin haben wir überhaupt den westlichsten Zipfel von Teneriffa erreicht. Stell dir mal vor, wir hätten uns an die panikmachenden Warnhinweise gehalten und wären erst gar nicht hergefahren!«

»Gut, dass wenigstens eine von uns so anarchistisch veranlagt ist.« Julia meinte das durchaus als Kompliment, denn sie stand sich selbst oft genug mit ihrer mustergültigen Einstellung im Wege.

Auf dem Rückweg zum Parkplatz kamen sie an einer Lavawand vorbei, in der eine bis zum Boden reichende Öffnung eingebracht worden war. Einzig eine eiserne Kette diente als Absperrung vor dem freien Fall in den Abgrund.

Genau an dieser Stelle stand ein Pärchen, das ihnen von hinten verdächtig bekannt vorkam. Als hätte der Mann ihre Anwesenheit gespürt, drehte er sich um. Bei ihrem Anblick lächelte er bis in die Spitzen seines großen Schnurrbarts hinein.

»Frauke und Julia! So eine Überraschung!«

»Wolfram.« Julia konnte ihr ungläubiges Staunen nicht verbergen.

Während Gerda ihren Mund zu einem Strich verzog, schüttelte Wolfram ihnen überschwänglich die Hand. Sie ließen es über sich ergehen und verzweifelten beinahe an der Frage, weshalb sie noch nicht einmal am äußersten Zipfel von Teneriffa vor ihm sicher waren.

»Ward ihr das vorhin mit dem kleinen gelben Auto, das hierher gekrochen ist? Ihr hättet mehr auf PS achten sollen, anstatt auf die Farbe. Außerdem ist das ein Peugeot! Ich bitte euch! Gab es bei der Autovermietung keinen deutschen Wagen?«

»Nee, die waren aus«, antwortete Frauke schnippisch. »Aber wir sind ja trotzdem angekommen, wenn auch sehr viel später als ihr.« Sie legte Ironie in ihre letzte Bemerkung, was Wolfram allerdings nicht erfasste.

»Die Franzosenkiste ist eine Schnecke«, fügte er stattdessen hinzu.

Frauke hielt es für klüger, das Thema zu wechseln. »Und was habt ihr euch heute schon alles angesehen?«

Die Frage galt Gerda, die jedoch desinteressiert zur Seite blickte und die rosa getünchten Lippen spitz kräuselte.

»Wir haben die Insel einmal mit dem Auto umrundet«, gab Wolfram an Stelle von Gerda Auskunft. »Ausgestiegen sind wir nur zum Pinkeln oder zum Fotografieren. Wir kennen die Insel in- und auswendig! Wir schauen nur, ob sich etwas verändert hat.«

Frauke trat von einem auf das andere Bein und überlegte, wie sie aus diesem wenig erfreulichen Gespräch herauskommen sollten. Julia schwieg beharrlich und unternahm keinen Versuch, einen Vorwand zur Flucht zu liefern.

Unerwartet rettete Gerda die vertrackte Situation. »Wolfram, ich habe in einer Stunde einen Massagetermin.«

»Das hast du bisher nicht erwähnt.« Er lächelte gequält. »Meine Damen«, wandte er sich an Julia und Frauke, »ihr habt es gehört. Vielleicht sieht man sich heute Abend an der Bar?«

Gerda lief bereits zum Auto und rief über die Schulter: »Komm jetzt!«

Zum Abschied schenkte ihnen Wolfram ein strahlendes Lächeln und lief seiner Frau hinterher.

Frauke stöhnte auf, nachdem die beiden einige Meter entfernt waren. »Das nächste Mal frisst uns Gerda bestimmt auf.«

»Eigentlich tut sie mir leid. Wenn sich Wolfram immer so benimmt, wird sie kein einfaches Leben haben.«

»Wollen wir uns auch auf den Weg machen?« Fraukes Augen funkelten vergnügt. »Es gibt noch einen Auftrag zu erledigen.«

»Ich weiß nicht, was du meinst«, stellte sich Julia absichtlich dumm. Innerlich stieg ihr die Hitze auf, denn natürlich wusste sie, worauf Frauke abzielte.

»Netter Versuch! Damit kommst du nicht durch.«

Julia knirschte mit den Zähnen. »Du bist unerbittlich.«

Frauke ergriff ihre Hand und zog sie mit sich. »Wolfram und seine Gerda sollten genug Vorsprung haben, damit sie uns nirgendwo mehr in die Quere kommen.«

Am Parkplatz angelangt, stiegen sie ins Auto ein und fuhren auf die Straße zurück. Julia kurbelte das Fenster hinunter und Frauke drehte das Radio lauter. Es lief ein spanischer Song, der genauso in Deutschland rauf und runter gespielt wurde.

Mit dem warmen Fahrtwind im Gesicht und der Melodie des Liedes im Ohr, stieg ihre Laune. Sie blendeten das Zusammentreffen mit Wolfram und Gerda aus, selbst Julia vergaß, welch unangenehme Mission ihr noch bevorstand.

Nachdem sie die lange gerade Strecke hinter sich gelassen hatten, begann der kurvige Abschnitt der Rückfahrt. Ihnen voraus wartete bereits der erste Tunnel.

»Huch!«, erschrak Frauke und verzog das Auto nach links, so dass sie etwas über die Mittellinie fuhr, ehe sie gegenlenkte.

»Was ist los?«

»Dreh dich mal um!«

Julia folgte ihrem Hinweis und zuckte zusammen. Dicht hinter ihnen klebte ein silberner Mercedes. »Wolfram! Das gibt es doch nicht! Hat er auf uns gewartet?«

»Ich hoffe nur, dass er bald überholt. Sein Gedrängel ist nervig.«

Im nächsten Augenblick fuhren sie in den langen Tunnel ein. Schlagartig wurde es finster und Frauke schaltete das Abblendlicht ein. Wolfram tat es ihr gleich, wodurch er ihren Innenraum grell ausleuchtete. Frauke kniff die Augen zu und kippte rasch den Rückspiegel beiseite.

Auf der Gegenspur kamen ihnen zwei Autos entgegen. Der Fahrer des Transporters, der zuerst an ihnen vorbeirauschte, betätigte aufgeregt die Lichthupe.

»Was will der denn? Ich habe doch Licht an«, sagte Frauke und kontrollierte es vorsichtshalber.

Dann fuhr ein kleiner Sportwagen an ihnen vorbei. Als er auf gleicher Höhe war, begann die Fahrerin aufdringlich zu hupen. Der Beifahrer gestikulierte hektisch zu ihnen hinüber.

Daraufhin nahm Frauke die Geschwindigkeit heraus. »Was haben die bloß?«

Sie richtete ihre Aufmerksamkeit auf den herannahenden Tunnelausgang, hinter dem das helle Sonnenlicht eine undurchdringbare weiße Wand vortäuschte. Eine Bewegung innerhalb dieser *Wand* löste in Frauke Bestürzung aus.

Es waren Gesteinsstücke, die vor ihnen auf die Straße fielen!

Fraukes Herz pochte laut und brachte das Blut in ihren Ohren zum Rauschen. Sie waren zu schnell, um mit einer Vollbremsung zum Stehen zu kommen.

Julia neben ihr quiekte auf, nachdem sie auch die Gefahr erkannt hatte.

Instinktiv duckten sie sich vor der bevorstehenden Bedrohung. Dann kriselten die ersten Steinchen auf die Motorhaube, nachfolgend auf die Windschutzscheibe und über ihnen aufs Dach. Das Geräusch war unheimlich laut.

Julia warf Frauke einen entsetzten Blick zu, die verbissen auf die Straße starrte. Gerade noch rechtzeitig wich sie einem größeren Brocken aus, der auf die Straße kullerte. Der Peugeot schlingerte leicht, während Frauke kräftig am Lenkrad kurbelte. Doch sie bekam den Wagen in den Griff und atmete erleichtert aus, als die Geräusche der Einschläge verstummten. Das Schlimmste hatten sie überstanden.

Danach justierte Frauke den Rückspiegel und sah mit an, wie Wolfram und Gerda den Vorhang von feinem Sand und kleinen Steinen durchfuhren. Ein größerer Brocken sauste auf den Wagen hinab, gefolgt von einem zweiten.

»Was wir für ein Glück gehabt haben!«, sagte Julia erleichtert, die nicht mitbekam, was sich hinter ihnen abspielte.

Frauke brach in schallendes Gelächter aus.

Verwirrt sah Julia sie an. »Was ist denn so lustig? Wir hätten tot sein können!«

Frauke gluckste. »Sieh mal nach hinten.«

Julia drehte sich um und riss die Augen auf. »Ups! So ein Pech aber auch!« Ihre Augen leuchteten schadenfroh, während sie die zwei Beulen auf der Motorhaube erspähte.

Wolfram schäumte hinter dem Lenkrad, während er wütende Blicke zum Himmel warf.

»Meinst du, wir sollten anhalten?«, sagte Julia ohne ihre aufkeimende Häme unterdrücken zu wollen.

»Willst du dir das Gemecker von Wolfram anhören?« Frauke schnaubte laut. »Der kommt schon alleine klar.«

»Dann sollten wir zusehen, dass wir heile über die restliche Strecke kommen.«

Frauke trat aufs Gaspedal. »Wahrscheinlichkeitsrechnung war noch nie mein Ding, aber ich behaupte mal, je schneller wir fahren, desto kürzer die Zeitspanne, in der wir uns in der

Gefahrenzone aufhalten. Damit ist auch die Wahrscheinlichkeit geringer, noch mal getroffen zu werden.«

»Hört sich plausibel an, aber je schneller du fährst, desto gefährlicher wird es, dass wir in den Kurven rausfliegen und abstürzen. Ich schlage eine mittlere Geschwindigkeit vor, dann ist das Risiko halbiert.«

Nach einer gefühlten Ewigkeit erreichten sie die Warnschilder, deren Beachtung ihnen nach den jüngst zurückliegenden Ereignissen als durchaus sinnvoll erschien.

»Fehlt nur noch ein Hinweis auf eine Werkstatt in der Nähe, in der man sein Auto wieder herrichten lassen kann.« Trotz der angespannten Rückfahrt fühlte sich Julia einfach großartig und quicklebendig, weil sie ein echtes Abenteuer erlebt und vor allem überlebt hatte. »Wir sollten irgendwo anhalten und den Wagen in Augenschein nehmen.«

»Da drüben ist ein Café,« schlug Frauke vor und bog ohne Umschweife ab.

Auf dem Parkplatz liefen sie einmal um den Wagen herum.

»Ich sehe keine neuen Beulen. Alle anderen waren bereits zu Beginn der Fahrt vorhanden«, beurteilte Julia die Lage.

»Sehe ich auch so. Dann können wir jetzt Kaffeetrinken und einen von den süßen Küchlein vertilgen. Zur Linderung des Schreckens.«

»Ich schließe mich gerne an. Nach der ganzen Aufregung ist das eine willkommene Zerstreuung.«

Im Café verbrachten sie eine geraume Zeit vor der Vitrine. Sie drückten sich beinahe die Nasen platt, weil die Auswahl an Gebäck riesig war und jede Sorte verlockend ausschaute.

Dennoch trafen sie ihre Wahl und bestellten bei der Kellnerin. Bei Kaffee und Kuchen ließen sie die Rückfahrt Revue passieren und freuten sich über ihr Glück, keinen Steinschlag erlitten zu haben.

»Dann können wir jetzt ins Hotel zurückfahren.«

»Julia!« Frauke wackelte mit dem erhobenen Finger in der Luft. »Unsere Mission für Doris ist noch nicht erledigt.«

Julia verzog entnervt das Gesicht. »Muss das denn sein?«

»Ich könnte fast glauben, dass du dich drücken willst. Du bist doch sonst immer so korrekt.«

»Hm.«

»Ist es dir immer noch peinlich, dass Miguel dich vor dem Bad im Meer bewahrt hat?«

Julia erwiderte nichts, sondern blickte stur geradeaus.

Frauke lachte und stupste sie freundschaftlich an. »Bringen wir es hinter uns.«

Am späten Nachmittag kehrten sie ins Hotel zurück. Als sie auf den Hoteleingang zuliefen, vernahmen sie einen lauten Streit. Neugierig bogen sie um die Ecke.

Zunächst entdeckten sie einen silbernen Mercedes, der direkt vor dem Hotel stand. Normalerweise gehörte der Platz dem Hotelbus, der notgedrungen an der öffentlichen Straße parkte. Der Fahrer lehnte an seinem Bus, rauchte eine Zigarette und amüsierte sich trotz des Falschparkers königlich.

Julia und Frauke folgten dem Blick des Busfahrers und zeigten sich nicht überrascht, Wolfram als Verursacher der Aufregung auszumachen. Er gestikulierte raumgreifend mit den Armen, während Gerda zwar an seiner Seite stand, aber deren Körperhaltung auch verriet, wie unangenehm ihr die Situation war.

Die Szene wurde durch drei Hotelgäste, einen Hotelangestellten und von Maria, der Frau von der Autovermietung, bei der Frauke und Julia ihren Peugeot gemietet hatten, vervollständigt.

Maria, eine kleine, aber äußerst energische Frau, nahm gerade Wolfram ins Kreuzverhör, während ihr Blick fassungslos den beschädigten Wagen streifte. »Haben Sie die Polizei gerufen?«

»Nein, habe ich nicht. Da war keine!«, polterte Wolfram zurück.

»Aber Sie haben doch ein Handy. Warum haben Sie es nicht benutzt?«

»Hatte ich im Hotel vergessen.«

»Wo sind Sie langgefahren? Die Straßen von Teneriffa sind sicher. Es fallen keine Steine auf Autos hinab. Waren Sie etwa am Punta de Teno?«

»Ich? Nein. Wo soll das denn sein?«

»Ich frage Sie noch einmal. Waren Sie am Punta de Teno? Die Durchfahrt dorthin ist verboten.«

»Ich würde niemals eine verbotene Straße benutzen.«

»Sagen Sie mir endlich, was passiert ist!«

»Ich weiß nicht, wie das heißt, wo wir vorhin waren.« Er versuchte es mit einem einnehmenden Lächeln.

Maria stemmte ihre Hände in die Hüften und erwiderte seinen Blick mit Eiseskälte. »Ich glaube Ihnen nicht!«

»Der zappelt am Haken.« Julia lächelte voller Genugtuung. Frauke tippte sie an. »Maria hat ihn im Sack und vermutlich werden sie noch eine Weile ihr Wortgefecht fortsetzen. Wollen wir aufs Zimmer? Ich muss dringend unter die Dusche.«

»Frauke, was ist los mit dir? Jetzt wo es spannend wird, willst du gehen?«

»Ja, sonst klebe ich hier noch fest.«

VIERZEHN

Der Wecker klingelte um halb sechs in der Früh.
Verschlafen tappte Julia ins Bad, wenig später folgte
Frauke. Nach einer Stunde standen sie komplett angezogen
und mit gepackten Rucksäcken im Frühstücksraum, der ge-
spenstig leer war.

Die Frühstückstresen wurden gerade befüllt und die ersten
Vorbereitungen für Rühreier und Omelette getroffen. Sie
konnten sich immerhin mit Kaffee, Brötchen und Aufschnitt
stärken. Etwas anderes gab es noch nicht.

»Warum gucken die denn so?«, maunzte Frauke, die sich
sehnlichst in ihr Bett zurückwünschte.

»Für spanische Verhältnisse ist das keine Uhrzeit für ein
Frühstück. Außerdem erfüllen wir mit unseren Wandersachen
und den Rucksäcken das Klischee der deutschen Wandertou-
risten.« Vergnügt biss Julia in ihr Brötchen hinein.

»Wie kann man nur so gute Laune haben?«

»Ich freue mich auf die Tour.« Sie ließ sich nicht aus der
Ruhe bringen, denn sie wusste, dass Frauke spätestens nach
dem zweiten Kaffee bessere Laune bekommen würde.

Punkt sieben Uhr standen sie vor dem Hoteleingang und
blickten dem mit kühlen Temperaturen startenden Tag entgegen.

Außer einem Hotelangestellten, der die Auffahrt mit einem
Gartenschlauch reinigte, zwitscherten die Vögel in den Bäumen ihr morgendliches Ständchen. Entfernt war ein Motor-
roller zu hören, gefolgt von einem anschlagenden Hund.
Dann näherte sich ein Motorengeräusch und wenig später
fuhr ein weißer Kastenwagen vor, der vor ihren Füßen hielt.
Ein junger, sportlich gekleideter Mann stieg aus und kam auf
sie zu.

»Pico del Teide?«, fragte er.

»Ja«, bestätigte Frauke.

Er nahm ihnen die Rucksäcke ab und warf sie hinten in den Wagen hinein.

»Sind Sie Juan?«, wollte Frauke wissen, als sie auf der Rücksitzbank Platz nahm.

Der Mann blickte etwas unsicher in den Rückspiegel. »Pico del Teide,« wiederholte er und startete den Motor.

»Ich glaube nicht, dass er dich versteht. Und Juan ist er wohl auch nicht.« Julia schnallte sich rasch an, als der Fahrer den ersten Gang reinschob und zügig anfuhr.

»Und wenn er uns gar nicht im Auftrag von Juan abholt? Vielleicht ist er ein gesuchter Sittenstrolch und entführt uns irgendwo hin. Frauke und Julia, verschwunden auf Teneriffa und sexversklavt von einem jungen Mann!«

»Du spinnst!«, lachte Julia. »Wer weiß denn bitte schön, dass wir morgens um sieben Uhr an unserem Hotel stehen? Hier in Spanien steht niemand so früh auf! Nur bekloppte Urlauber, die den höchsten Berg Spaniens besteigen wollen, obwohl man auch die Seilbahn nehmen könnte.«

»Eine wunderbare Idee - die Seilbahn. Dann würden wir jetzt noch im Bett liegen und schlafen«, meinte Frauke gähnend und streckte sich.

»Allerdings hatten wir uns gemeinsam entschieden mit Inge, Paul und Sven den Berg zu Fuß zu erklimmen.«

»Hätte ich gewusst, dass es eine Seilbahn gibt, wäre meine Entscheidung anders ausgefallen.« Frauke entkräftete ihre Worte mit einem Augenzwinkern.

»Okay, diese kleine Information fehlte dir natürlich. Wenn du im Laufe des Tages Anlass zur Beschwerde hast, wende dich unverzüglich an mich.«

»Das Angebot nehme ich gerne an.« Frauke blickte nach vorne und erwischte den Fahrer, wie er sie stirnrunzelnd musterte. »Der Mann fragt sich bestimmt, was wir zwei für welche sind.«

»Vielleicht fürchtet er, dass wir ihn zu unserem Liebessklaven machen wollen.« Julia lachte sich ins Fäustchen.

»Attraktiv genug ist er«, pflichtete Frauke ihr bei. »Nur ein bisschen zu jung.« Ihre letzten Worte gingen unter in einem herzhaften Glucksen.

Dem Fahrer ging ein Licht auf, dass sie über ihn sprachen. Deshalb sah er in kürzeren Abständen zwischen ihnen und der Straße hin und her. Dadurch nahm er eine Kurve zu schnell, wobei er haarscharf den Bordstein verfehlte. Er riss das Lenkrad herum und fluchte leise.

»Jetzt müssen wir uns aber zusammenreißen, sonst kommen wir nicht lebendig an unserem Ziel an«, japste Julia, die sich die Tränen aus den Augenwinkeln wischte.

»Ich versuch´s!«, entgegnete Frauke gut aufgelegt. Ihre morgendliche Schläfrigkeit war verflogen. Sie freute sich auf die Tour, auch wenn sie den Verdacht hegte, dass dieser Tag außerordentlich beschwerlich werden würde.

Sie verließen die Autobahn und bogen in Richtung der Ortschaft *Orotava* ab. Ihre Fahrt setzte sich auf schmalen Straßen fort, auf denen das Auto mit den ersten größeren Steigungen zu kämpfen hatte. Am Straßenrand war keine Menschenseele auszumachen, nur eine Katze blickte dem Wagen gelangweilt hinterher.

Die Ansiedlungen wurden seltener, bis nur noch vereinzelte Häuser die Straße säumten. Die grüne, dicht bewachsene Landschaft wurde karger und die Vielfalt der Bäume nahm mit steigender Höhe ab. Nachdem sie Kiefer- und Lorbeerwälder durchquert hatten, verschwanden auch diese und nach Erreichen der Baumgrenze wuchs verbreitet Ginster.

Richtig spektakulär wurde die Aussicht, als sie den weitläufigen Vulkankessel, *Las Cañadas*, erreichten. Der Krater glich einer bizarren Mondlandschaft, die sie in dieser Form noch nie gesehen hatten.

Frauke sog den fantastischen Anblick auf wie ein Schwamm, als sie durch die fremdartige Landschaft fuhren. »Wahnsinn! Wie weit das wohl ist, einmal den Kessel zu durchwandern? Es lässt sich schwer abschätzen, dennoch glaube ich, dass das Ende etliche Kilometer entfernt ist.«

»Im Durchschnitt hat der Kessel siebzehn Kilometer«, lieferte Julia die Information, die sie vorab recherchiert hatte. »Die höchsten Kraterwände sind ungefähr fünfhundert Meter hoch.«

»Allein dieses Bild war das frühe Aufstehen wert!«

Staunend durchfuhren sie das Gelände, das geprägt wurde von Gesteinen in einem Farbspektrum von Hellgelb über Braunrot bis hin zu Schwarz. Sie waren ehrfürchtig ergriffen, wissend, dass sie eine Ebene querten, die auf eine lange Entstehungszeit zurückblicken konnte. Allein die Vorstellung, wie lange es gedauert haben mochte, um diese Landschaft zu formen, sprengte ihr Fassungsvermögen.

Als der Fahrer von der Straße abbog und einen kleinen Parkplatz ansteuerte, kehrten sie mit ihren Gedanken ins Wageninnere zurück und schauten erwartungsvoll nach vorne, was ihnen der Tag bringen würde.

Der Fahrer stieg aus, sobald der Motor erstarb.

»Wir sollten seinem Beispiel folgen«, schlug Julia vor, während sie die Tür öffnete.

Frauke folgte ihr um das Auto herum und sie nahmen ihre Rucksäcke in Empfang. Dabei hielt der Mann gebührenden Abstand zu ihnen und beäugte sie misstrauisch.

»Wenn ich jetzt Gedankenlesen könnte ...«, ließ Julia den Rest unausgesprochen in der Luft hängen.

Frauke öffnete ihren Rucksack und entnahm eine Wasserflasche. Sie trank ein paar Schlucke und sah sich dabei um. Danach wischte sie den Mund mit ihrem Ärmel ab. »Hier ist niemand zu sehen. Ein paar geparkte Autos, sonst keine Menschenseele.«

Julia blickte den Fahrer fragend an. Der Mann nahm daraufhin sein Handy aus der Hosentasche und wählte eine Nummer. Er sprach kurz hinein, dann zeigte er alle zehn Finger. »Juan.«

Damit sah er seinen Auftrag als erledigt an. In Windeseile bestieg er das Auto und brauste davon.

»Er ist froh uns losgeworden zu sein«, stellte Frauke leidenschaftslos fest.

»Dabei sind wir doch so nette Frauen. Verstehe ich nicht.« Sie sahen einander in die Augen und kicherten.

»Sonst wirkt mein Charme immer«, witzelte Frauke und schloss das Thema im nächsten Moment für sich ab, da sie etwas Interessantes entdeckt hatte. »Da hinten ist eine Karte. Und ich sehe eine erschreckend hohe Anzahl von Warnschildern! Vielleicht gibt es eines das besagt, dass das Besteigen des Pico del Teide verboten ist! Zu gefährlich, oder so!«

Gemeinsam postierten sie sich vor den großen Tafeln. Die abgebildeten Informationen zeigten Zahlen, Namen und eine übergroße Schlangenlinie, die mehrere Punkte miteinander verband.

»Wenn ich das richtig verstehe, befinden wir uns gerade auf einer Höhe von 2399 Metern. Das ist die Basis vom Teide. Aber die Tour führt nicht auf die Spitze hinauf, sondern nur zum *Mirador de Blanca* auf eine Höhe von 2820 Metern.« Julia runzelte die Stirn. »Der Pico del Teide ist aber 3718 Meter hoch. Das weiß ich aus dem Reiseführer.«

Ihre Augen forschten intensiver nach. »Ah, da ist der Abzweig zum *Refugio Altavista*. Das ist unser Weg hinauf auf die Spitze. Komisch. Warum wurde der Aufstieg nicht bis ganz nach oben beschrieben? Vielleicht wollen sie verhindern, dass Hinz und Kunz nach oben rennt«, murmelte sie laut genug, so dass Frauke es verstand.

Frauke begriff nur Bahnhof, denn mit der bevorstehenden Tour hatte sie sich nicht auseinandergesetzt und erfasste erst jetzt, was da auf sie zukam.

»Was um Himmels willen ist das Refugio Altavista? Und wenn ich es im Kopf überschlage, sollen wir über tausenddreihundert Höhenmeter überwinden? An einem Tag? Wird die Luft oben nicht dünn? Ich hätte meine Sauerstoffflasche einpacken sollen.«

Julia ignorierte den ersten Anflug von Wehklagen. »Das Refugio Altavista ist eine Schutzhütte, und wenn mich mein Gedächtnis nicht trügt, ist es von dort aus nicht mehr weit bis zur Spitze. Außerdem haben wir doch trainiert. Vor unserem Urlaub sind wir einmal auf den Brocken im Harz gestiegen!«

»Der ist aber nur 1142 Meter hoch! Das habe ich mir wiederum gemerkt. Das ist ein Klacks im Gegensatz zu diesem Monstrum von Berg. Wir sind jetzt bereits so hoch, dass mir die Luft wegbleibt.«

»Wir sind noch nicht mal losgegangen.«

Fraukes Erwiderung ging unter in dem klopfenden Geräusch eines Dieselmotors, als ein Kleintransporter auf den Parkplatz rollte und hielt. Daraus entstieg ein etwa vierzigjähriger Mann, der mit einem strahlenden Lächeln auf sie zueilte. Kraftvoll schüttelte er ihnen die Hand.

»Ich bin Juan. Und ihr seid Frauke und Julia?« Er sprach ein ausgezeichnetes Deutsch mit klangvollem spanischen Akzent. »Schön, dass ihr schon da seid, dann können wir gleich starten. Nur ein paar Sachen vorbereiten.« Er ging zurück zum Auto und begann Rucksäcke und Taschen zu entladen.

Frauke und Julia entdeckten Paul, Inge und Sven, mit denen sie in der Masca-Schlucht gewandert waren. Die folgende Begrüßung fiel herzlich aus, im weiteren Verlauf sprachen sie aufgeregt durcheinander. Die Vorfreude auf die Bergtour wurde zum Thema des Gespräches, selbst Sven mit seinem jugendlichen Alter stand die Begeisterung ins Gesicht geschrieben.

»Ich will einen Clip drehen und im Internet einstellen. Hoffentlich passiert etwas Abgefahrenes. Schade, dass ich nicht gefilmt habe, wie du nach der Masca-Schlucht fast ins Wasser geplatscht wärst,« sprudelte es aus ihm hervor, wobei er Julia unverfroren angrinste.

»Hatte ich eben gesagt es wäre schön, bekannte Gesichter zu sehen? Das muss ich korrigieren«, erklärte Julia schmunzelnd.

»Hallo!«, buhlte eine männliche Stimme hinter Paul um Gehör. Sie öffneten ihren Kreis, um einen Mann Platz zu verschaffen, der sich sofort in die Mitte schob. Julia bemerkte seine auffällig sportliche Figur, dabei schätzte sie ihn auf mindestens fünfzig Jahre.

»Ich bin der Marcel und komme aus der wunderschönen Schweiz!« Er begrüßte jeden per Handschlag. Dabei präsentierte er ihnen ein unglaublich weißes Zahnpasta-Lächeln. »Toll, dass noch zwei Mädels dabei sind, dann sind wir eine bunt gemischte Truppe.«

Julia entging nicht, wie Inge nach seinen Worten mit den Augen rollte, und offenkundig ein leises Stoßgebet sprach.

»Woher genau kommst du aus der Schweiz?«, wollte Frauke wissen.

»Ich komme aus Zürich und arbeite im Finanzsektor. Wenn du ein wenig Geld anlegen willst und dein Finanzamt nichts davon wissen soll, sag Bescheid.«

»Wir werden nicht ins Geschäft kommen«, kürzte sie das Gespräch ab. »Geld ist bei mir nie übrig. Ich gebe es lieber aus.«

»Dann vielleicht deine Freundin? Wartet mal, ich habe meine Visitenkarten dabei. Verteilt sie in eurem Bekanntenkreis. Irgendwer muss Geld haben! Deutsche haben doch immer Geld«, bekräftigte er, während er sich nach seinem Rucksack umsah.

Jetzt war es an Julia die Augen zu verdrehen. Inge sah es und lachte. »So ging es die ganze Fahrt über.«

Julia verfolgte, wie Marcel seine Visitenkarten aus der Seitentasche zog und eine davon Juan überreichte. Dabei redete er unablässig auf den Spanier ein, der sich aber nicht aus dem Konzept bringen ließ, und fortfuhr, kleine Wasserflaschen aus der Verpackung herauszulösen.

»Das ist aber eine Überraschung!«, rief auf einmal Frauke.

Zu ihrer großen Freude hatte sie Günther und Edeltraut gesichtet, die vorher durch die gewaltige Erscheinung von Marcel verdeckt geblieben waren. Die beiden rüstigen Rentner aus Bremerhaven strahlten wie Honigkuchenpferde um die Wette.

»Paul hat uns nach der Masca-Schlucht solange bearbeitet, bis wir nachgegeben haben und ebenfalls die Tour buchten«, erklärte Günther, nachdem sie sich begrüßt hatten.

»Eine wundervolle Fügung«, ergänzte Julia, die die beiden Rentner in ihr Herz geschlossen hatte.

»Wie ich sehe, habt ihr euch schon miteinander bekanntgemacht.« Juan kehrte in die Gruppe zurück, dicht gefolgt von Marcel. »Sind soweit alle fertig zum Aufbruch? Hinten am Wagen findet ihr Wasserflaschen. Jeder packt sich genug ein und für jeden ist ein belegtes Baguette da.«

Während die Wanderer ihre Rucksäcke mit Essen und Getränken füllten, begann sich Juan dick mit einer Sonnenmilch einzucremen. »Wenn ihr fertig gepackt habt, reibt euch mit Sonnenschutz ein und setzt die Hüte auf. Je weiter wir nach oben kommen, desto stärker ist die Sonneneinstrahlung.« Zu guter Letzt setzte er eine große Sonnenbrille mit runden Gläsern auf, schulterte den Rucksack, nahm in die eine Hand einen Wanderstock und in die andere eine Wasserflasche.

»Macht es wie ich. Die Wasserflasche immer griffbereit. Ihr müsst unterwegs viel trinken, immer ein paar kleine Schlucke. Okay?« Er blickte in die Runde und alle nickten einsichtig.

Zunächst ging es auf einem breiten Schotterweg los, der vom Parkplatz in die weitläufige Kraterlandschaft hineinführte. Mit ihren Schritten wirbelten sie kleine Staubwolken auf, die sich auf ihren Schuhen mit einer hellgrauen Tönung niederschlugen.

Wie auf der Wanderung in der Masca-Schlucht, eilte der jüngste der Gruppe, Sven, weit voraus. Durch seine raumgreifenden Schritte vergrößerte sich der Abstand zusehends, bis er nach einigen Minuten zurückblickte, stehenblieb und wartete, bis sie zu ihm aufschlossen.

In der Mitte der Gruppe liefen seine Eltern zusammen mit Juan, um Sven im Auge zu behalten, so jedenfalls mutmaßte Frauke, die mit Julia dahinter anschloss, dicht gefolgt von Marcel, der an seiner Armbanduhr herumhantierte.

Den Abschluss bildete Günther mit seiner Edeltraut, die aus Gewohnheit ihren Holz-Wanderstab dabeihatte. Den Alu-Wanderstock, den Juan ihr angeboten hatte, hatte sie dankend abgelehnt.

»Mein Stock hat mir bisher immer Glück gebracht. Den tausche ich nicht durch so einen neumodischen Kram aus«, war ihre Begründung gewesen.

Juan hatte ihre Entscheidung nicht in Frage gestellt. Es kam selten vor, dass jemand eine derart konkrete Vorstellung hatte, und so wie er Edeltraut nach ein paar Minuten einschätzte, kam sie hervorragend damit klar.

Außerdem führte er gerne Gäste wie Edeltraut und ihren Günther, auch wenn sie bereits etwas älter waren. Er zog den Hut vor diesen Generationen, die sich selbst nicht überschätzten, aber dennoch von einer erstaunlichen, zähen Ausdauer geprägt waren.

Umso mehr war Juan gespannt, wie sich Marcel am Berg schlagen würde. Zwar hatte er während der Fahrt ausführlich erläutert, welche Gipfel er in der Schweiz bestiegen hatte, ohne aus der Puste zu kommen, aber der Wahrheitsgehalt seiner Geschichten stand für diesen Tag noch aus.

Für den Moment genoss Juan die kleine Verschnaufpause von Marcels Redeschwall, dafür bekam Frauke eine Kostprobe, denn der Schweizer war dermaßen mit seiner Uhr beschäftigt, dass er ihr unbeabsichtigt in den Hacken trat.

»Aua!«

»Entschuldige! War keine Absicht. Betrachte es als Anmache, okay?«

»Nee, lass mal.« Frauke grinste dessen ungeachtet, denn völlig unattraktiv war Marcel nicht, unbenommen seines Alters. »Was fummelst du die ganze Zeit herum? Ich kann dir auch sagen, wie spät es ist.«

»Das ist doch keine normale Uhr! Sie ist mit GPS ausgestattet und verrät mir, auf welchem Längen- und Breitengrad wir uns befinden, auf welchem Höhenmeter, welche Strecke wir zurückgelegt haben und vieles mehr. Zu Hause kann ich die Uhr an den Rechner anschließen und die Wanderung auswerten. Ist das nicht toll?«

»Ja, super.« Es klang wenig begeistert.

Allerdings zeigten Paul und Günther Interesse, liefen an Marcels Seite, schauten über seine Schulter und ließen sich das Wunderwerk an Technik erklären. Marcel erläuterte ausführlich einzelne Funktionen und erst als Paul und Günther zufrieden nickten, rief er lautstark in Juans Richtung.

»Brauchst du nicht auch so eine Uhr? Ich habe einen Kumpel, der verkauft sie nicht nur in der Schweiz. Er macht dir bestimmt einen Sonderpreis, wenn ich ihm sage, du kommst auf meine Empfehlung hin.«

»Den Weg nach oben finde ich im Schlaf, mein Freund«, antwortete Juan gelassen. »Aber vielleicht interessiert euch die Entstehungsgeschichte dieser Gegend?«

»Ja, schieß los!«, rief Paul.

Die teure GPS-Uhr war vergessen.

»Wie ihr schon bemerkt habt, befindet ihr euch in einem Vulkankessel. Für die Entstehung dieses Kessels gibt es zwei Theorien.«

Er legte eine Pause ein, hielt inne und ließ ausgiebig den Blick schweifen. Gebannt folgten sie seinen Augen und fragten sich, ob es etwas zu entdecken gab, außer den weitverbreiteten Abhängen aus Lavageröll.

Juan zog die Sekunden in die Länge, um den Eindruck der Weite und Stille wirken zu lassen. Das unruhige Scharren mit den Wanderstiefeln verstummte, ein jeder beruhigte seinen Atem und nahm nichts weiter auf als diese unfassbare eintönige, aber grandiose Naturlandschaft.

Juan gönnte seiner Gruppe eine weitere Minute der mentalen Einkehr, ehe er nicht ohne Stolz das Wort an sie richtete. »Ich will euch loben! Ihr gehört zu einer der wenigen Gruppen, die es schafft, einmal loszulassen, um innezuhalten und vor allem auch zu schweigen.« Sein Blick ruhte am längsten auf Marcel.

Juan lächelte milde und besann sich darauf zurück, welche Informationen er ihnen näherbringen wollte. »Also, eine Theorie besagt, dass dieser Krater aus einem älteren Vulkan entstanden ist, dessen leere Magmakammer in mehreren Phasen in sich zusammenbrach. Der Pico del Teide, wie wir ihn heute sehen, kam erst viel später dazu.«

Er zog die Nase kraus, auf der verkrustete Reste der Sonnencreme hartnäckig ihre Position bestritten. »Für die Touristen - und besonders die deutschen - halten wir auch gerne die Geschichte aufrecht, dass der Berg explodiert sei. Das lässt sich besser vermarkten.« Er grinste breit. »Wie dem auch sei, es ist davon auszugehen, dass der ursprüngliche Berg weitaus höher war, als wir ihn heute kennen. Schätzungsweise weit über fünftausend Meter.«

»Gab es eigentlich in letzter Zeit Vulkanausbrüche?«

»Gute Frage!« Juan nickte Julia anerkennend zu. »Der Pico ist ein sogenannter schlafender Vulkan. Wenn wir oben sind, werdet ihr es riechen. Der Schwefelgeruch wird uns daran erinnern, dass uns der Berg in eine trügerische Sicherheit wiegt. Daher wird er ständig überwacht, wobei in letzter Zeit keine Warnung vor einem Ausbruch bekanntgegeben wurde. Zuletzt ist ein kleiner Nebenvulkan ausgebrochen. Das war 1909, aber das war ein kleines Niesen im Vergleich zu dem Ausbruch, der uns irgendwann einmal bevorsteht.«

Julia hatte sich eine eindeutige Antwort erhofft, die ihr die Sorge nahm, es könnte geradewegs an diesem Tag eine Eruption bevorstehen. Im Gegensatz zu ihr, tauschte sich der Rest der Gruppe begeistert über das neu gewonnene Wissen aus.

»Komm schon«, flüsterte Frauke ihr zu, die das Seelenleben ihrer Freundin erahnte, »Juan geht andauernd den Berg hinauf und hat keine Bedenken. Wir sollten ihm vertrauen und auf unser Glück hoffen.«

Julia knirschte mit den Zähnen und betitelte sich im Stillen als Angsthase. Manchmal stand ihr die eigene Kopflastigkeit richtiggehend im Wege.

Während sie einen Fuß vor dem anderen setzte, atmete sie tief durch und verscheuchte die fantasievollen Bilder eines explosiven Vulkanausbruchs; und es funktionierte. Schritt für Schritt warf sie den Ballast ab, gewann ihre Zuversicht zurück und genoss das wunderbare Gefühl, an etwas Einzigartigem teilzunehmen.

Ihr Weg verlief weiter durch die steinige Kraterlandschaft. Die geringe Neigung bergauf bereitete ihnen keine Mühe, so dass nebenher viel erzählt wurde. Als am Wegesrand Lavasteine in unterschiedlichsten Größen auftauchten, verstummten die Gespräche. Die größten dieser Steine maßen in der Höhe an die fünf Meter und erinnerten in der Form an überdimensionale Eier.

»Das sind die *Huevos del Teide*«, erklärte Juan der Truppe, die neugierig die runden Formen betrachtete.

»Die was?«, fragte Marcel nach.

»Das sind die Eier des Teide.«

»Das sind ja dicke Dinger! Das gibt es doch nicht! Was für ein Kerl!«, feixte Marcel und blickte ehrfurchtsvoll den Berg hinauf.

Inge ignorierte seinen pubertierenden Anfall, selbst ihr Sohn benahm sich nicht so blamabel. »Wie sind diese Huevos entstanden?«, wollte sie stattdessen wissen.

»Das sind Gesteinsbrocken, die vom Hauptstrom der Lava abgetrennt wurden. Sie sind den Berg hinabgerollt und formten sich zu Kugeln.«

»Mega geil! Frauke, bitte mach ein Foto von mir! Das glaubt mir keiner, dass ich an den weltgrößten Eiern stehe!« Sven eilte auf einen dieser Lavabrocken zu und lehnte sich dagegen.

Inge schüttelte betrübt den Kopf und revidierte ihre Meinung bezüglich ihres Sohnes. Um nicht weiter darüber nachzudenken, holte sie Juan ein, der weitergegangen war.

Juan spürte offenbar, weshalb Inge seine Nähe suchte. »Mach dir nichts draus, die meisten Männer reagieren so. Dein Junge bildet keine Ausnahme.«

Während Inge versöhnlicher gestimmt ihren Weg fortsetzte, übergab Frauke Sven das Handy, der ohne Umschweife das Bild seinen Freunden postete.

Frauke wählte anschließend die Gesellschaft von Günther und Edeltraut, die nach wie vor das Schlusslicht der Wandergruppe bildeten. Trotzdem zeigten sie keinerlei Ermüdungserscheinungen und bewegten sich in einer gleichbleibenden Geschwindigkeit.

»Ich habe echt Respekt davor, dass ihr die Tour mitmacht. Ich komme schon bei dem Gedanken ins Schwitzen, wie weit wir noch hinauf müssen. Meine Knochen knacken morgens schon ganz laut, ich weiß gar nicht, wie das in dreißig Jahren werden soll«, plauderte Frauke unbedarft, und passte sich der Geschwindigkeit der beiden an.

»Das ist ganz einfach. Immer in Schwung bleiben, keinen Rost ansetzen und einmal in der Woche Sex«, antwortete Günther und sah seine Edeltraut liebevoll an.

»Günther!« Edeltraut geriet kurz ins Straucheln.

Frauke lächelte verständnisvoll. »Herrlich, wenn man einen Partner gefunden hat, mit dem man so viele Gemeinsamkeiten hat.«

Edeltrauts Gesicht wurde dunkelrot.

Frauke wurde sich der Zweideutigkeit ihrer Worte nicht bewusst, vielmehr überlegte sie, wie die beiden es mit Mitte sechzig schafften, regelmäßig Sex zu haben. Vor allem unter dem Aspekt bereits in einer langjährigen Partnerschaft verbunden zu sein. Wie hielten sie ihre gegenseitige Anziehungskraft aufrecht?, lautete demnach ihre Kernfrage.

Wenn sie auf ihr eigenes Leben zurückblickte, so stand eindeutig für sie fest, dass der Mann erst noch für sie gebacken werden musste, mit dem sie es über Jahre hinweg aushalten würde.

In ihrem Kopf drehte sich das Karussell ihres Lebens, auf dem in mehr oder weniger regelmäßigen Abständen ein Mann mitgefahren war. Am Anfang jeder Beziehung hatte die körperliche Liebe im Vordergrund gestanden und das war überaus reizvoll gewesen. Was gab es Schöneres als den ganzen Abend zu knutschen und den Körper des anderen zu erforschen?

Fraukes Schritte gerieten ins Stocken, als sie sich fragte, ob sie nicht ein *leichtes* Mädchen sei, bei den vielen Beziehungen, die sie in ihrem Leben gehabt hatte. Beinahe im selben Augenblick schüttelte sie unwirsch mit dem Kopf, weil bei Männern doch auch niemand sagte, er sei ein leichter Junge! Ihr kam es seltsam vor, dass das Sexualverhalten so unterschiedlich bewertet wurde.

Dabei lag es auf der Hand, weshalb sie hinter der Nummer neunzehn – Ralf - einen Haken machen konnte! Am Anfang hatte seine Anziehungskraft zum großen Teil darin bestanden, dass er schrecklich nett war. Er war kuschelig und aufmerksam gewesen, hatte andauernd gefragt, ob alles in Ordnung sei und ob es ihr gut gehe. Im Laufe der Wochen hatte es begonnen sie zu nerven. Sie hatte sich zu sehr von ihm einlullen lassen, wodurch ihr eine wichtige Sache durch die Lappen gegangen war!

Sie liebte ihn nicht.

Mit dieser Erkenntnis und im Rückblick auf ihr gesamtes Liebesleben gelangte sie zu dem Schluss, dass sie bislang nie über das erste Verliebtsein hinausgekommen war. Es hatte keinen Mann gegeben, dem sie voll und ganz ihr Herz geschenkt hätte.

Diese nüchterne, ein Stück weit traurige Einsicht hatte Frauke in der Gänze noch niemals durchdacht und führte dazu, dass sie auf einmal innerlich abgeklärt und völlig gelassen wurde. Das Schicksal gab ihr den Wink, sich zu gedulden. Irgendwann würde es klappen!

Unbewusst starrte sie auf das Hinterteil von Marcel, der vor ihr herlief. Zwar ermüdete er einen durch sein ständiges Gequatsche, doch mit seinem knackigen Körper konnte er durchaus bei ihr punkten! Sie fragte sich, wie er wohl ohne Klamotten aussehen würde und fing an zu kichern.

Marcel drehte ihr den Kopf zu und lächelte vielsagend.

Daraufhin lachte Frauke ungeniert, während ihr Gesicht eine erfrischende Röte überzog. Vermutlich konnte der Mann aus der Schweiz Gedanken lesen.

Der breite Schotterweg, auf dem sie etliche Kilometer gewandert waren, endete, genauso wie der gemütliche Teil dieser Tour.

Aber zunächst legten sie eine Pause ein, tranken etwas und hatten ausreichend Zeit, die Reihe von Warnschildern zu studieren, die jemand vorsorglich aufgestellt hatte.

»Juan, was steht da?«, fragte Julia neugierig.

»Schauen wir mal.« Er trat einen Schritt vor. »Du solltest vor herabfallenden Steinen auf der Hut sein, es geht ab hier steil aufwärts und es wird vor der Höhenkrankheit gewarnt.«

»Höhenkrankheit? Wie äußert sich die?«

»Mit Übelkeit, Schwindelgefühl und schneller Ermüdung. Wenn es soweit ist, einfach Bescheid geben. Weitere Fragen Julia?« Er schob seine Sonnenbrille zurück und warf ihr mit seinen braunen Augen einen fragenden Blick zu.

»Alles bestens.« Betreten wich sie seinem Blick aus.

»Gut.« Er schob die Sonnenbrille über die Augen. »Trinkt bitte noch etwas.«

»Ich glaube, mir ist schwindelig. Meine Beine sind auch schon ganz schwach. Das muss die Höhenkrankheit sein«, scherzte Frauke.

»Du bist topfit. Du willst dich nur drücken!« Julia stieg nur zu gerne auf Fraukes Bemerkung ein, lenkte es doch von ihrer eigenen Person ab.

»War einen Versuch wert.«

»Nicht geglückt.«

»Ich werde weiter daran arbeiten.«

»Tu das.«

»Wenn Frauke und Julia auch soweit sind, können wir endlich los.«

Schuldbewusst beeilten sie sich, ihre Sachen zusammenzupacken.

»Das ist wie in der Masca-Schlucht«, flüsterte Frauke.

»Was meinst du?«

»Wir benehmen uns wie ein altes Ehepaar.«

Julia starrte Frauke erschüttert an. »So schlimm sind wir doch nicht, oder?«

Frauke zuckte mit den Achseln. »Und wenn, ist doch auch egal, oder?«

»Kommt ihr?« Juans Tonlage gab zu verstehen, dass dies die letzte Aufforderung war.

Sie reihten sich wortlos ein, wobei sie ihn entschuldigend anlächelten.

Der vor ihnen liegende Anstieg forderte ab dem ersten Meter ihre volle Konzentration ein: Der Trampelpfad schraubte sich in stetigen Kehren den Berg hinauf und gestattete weder abschweifende Blicke in die Landschaft hinein zu genießen noch nebenbei Unterhaltungen zu führen.

Gleichzeitig wurden Juans Schritte beharrlich langsam. Am Anfang kam es ihnen lächerlich vor, beinahe in Zeitlupe den

Berg hinauf zu kriechen. Vor allem Sven langweilte sich rasch und stürmte etliche Meter voraus, um immer wieder ungeduldig zu warten, bis die anderen nachzogen.

Trotzdem setzte Juan unbeirrt seinen Weg fort. Sein Rhythmus glich dem eines Roboters, der stoisch gelassen ein festgelegtes Programm abspulte.

Nach einigen Minuten warf Frauke einen raschen Blick über die Schulter. »Ich glaube, Marcel glotzt mir die ganze Zeit auf den Hintern.«

Eigentlich hatte ihre Bemerkung ausschließlich Julia gegolten, nur dass ihr bei dem steilen Anstieg der Atem pfiff und damit ihr die Kontrolle über die Lautstärke ihrer Stimme entglitten war.

»Du hast einen ganz entzückenden Hintern«, ging Marcel auf ihre Bemerkung ein. »Julia im Übrigen auch. Wenn ich mich entscheiden müsste, ich wüsste nicht, welcher von beiden ...«

»Maaarcel!«, warnte ihn Julia.

»Nee, Mädels, ernsthaft, ihr habt beide tolle Rückansichten. Nur fordert dieser Weg ausnahmsweise meine ganze Aufmerksamkeit. Popogucken geht gerade nicht.«

Julia schnaubte einmal laut, während Frauke ein knappes Kichern über die Lippen brachte.

Damit verebbte die Unterhaltung, lediglich in den von Juan verordneten Pausen, um etwas Kraft zu sammeln und Wasser zu trinken, wurden Gespräche geführt.

Frauke nutzte die Pausen für sich, um das grandiose Bild aufzusaugen, wie vor langer Zeit schwarze Lavamassen den Berg hinuntergewalzt und mitten in der Bewegung erstarrt waren. Die dunkle Lava hob sich deutlich von dem rotbraunen Gestein ab, während der Bergpfad die Landschaft mit einem gräulichen Farbton durchschnitt.

Jedoch fiel es ihr schwer, den Bergpfad im Verlauf nach unten zu verfolgen, denn die große Steigung verschluckte ihn nach wenigen Metern. »Das sind schon ein paar Höhenmeter«, kommentierte sie ihre Beobachtung.

»Wir sind auf einer Höhe von 3152 Metern. Rund siebenhundert haben wir bereits geschafft. Möchtest du auch wissen, wie viele Höhenmeter wir pro Stunde gegangen sind?« Marcel drückte an den zahlreichen Knöpfen seiner Uhr herum - es wirkte etwas hilflos.

Paul und Sven schauten ihm über die Schulter und gaben Ratschläge. Sie steckten die Köpfe zusammen, redeten durcheinander und gaben es nach wenigen Minuten ohne konkretes Ergebnis auf.

»Die Bedienungsanleitung habe ich im Hotel gelassen. Die Uhr ist wie gesagt ganz neu«, entschuldigte Marcel die Panne.

Frauke interessierte das wenig, denn ihr Magen fing an zu knurren. »Juan, wann machen wir Essenspause?«

»Nicht mehr weit bis zum Refugio de Altavista.«

»Gott sei Dank.«

»Wenn Frauke Hunger hat, ist mit ihr nicht gut Kirschenessen«, ergänzte Julia augenzwinkernd.

»Genau. Also weiter!« Frauke wedelte mit den Armen, um sie anzutreiben.

Beständig verlief der Pfad in engen Windungen den Berg hinauf, dabei durchquerten sie einige Male die riesigen Lavafelder, während ihnen die Sonne auf den Rücken schien. Sie gerieten trotz der kühleren Temperaturen in der Höhe ins Schwitzen, zusätzlich lastete der abnehmende Sauerstoffanteil der Luft auf ihnen und einjeder sehnte sich der nächsten Pause entgegen.

Einzig Juan schritt unbeeindruckt voran und hatte allzeit genug Puste, um die Gruppe mit ein paar Anekdoten zu unterhalten. Er wusste um ihren inneren Kampf, mit den eigenen Kräften hauszuhalten und die physische Belastung, die auch der Psyche arg zusetzte. Aus seiner Erfahrung war es nun wichtig, die Gruppe zu beobachten und wenn nötig zu motivieren; aber auf keinen Fall irgendeiner Form von Gejammer Zündstoff zu liefern.

So quälte sich die Gruppe einige Zeit weiter, bis sie die herbeigesehnte Schutzhütte erreichte. Mit einem zufriedenen Seufzer sank einer nach dem anderen auf eine Bank vor dem flachen Gebäude nieder, um die Mühen der letzten drei Stunden abzuschütteln.

Juan schritt die Reihe seiner müden Wanderer ab. »Ihr seid hier auf einer Höhe von 3260 Metern. Wir haben eine Menge geschafft! Im Refugio findet ihr Toiletten und Schlafmöglichkeiten, falls ihr einen Mittagsschlaf einlegen wollt. Wer nach einer Stunde nicht startklar ist, bleibt hier.« Er lächelte in der Gewissheit, dass niemand ohne wärmenden Schlafsack eine Nacht durchhalten würde.

Marcel erhob sich und ging in die Schutzhütte hinein. Inge folgte ihm, denn beide waren auf der Suche nach den WCs. Marcel kam als Erster zurück. »Die Toiletten sind abgeschlossen«, rief er Juan zu.

»Was? Die sind doch immer auf!« Er folgte Marcel hinein, um sich eigenhändig zu vergewissern. Kurz darauf musste er der Gruppe berichten, dass es sich tatsächlich so verhielt.

»Dann sucht sich jeder eine andere Ecke.«

»Passt lieber auf, wo ihr euch niederlasst! Da oben hängt eine Kamera.« Frauke wies auf die Ecke des Daches, des aus Stein gebauten Hauses. Dort hing ein kleiner Kasten und filmte offensichtlich den Bereich, in dem sie saßen. Vermutlich eine Webcam, dachte sie und empfand es als irrsinnig, dass man nirgendwo mehr auf der Welt vor den Nachstellungen des Internets sicher war.

Nachdem die Toilettengänge erledigt waren, stürzten sich die Wanderer hungrig auf die mitgebrachten Speisen. Damit einhergehend kehrte eine behagliche Ruhe ein.

Außer dem Wind und ein paar untereinander gewechselten Worten, bestach der Ausblick in den imposanten Kraterkessel, der seine vereinnahmende Stille auf sie übertrug. Die Zivilisation mit ihrer Hektik und dem einhergehenden Lärm war Lichtjahre entfernt.

Frauke seufzte. »Hier bleibe ich.«

»Soll ich dir Gesellschaft leisten?«, erkundigte sich Marcel, der neben ihr Platz genommen hatte.

Er rutschte näher an sie heran, wodurch Frauke automatisch abrückte. Sie kam nicht weit, denn Julia versperrte ihr den Fluchtweg.

»Du leistest mir doch schon Gesellschaft - sehr nah übrigens«, belehrte ihn Frauke, wobei ein Lächeln ihre Augen erreichte.

Irritiert beobachtete Julia das Geplänkel.

»Es geht noch ein Stückchen näher«, setzte Marcel hinterher und rückte zu ihr auf.

Das hatte zur Folge, dass Julia wie von der Tarantel gestochen aufsprang. »Juan, wir sollten weitergehen, bevor ein Drama seinen Anfang nimmt!«

Frauke blinzelte fragend zu Julia empor, die im Gegenlicht der Sonne stand. »Drama?«

Inge lachte. »Ein Drama am Berg brauchen wir wahrlich nicht.«

Frauke blickte sich verdutzt um.

Marcel beugte sich zu ihr hinüber und hauchte ihr ins Ohr. »Der Tag ist noch lang. Vielleicht machen wir heute Abend etwas ohne deine Freundin.« Sein Blick streifte Julia, die empört die Stirn runzelte.

»Mädels, wir wollen weiter«, mahnte Günther und vollführte schnelle Handbewegungen, um die müde Truppe auf die Füße zu bekommen.

Das war allerdings nicht nötig, denn die anderen beeilten sich ihre sieben Sachen zusammenzupacken. Sie ahnten bereits, was als nächstes folgen würde, und wurden nicht enttäuscht.

»Was sollte das eben?« Frauke warf Julia einen angesäuerten Blick zu.

»Das sollte ich dich fragen!«

»Ich weiß nicht, worauf du hinauswillst!«

Julia rollte mit den Augen.

Frauke starrte sie abwartend an.

»Du kannst doch nicht mit Marcel flirten, wenn zu Hause dein Freund sitzt! Okay, noch-Freund.«

»Ach Gott Julia, das bisschen Flirten!«

»Wenn es nach mir geht, darf es gerne mehr werden«, warf Marcel ein.

»Klappe«, schnauzte Julia ihn an.

Marcel zuckte nur mit den Achseln und schloss sich der restlichen Gruppe an, die bereitstand, die letzte Etappe in Angriff zu nehmen.

»Das eben war etwas zu aufgedreht von dir«, meinte Frauke wider Erwarten in einem gefassten Ton. »Findest du nicht auch?«

Julia ließ die Worte sacken und fragte sich im nächsten Moment, weshalb sie sich überhaupt aufregte. Sollte Frauke doch flirten, mit wem sie wollte. Ralf hatte sie längst abgehakt!

Dass sie und Frauke grundverschiedene Lebenseinstellungen bezüglich Mann und Familie hatten, bereitete ihr keine Probleme, vielmehr war es der Gedanke, dass Frauke höchstwahrscheinlich immer Single bleiben würde!

Es müsste Ostern und Weihnachten auf einen Tag zusammenfallen, wenn es nur noch einen Mann für Frauke geben würde. Und, resümierte sie im Stillen, das war in Ordnung! Frauke lebte ihr Leben, wie sie es wollte. Es war an ihr das endlich ohne Wenn und Aber zu akzeptieren und keine klugen Ratschläge mehr zu erteilen.

Julias Blick kehrte zu Frauke zurück. »Entschuldige. Meine Reaktion war absolut überzogen.«

»Schwamm drüber«, erwiderte Frauke und boxte ihr sanft gegen die Schulter. »Da ich keinen Bock habe die anderen zu verlieren und hier übernachten zu müssen, sollten wir endlich losgehen.«

Schnellen Schrittes schlossen sie zu ihrer Gruppe auf, die kaum Weg vorgelegt hatte. Juan hatte das Tempo stark gedrosselt, den nun startete der härteste Teil des Anstiegs, bei dem er es sich nicht leisten konnte, seine Gruppe auseinanderreißen zu lassen.

Zwar blieb die Steigung des Pfades nahezu unverändert, aber die dünner werdende Luft raubte ihnen den Atem.

Frauke haderte damit, dass sämtliches Blut mit der Verdauung des verspeisten Baguettes beschäftigt war, dabei sollte es doch den Sauerstoff in ihre Muskeln transportieren!

Infolgedessen begann sie laut zu schnaufen wie ein altes Dampfross. Sie achtete nicht mehr auf die Landschaft, sondern nur noch auf den darauffolgenden Tritt auf dem staubigen Pfad.

Sven, der sonst immer der Gruppe vorausgeeilt war, fiel an das Ende zurück. Dagegen schlossen Günther und Edeltraut zu Juan an die Spitze auf, indem sie unbeirrt ihren konstanten Rhythmus beibehielten und die größten Kraftreserven herauskitzeln konnten.

Juan verordnete Pausen in deutlich kürzeren Abständen und unterhielt die Gruppe solange mit Geschichten vom Berg, bis sie wieder Atem geschöpft hatten.

Frauke kämpfte mittlerweile einen harten Kampf gegen sich selbst. Der letzte Abschnitt der Tour forderte ihr alles ab und am liebsten hätte sie wie ein kleines Kind entschieden, keinen Schritt mehr weiterzugehen.

Da sie niemand in einer Sänfte den Berg hochtragen würde, biss sie die Zähne zusammen und stapfte mürrisch weiter. Sie verfluchte diese Wanderung und warum sie sich so quälen musste!

Irgendwann fing sie an, ihre Schritte zu zählen, um sich abzulenken. Das half eine Zeitlang. In den kurzen Pausen reckte sie den Hals, in der Hoffnung, endlich die Spitze des Berges entdecken zu können. Sie wurde jedes Mal enttäuscht.

»Wer ist bloß auf diese blöde Idee gekommen, diesen blöden Berg hinaufzusteigen? Völlig irrsinnig! Ich bin im Urlaub und nicht in einem Trainingscamp für angehende Gebirgsjäger,« jammerte Frauke in einer der willkommenen Erholungspausen.

»Julia, kannst du Frauke ausstellen? Das ist nicht zum Aushalten!«, flehte Marcel.

»Seid einfach beide still!«, schnaubte Julia.

Danach trieb Juan sie erneut an, um die Tour ans Ziel zu führen und, was ihm in diesem Moment noch wichtiger erschien, niemand mehr genug Luft zum Wehklagen bekam.

Ohne zu murren, folgten sie seinen Anweisungen, denn es blieb ihnen nichts anderes übrig. Also quälten sie sich weiter, jeder auf seine Art und Weise und mit dem Umstand hadernd, dass die eigenen Kräfte zusammenschmolzen wie Eis in der Sonne.

»Nur noch diese Biegung und ihr habt es geschafft!«

Juans Ankündigung entlockte ihnen ein befreites Aufstöhnen. Sie bogen um die letzte Kurve, beseelt, dass der kräftezehrende Anstieg ein Ende hatte. Die verschwitzten Gesichter hellten sich auf, brachten ein ermattetes Lächeln zustande, das größer wurde, als ihnen ins Bewusstsein drang, welche Leistung sie vollbracht hatten.

Sie beglückwünschten einander, fielen sich in die Arme und klopften sich gegenseitig auf die Schultern.

»Wir haben es geschafft!«, lautete das Credo der Gruppe.

Der schmale Bergpfad ging nun nahtlos in den breiten Weg über, der einmal rund um die Spitze des Berges führte. Darauf wandelten zahllose Touristen, die die Gondeln der Seilbahn mit hoher Frequenz ausspuckten.

»Die Seilbahn schafft die Strecke von der Talstation nach oben in acht Minuten,« gab Juan zum Besten.

»Wir haben nur schlappe vier Stunden länger gebraucht«, entgegnete Frauke trocken.

Juan lachte beherzt und stimmte anschließend die Gruppe ein, den allerletzten Teil der Bergbesteigung in Angriff zu nehmen. Dazu liefen sie auf eine kleine Absperrung zu, an der zwei Mitarbeiter des Nationalparks positioniert waren. Juan sprach kurz mit ihnen, zeigte ein paar Dokumente vor, um dann mit seiner Gruppe den Kontrollpunkt zu passieren.

Bis zur Spitze lagen noch einmal einhundertsechzig Meter vor ihnen. Zuvor scharten sie sich auf einem kleinen Plateau zusammen, das neben dem Weg angelegt worden war. Sie tranken Wasser und genossen erneut die Aussicht in den Vulkankessel. Nach dem dichtbevölkerten Rundweg war es nun wieder vollkommen still. Andächtig hielten sie einen Moment inne.

Juan bemerkte anerkennend, dass sich *seine Leute* wiederholt darauf einließen, einmal ohne jedweden Kommentar den Moment zu genießen. Trotzdem klatschte er nach wenigen Sekunden in die Hände. »Und nun los! Ab auf den höchsten Berg Spaniens!«

Die letzten Energiereserven wurden mobilisiert und gemeinsam erklommen sie den steilen Weg. Juan bildete ausnahmsweise das Schlusslicht und war wie immer begeistert, wie viel Schwung seine Leute am Ende freisetzten.

Am Wegesrand glitzerte der Schnee in der Sonne, als sie die letzten Meter in rekordverdächtiger Zeit hinter sich brachten. Sie erreichten die oberste Ebene und blieben dicht beieinanderstehen. Zufriedenheit und Glückseligkeit senkte sich auf sie hinab, als sie den Rundblick genossen und sie die Erkenntnis durchfuhr, dass dieses Erlebnis bis zu ihrem Lebensende einmalig in Erinnerung bleiben würde!

Ihre überbordenden Gefühle wurden erst allmählich durch den Geruch des gelblichen Dampfes überlagert, der in ihrer Nähe dem Boden entwich.

»Hier stinkt es nach faulen Eiern!«

Svens Mutter lächelte milde. »Das ist, als ob du deine Sportsocken wochenlang nicht in die Wäsche gegeben hast.«

»Mama!«

Die Gruppe schmunzelte über Inges Bemerkung, selbst Juan, dem diese *Wahrheit* schon das ein oder andere Mal zu Ohren gekommen war.

»Von hier aus könnt ihr die Inseln La Palma und La Gomera sehen.« Juan wies in deren Richtung.

»Was für ein grandioser Fernblick!«, sprach Günther allen aus dem Herzen.

»Die Berge in der Schweiz sind natürlich viel höher und prachtvoller«, warf Marcel ein.

Schweigend ignorierten die anderen seine Äußerung und so standen sie noch eine Weile da und blickten umher, bis es den Ersten zu kalt wurde. Günther und Edeltraut stiegen zuerst ab, die anderen folgten im Zeitabstand von wenigen Minuten. Unten angekommen versammelten sie sich.

»Heute habe ich etwas auf meiner Liste der Dinge abgehakt, die ich nie wieder tun werde!«, verkündete Frauke. »Zu Fuß bekommt mich niemand mehr auf einen solchen Berg hinauf. Wozu wurde die Seilbahn erfunden!«

Verständnislose Blicke streiften sie.

Marcel war so frei auszusprechen, was er dachte. »Wie mir scheint, bist du eher eine Panoramawegwanderin. Wie dem auch sei, solche muss es ja auch geben.«

Frauke schnappte hörbar nach Luft, aber Marcel ließ ihr keine Möglichkeit für eine Erwiderung.

»Und wer steigt mit mir wieder hinunter?« Er blickte in die Runde.

»Lass mal. Wir fahren mit der Seilbahn«, erklärte Inge stellvertretend für alle. Vier Stunden bergabgehen wollte sie ihren Knien dann doch nicht zumuten.

»Übrigens haben wir Glück, dass die Seilbahn überhaupt fährt. Wenn es zu windig ist, muss man tatsächlich wieder zu

Fuß runterlaufen. Eine andere Alternative wäre hier oben zu übernachten.« Juan blickte in Richtung von Frauke.

»Alles, nur nicht runterlaufen!«

Da Marcel niemanden fand, der mit ihm den Abstieg gehen wollte, schloss er sich der Gruppe an. Juan löste die Tickets für die Abfahrt und sie stiegen mit etlichen anderen Touristen in die große Kabine ein.

»Komisch«, überlegte Frauke, »heute ist noch gar nichts Schlimmes passiert. Das steht uns hoffentlich nicht noch bevor«, äußerte sie beiläufig und blickte zu den dicken Kabeln über der Gondel.

»Du bist eine Schwarzmalerin«, mahnte Julia, die sich in engen Räumen sowie in schwindelerregenden Höhen nicht sonderlich wohlfühlte.

»Das wäre geil, wenn jetzt Wind aufkommt und wir gegen einen der großen Pfeiler krachen. Dann wird die Seilbahn mit einer Notbremsung zum Stehen gebracht und wir werden aus der Kabine abgeseilt. Das wäre Hammer!«, rief Sven begeistert.

Julia war weniger davon angetan. Als die Gondel abfuhr und wenig später über einen der großen Stützpfeiler hinwegglitt, entstand für eine Sekunde das Gefühl der Schwerelosigkeit. Erschrocken fiepte sie auf.

Sven grinste. »Angsthase.«

»Kannst du die Klappe halten!«, presste sie durch die Zähne, »mir wird schlecht.« Kaum gesagt, wurde sie weiß im Gesicht.

»Kotzende Passagiere in der Seilbahn.«

»Sven, ich schmeiß` dich gleich raus!«

»Okay, okay! War nur Spaß!«

»Das reicht!«, ging Frauke dazwischen, während sie Julia mit der Hand Luft zu wedelte. »Geht es wieder?«

»Ja, aber bitte hör nicht auf zu wedeln, sonst bricht mein Kreislauf zusammen.« Sie hielt die Augen fest geschlossen und atmete ganz flach.

Frauke machte sich richtiggehend Sorgen um sie. Irgendetwas stimmte nicht mit ihr, und es tat ihr leid, dass Julia sich zum Abschluss des Tages nicht für die Seilbahnfahrt begeistern konnte.

Die achtminütige Talfahrt verging für alle außer für Julia viel zu schnell, und unten angekommen, sammelte sich die Wandertruppe auf dem Parkplatz und wartete müde auf die Autos, die sie in ihre Hotels zurückfahren sollten.

»Ich bin ganz schön erledigt«, gestand Julia ein. »Mir ist vorhin echt schwindelig geworden. Vielleicht habe ich das Essen nicht vertragen.«

»Normalerweise macht dir dein Magen keine Probleme. Vielleicht hat die Tour auch an deinen Kräften gezerrt.«

Julia legte sich Gegenworte zurecht, aber als sie in sich hineinhorchte, gestand sie sich ein, dass ein Funken Wahrheit darin lag. »Wahrscheinlich liegst du richtig.«

»Lass uns heute nach dem Abendessen die Füße hochlegen, ein zwei Gläser Wein trinken und danach ab ins Bett.«

»Gerne.«

Juan winkte seine Truppe zusammen. »Da kommen die Autos! Wir teilen euch nach den Hotels auf.«

Die Fahrzeuge hielten direkt vor ihnen, so dass die Rucksäcke rasch verstaut waren und es an der Zeit war Abschied zu nehmen.

Frauke und Julia wechselten ein paar Worte mit Inge, Paul und Sven, die den nächsten Tag abreisen würden. Man versprach sich, in Kontakt zu bleiben und in Deutschland eine gemeinsame Wanderung ins Auge zu fassen.

Anschließend drängte Marcel in die Runde und fiel Julia und Frauke ohne Vorwarnung um den Hals.

»Schade, dass sich unsere Wege schon trennen. Aber ich gebe euch meine Visitenkarte. Ruft mich an!«, sagte er und meinte damit insbesondere Frauke.

»Vielleicht komme ich auf dein Angebot zurück.« Sie blickte ihm tief in die Augen und drückte seine Hand länger als nötig. Dabei spürte sie, wie sich sein Pulsschlag beschleunigte.

»Oh, klasse«, hauchte er verdattert. »Heute Abend wäre ich zum Beispiel frei.«

»Gut.« Frauke gewährte ihm einen tiefen Augenaufschlag und ließ seine Hand los.

Marcel wusste nicht, wie ihm geschah und traute offenbar nicht seiner möglichen Eroberung. Er warf mehrere Blicke zurück, bevor er zu Inge und Paul ins Auto stieg.

»Hoffentlich wartet er nicht den ganzen Abend auf meinen Anruf«, sagte Frauke mit feinem Spott.

»Du wirst ihn doch nicht wirklich anrufen, oder?« Julia bekam einen trockenen Mund.

»Ach was, wo denkst du hin! Es hat mir Freude bereitet, ein wenig zu flirten! Das habe ich in letzter Zeit viel zu selten gemacht. Das würde dir auch gut stehen.«

»Mir?«

»Dir.«

»Ich bin doch verheiratet!«, protestierte Julia.

»Was hat das eine mit dem anderen zu tun? Du sollst doch nichts anbrennen lassen. Denk bloß mal an Miguel, als er dich gerettet hat. Ein hübscher Augenaufschlag hätte innerhalb kürzester Zeit die Wogen über die verspätete Abfahrt geglättet.«

»Quatsch.«

»Obwohl«, setzte Frauke zu einer weiteren Bemerkung an, »als wir bei ihm gewesen sind, um für Doris den Liebesboten zu spielen, hast du dich nicht gerade mit Ruhm bekleckert. Ein Augenaufschlag als Entschuldigung hätte niemals ausgereicht!«

»Können wir bitte das Thema wechseln? Ich habe das zweite Missgeschick längst verdrängt.«

Edeltraut und Günther waren nur halbherzig dem wohlbekannten Schlagabtausch der beiden gefolgt, doch nun wurden sie hellhörig.

»Julia hat etwas Ähnliches erlebt wie nach der Masca-Schlucht?«

»Nein«, wiegelte Julia ab.

Frauke nickte bejahend mit dem Kopf.

»Erzähl doch mal!«

»Könnt ihr das auf später verschieben? Meine Leute wollen Feierabend machen«, warf Juan ein und rettete damit die sichtlich erleichterte Julia.

»Übrigens machen wir übermorgen auch Doris´ *Taganana-Tour* mit«, bemerkte Edeltraut trotz Juans Aufforderung in die Strümpfe zu kommen. »Das ist eine sehr schöne und nicht allzu anstrengende Wanderung«, ergänzte sie mit einem Seitenblick auf Frauke.

Frauke überging ihre Anspielung. »So ein Zufall, die Tour haben wir auch gebucht! Und dann werdet ihr erfahren, was es mit Miguel und … «

Julia schüttelte vehement den Kopf.

Frauke verstand die Geste und brach ab. »Wird noch nicht verraten.«

»Ihr macht es aber spannend!«

»Meine Damen, darf ich jetzt bitten!« Juan klopfte ungeduldig mit der Hand auf das Dach des Autos.

Also beeilten sie sich, seinem Ruf Folge zu leisten, verabschiedeten sich voneinander und bestiegen die Fahrzeuge.

Kaum, dass Frauke das weiche Polster der Rückbank berührt hatte, zollte sie dem kräftezehrenden Tag Tribut und schlief innerhalb weniger Sekunden ein.

In ihrem darauffolgenden Traum durchlebte sie die Bergbesteigung aufs Neue. Darin quälte sie sich den Anstieg empor, bis sie ermattet die Schutzhütte erreichte. Doch statt der erhofften Pause erlebte sie eine dramatische Wendung der Ereignisse, als ein zottliger Yeti auf sie zustürmte und sie geradewegs entführte!

Dazu warf er sie über seine Schulter und rutschte auf seinen großen, behaarten Füßen den Berg hinab, der erstaunlicherweise mit feinstem Pulverschnee überzogen war.

Ein Mann, der Marcel zum Verwechseln ähnlich sah, beobachtete ihr Kidnapping und sprang auf seine Skier, um hinter ihr her zu jagen.

»Komm in die Schweiz! Hier sind die Berge viel höher!«, rief er ihr zu. Sein knackiger Hintern wedelte aufreizend hin und her und es wunderte Frauke nicht einmal, dass er splitterfasernackt war. Der Anblick entlockte ihr einen Seufzer.

Julia schaute deshalb einmal zu ihr hinüber. Doch sie erkannte an ihren Gesichtszügen und der gleichmäßigen Atmung, dass sie tief und fest schlief.

Julias Kopf hingegen beschäftigte sich mit den zurückliegenden Stunden, die selbst für sie eine enorme Anstrengung dargestellt hatten und dessen Folgen am nächsten Tag in jedem Muskel und Knochen zu spüren sein würden.

Aber das war nichts im Vergleich zu dem Unbehagen, das sie anhaltend erfüllte, nachdem sie in der Seilbahn eine Art Schwächeanfall erlitten hatte.

Normalerweise hatte sie ihre Angst vor engen Räumen gut im Griff; einige Meditationsübungen und das bewusste, sich dieser Angst aussetzen, hatten ihr geholfen, das beklemmende Gefühl unter Kontrolle zu bekommen.

Doch diesmal war es anders gewesen. Ihr Kopf war mit der Situation klargekommen, nur ihr Köper hatte nicht mitgespielt und mit einer seltsamen Übelkeit reagiert. Dieser ungewohnte Kontrollverlust setzte ihr am meisten zu, denn eins ihrer wichtigsten Lebensprinzipien bestand darin, nicht die Beherrschung zu verlieren; in jeder Situation.

Für einen Moment fürchtete Julia, ob sie krank werden würde. Oder hatte es doch am Essen gelegen? Die Fragen hallten in ihr nach. Wie ein Flummi in einem kleinen Raum, schossen sie kreuz und quer durch ihren Kopf – ohne eine Antwort zu finden.

Julias Blick wanderte zu Frauke hinüber, die erschlafft in ihrem Gurt hing und einen ersten erholsamen Schlaf genoss.

Kurzentschlossen rutschte Julia tiefer in ihren Sitz, gab die im Fahrsicherheitstraining erlernte aufrechte Sitzposition auf und beschloss im nächsten Atemzug, es Frauke gleichzutun.

Manchmal war es eben gut, ein wenig wie Frauke zu sein und sich nicht ständig einen Kopf zu machen

Sie schlief ein.

FÜNFZEHN

Am nächsten Morgen kamen sie nur langsam in Gang. Weder an ein frühes Aufstehen noch an ein reguläres Frühstück war zu denken. Blieb letztendlich das Langschläferfrühstück übrig, das trotzdem genug Auswahl bot, um gut gestärkt in den Tag zu starten.

»Mir tut jeder Knochen und jeder Muskel weh. Ich wusste gar nicht, wie viele Muskeln unerkannt in meinem Körper geschlummert haben«, klagte Frauke, wenngleich mit einem zufriedenen Seufzer. »Aber es war ein einmaliges Erlebnis, das ich nie vergessen werde.«

»Dann hast du mir verziehen, dass ich dich mit auf den Pico geschleppt habe?«

»Ich liebe die Herausforderung«, entgegnete Frauke ehrlich, »aber komm jetzt nicht auf die Idee, ich müsste als Nächstes den Kilimandscharo besteigen.«

Julia schloss den Mund und verstaute tief drinnen die Worte, die sie sich parat gelegt hatte. »Auf so eine Idee würde ich doch nie kommen!«

»Ich wusste es! Du wolltest den Pico mit einem höheren Gipfel toppen!«

»Was hältst du davon, wenn wir nach dem Frühstück eine Runde Shoppen gehen«, wich sie aus.

Frauke schüttelte den Kopf. »Julia, Julia, Julia. Du bist so leicht zu durchschauen.« Ihre Augen blitzten vergnügt. »Ich bin natürlich dabei! Beim Shoppen.«

»Wie wäre es mit dem Einkaufszentrum *Alcampo* oberhalb von Puerto de la Cruz?«

»Wie kommen wir da hin?«

»Wir fragen am besten nach.«

Die Frau an der Hotelrezeption empfahl ihnen, ein Taxi zu nehmen. Ihre Augen strahlten begeistert und sie lobte die

Wahl des Shoppingcenters über die Maßen, soweit sie ihre Ausführung in Englisch verstanden. Sie bot sich sogar an, das Taxi zu bestellen, das wenige Minuten später vor dem Eingang hielt und begleitete sie überdies mit vor die Tür, um dem Fahrer das Ziel höchstpersönlich mitzuteilen. Der etwas ältere Mann verdrehte gekünstelt die Augen, als er erfuhr, dass es zum Alcampo gehen sollte.

Die drei Frauen lachten herzlich über seine Miene, worauf der Mann etwas auf Spanisch vor sich hinmurmelte, das in den Ohren von Julia und Frauke trotzdem nicht abwertend klang.

»Wahrscheinlich kennt er das von seiner eigenen Frau«, vermutete Frauke und bestieg die Rücksitzbank des Taxis.

Julia rutschte neben ihr und gemeinsam winkten sie beim Abfahren der Rezeptionisten zu, die ihrerseits freudestrahlend die Hand gehoben hatte.

Nach wenigen Minuten Fahrt erreichten sie das Shopping Center, das jemand mit Weitsicht direkt an einer Autobahnausfahrt errichtet hatte. Der Anblick des langgestreckten Gebäudes löste bei Frauke und Julia eine wunderbare Vorfreude aus.

Während Julia das Taxi bezahlte, stieg Frauke bereits aus und schwelgte in dem Schauspiel, das vor dem Haupteingang über die Bühne ging.

Es war ein Kommen von einzelnen Personen, Familien mit Kindern oder kleineren Gruppen von Frauen und Männern, die allesamt zielstrebig und bestens gelaunt auf die Automatiktüren des Shopping Centers zusteuerten. Im Gegenstrom verließen Kunden bepackt mit Einkaufstaschen den Konsumtempel und auf ihren Gesichtern spiegelte sich die Zufriedenheit über das Einkaufserlebnis wider.

Julia hakte sich bei Frauke unter. »Wir können los.«

»Sehr gerne.«

Dem Anlass entsprechend hatten sie die Wandersachen im Hotel gelassen und sich für eng anliegende Jeans und ärmellose Blusen entschieden. Das restliche Outfit wurde mit hochhackigen Schuhen und kleinen Handtaschen vervollständigt. Beim Betreten des Einkaufszentrums schoben sie die Sonnenbrillen auf den Kopf. Ihre Mascara geschminkten Augen funkelten entzückt, als sie beidseitig des Ganges verheißungsvoll ausstaffierte Schaufenster entdeckten.

Trotzdem widerstanden sie der Versuchung ins erst beste Geschäft hineinzugehen und schlenderten zunächst an den vielen kleinen Läden vorbei.

Unterwegs kam ihnen eine Gruppe junger Frauen entgegen, die sofort die Blicke aller Anwesenden auf sich zog. Ihr aufgedrehtes Geplauder wehte wie ein warmer Sommerwind an ihnen vorbei und verebbte in der allgemeinen Geräuschkulisse des Einkaufszentrums.

Danach versiegte Fraukes Redefluss und als sie an dem vierten Schuhgeschäft vorbeigegangen waren, ohne einen Moment die Schaufensterauslage zu bewundern, horchte Julia auf. »Was ist los mit dir? Schuhgeschäft! Eins nach dem anderen!«

Fraukes Kopf ruckte herum, als ob man ihr gesagt hätte, sie befände sich auf dem Mond. »Ich denke darüber nach, dass ich jetzt noch halbwegs knackig bin, aber was ist in zehn Jahren?«

»Ich kann dir nicht ganz folgen.«

»Seit Jahren nehme ich konsequent an Gewicht zu. Wenn das so weitergeht, habe ich in zehn Jahren bestimmt dreißig Kilo mehr drauf. Dann bin ich übergewichtig, habe Falten im Gesicht und niemand schaut mir mehr nach.«

Julia blieb stehen und hob fragend die Augenbrauen. »Bist du in einer Midlife-Crisis? Du bist erst Anfang dreißig! Dir bleibt noch viel Zeit im Leben, um dich damit zu beschäftigen.«

»Seitdem ich abermals auf dem Single-Markt bin, muss ich mir darüber Gedanken machen. Schließlich werde ich nicht jünger und die Konkurrenz schläft nicht.«

»Dann bleib doch bei Ralf!«

Abwehrend hob Frauke die Hand. »Ich bleibe bei keinem Mann, nur um nicht alleine zu sein. Das ist Zeitverschwendung. Das Thema Ralf ist erledigt. Endgültig.«

»Na gut«, lenkte Julia sofort ein. »Ich könnte dir für zu Hause ein Trainingsprogramm zusammenstellen, das dich auf Vordermann bringt. Aber wie ich dich kenne, hast du keine Lust auf Sport. Wie wäre es mit einer Fastenkur? Ich habe in einer Zeitschrift etwas Interessantes über Fasten-Wandern gelesen. Das könnten wir gemeinsam machen.«

Fraukes Gesicht entgleiste. »Ich soll mich körperlich bewegen und darf nichts essen? Kommt überhaupt nicht in Frage!«

»Dann hör auf mit Grübeln.« Julia blickte sie flehentlich an. »Ich will mich endlich durch die Läden wühlen, Klamotten anprobieren, Schuhe kaufen und eine Menge Geld ausgeben!« Kurzentschlossen zog sie Frauke in das nächste Schuhgeschäft.

Nach drei Stunden in den kleinen schmucken Läden, mit zuvorkommend aufmerksamen Verkäuferinnen und auch Verkäufern, trugen sie ihre Ausbeute in den Händen. Abgesehen von neuen Bikinis hatten sie sich mit sommerlichen Röcken, luftigen Tops und feinen Sandalen eingedeckt.

»In Deutschland wird es noch eine Weile dauern, bevor wir die Sachen tragen können«, bedauerte Julia den Umstand, bald in den launenhaften Frühling zurückzukehren.

»Aber wir können die Bikinis nachher schon einmal ausprobieren! Heute ist es warm genug.«

»Aber zuerst brauche ich einen Kaffee.«

»Da hinten!«, wies Frauke auf ein kleines Lokal in einem Seitenarm fernab der Besucherströme.

»Shoppen ermüdet mich mehr, als einen Berg zu besteigen«, lachte Julia und eilte auf einen freien Tisch zu, der drohte, von einem jungen Paar in Beschlag genommen zu werden.

Entschuldigend blickte Julia die jungen Menschen an, während sie zeitgleich auf den freien Stuhl sank. Anschließend vergrub sie ihre Augen in der Getränkekarte.

Frauke setzte sich zu ihr und zuckte mit den Achseln, als das junge Paar unverrichteter Dinge abzog. Bisweilen konnte Julia uncharmant sein, und in diesem Fall hatte Frauke nichts einzuwenden, denn es hatte ihnen den freien Tisch beschert.

»Ich könnte eine Kleinigkeit zu essen vertragen«, meinte Frauke und durchblätterte die Speisekarte. Da sie keine Reaktion erhielt, schaute sie auf. »Julia?«

In Zeitlupe kehrte Julias Blick zurück und Frauke fand, dass sie ein bisschen blass um die Nase war. »Was hast du?«

»Mir fiel gerade etwas ein, als ich das junge Paar sah. Vor ungefähr einem Monat war Heiko auf der Babypinkelparty bei Andreas eingeladen.«

Frauke kannte den Brauch, zur Geburt eines Babys eine Party zu feiern, bei der meist nur die Männer mit viel Bier das freudige Ereignis begossen. Aber worauf wollte Julia hinaus?

»Am darauffolgenden Tag sprachen wir darüber, wie es wäre, wenn wir auch so eine Party veranstalten würden. Natürlich habe ich ihm gesagt, dass Frauen dabei herzlich willkommen sein werden. Aber«, sie knabberte an einem Fingernagel herum, »ich weiß noch genau, dass mir zu dem Zeitpunkt der Gedanke kam, dass meine Regelblutung überfällig war.«

Frauke hielt die Luft an.

»Und die letzten Tage bis zu unserem Urlaub vergingen so schnell. Dazu der Stress in der Arbeit, meine Kollegin, die sich das Bein gebrochen hatte und wir ihre Aufgaben mitübernommen und zum Teil sogar samstags gearbeitet haben.« Julia schluckte. »Ich habe sie nicht mehr bekommen.«

»Wow«, hauchte Frauke.

»Mir wird heiß!« Julia wedelte mit der Menükarte vor ihrem Gesicht herum.

»Lass uns in eine Apotheke gehen und einen Test holen. Dann weißt du Bescheid.«

»So schnell? Muss man nicht ein paar Wochen warten?« Frauke schüttelte verneinend den Kopf. »Ein Schwangerschaftstest beruht auf dem Nachweis des Schwangerschaftshormons Beta-HCG. Bereits sechs bis acht Tage nach der Befruchtung ist es nachweisbar.«

Julia blickte sie erstaunt an.

»Jede Frau hat einmal in ihrem Leben einen dieser Tests gemacht.« Sie betrachtete Julias Gesichtsausdruck. »Okay, nicht jede.« Sie schob den Stuhl zurück und erhob sich. »Wir gehen in eine Apotheke und fahren danach ins Hotel zurück. Wir brauchen Gewissheit.«

Frauke blieb äußerlich cool, aber ihr Innerstes wurde von einer mitreißenden Gefühlswelle gepackt, denn vielleicht war das der perfekte Schicksalswink für Julia und nahm ihr ganz nebenbei eine bedeutsame Entscheidung ab.

Im Hotel verschwand Julia im Badezimmer, während Frauke die Einkäufe verstaute und anschließend auf dem Balkon die Zeit totschlug. Selbstverständlich hatte Julia nicht nur einen Schwangerschaftstest, sondern gleich fünf mitgenommen. Die freundliche Apothekerin hatte zum Glück Englisch gesprochen und sie mit gutem Gewissen entlassen, das Testergebnis richtig deuten zu können.

Nach einer kleinen Ewigkeit kehrte Julia zurück und sank auf einen Stuhl. »Negativ. Nicht schwanger.«

Frauke rutschte zu ihr hinüber und legte den Arm um ihre Schultern. »Das tut mir leid.«

Julia schniefte einmal laut und hob die Schultern. »Ich hätte mich wahnsinnig gefreut, wenn es positiv ausgefallen wäre. Das wäre eine Tatsache, mit der ich weiter mein Leben planen kann. Jetzt befinde ich mich wieder an der Stelle, an der ich mich vorher befand.« Ihr Kopf sank in Fraukes Halsbeuge.

»Etwas Gutes sehe ich dennoch«, erwiderte Frauke und strich ihr sanft über das Haar. »Du bist offen für eine Schwangerschaft! Den Punkt können wir schon mal abhaken. Du bist bereit!«

Julia gluckste ein Lachen, das in ein Schluchzen überging. Die Minuten verstrichen und Frauke spürte, wie es an ihrem Hals feucht wurde.

Julia vergoss Tränen über die Enttäuschung, die das negative Ergebnis mit sich gebracht hatte. Gerade als sie begann, sich mit dem Gedanken vertraut zu machen, ein neues Leben in sich zu tragen und die Vorfreude, die damit einherging, hatten einen empfindlichen Dämpfer erfahren.

Ungeachtet dessen empfand sie die zurückliegenden Minuten als einen Befreiungsschlag, der ihr erstaunlicherweise neue Energie einflößte. »Es wäre ein super Urlaubsmitbringsel für Heiko gewesen«, flüsterte Julia und zog die Nase hoch.

»Wirst du es ihm sagen? Ich meine, die Hoffnung, die du in dir getragen hast und die Ernüchterung, die darauf folgte?«

»Ja.« Julia richtete sich auf und wirkte auf einmal vollkommen klar. »Es fühlt sich richtig an, der Gedanke, ein Baby zu bekommen.«

»Ich freue mich sehr für dich! Für euch.« Frauke fiel ihr um den Hals und drückte sie einmal fest an sich. »Trotzdem musst du beim Arzt abklären lassen, weshalb deine Tage ausgeblieben sind.«

Julia nickte zustimmend. »Das war bestimmt der Stress der letzten Zeit. Ich war erst vorletzten Monat zur Kontrolle gewesen. Aber ja, natürlich werde ich einen Termin machen.« Sie lächelte versonnen. »Der arme Heiko. Wenn wir wieder zurück sind, muss ich aufpassen, nicht sofort an der Haustür über ihn herzufallen!«

Frauke lachte herzhaft. »Vielleicht solltest du ihm vorab eine Mitteilung zukommen lassen, dass er eine liebeshungrige Frau in Empfang nehmen wird.«

Julia stieg die Schamesröte ins Gesicht. »Ich rufe ihn mal eben an«, sagte sie und erhob sich. »Wollen wir nachher anstatt im Pool im Meer schwimmengehen?«

Sie fuhren nach Puerto de la Cruz, wo sie der langen Promenade folgten, bis sie den Strand mit dem feinen schwarzen Lavasand erreichten, der in der Sonne funkelte wie Diamanten. Auf mehreren hundert Metern lagen Sonnenhungrige auf Badetüchern verteilt, während Sonnenschirme im strammen Wind flatterten.

Sie suchten sich ein freies Plätzchen und breiteten die Badelaken aus. Rasch entledigten sie sich ihrer Kleidung, darunter kamen ihre neu erworbenen Bikinis zum Vorschein.

Julia streckte sich aus. Die warme Sonne auf ihrem Körper zu spüren, der Wind, der über ihn hinwegstrich, stimmte sie zufrieden.

Außerdem hatte sie das Erlebnis mit dem Schwangerschaftstest auf eine überraschende Weise geerdet. Wäre der Test positiv ausgefallen, hätte sie sich über die Maßen gefreut! Es war wie ein Weckruf, ihre Familienplanung endlich in Angriff zu nehmen und nicht mehr zu zaudern.

Das Telefonat mit Heiko hatte sie in ihrem Beschluss bestärkt. Zunächst hatte er bestürzt reagiert, als sie von dem negativen Ergebnis erzählt hatte. Die Bestürzung war schnell der Begeisterung gewichen, als sie verkündet hatte, keinerlei Zweifel mehr an dem Startschuss der Familiengründung zu hegen.

Julia hätte schwören können, dass Heiko fast in Ohnmacht gefallen wäre. Irgendetwas im Hintergrund war zu Boden geflogen und danach hatte er keinen klaren Satz mehr herausbekommen.

Julia lächelte glücklich, denn sie liebte Heiko über alles und die Aussicht auf eine gemeinsame Familie stimmte sie euphorisch. Diese beseelte, übermütige Welle, die ihren Körper vereinnahmte, wollte in die Welt hinaus und da Frauke in der Nähe war, kribbelte es Julia in den Fingern, sie ein wenig zu necken.

Sie drehte den Kopf Frauke zu, die kerzengerade im Schneidersitz neben ihr hockte und ihren Bauch mit einem Handtuch bedeckte. »Achtung, Achtung!«, rief Julia mit tiefer Stimme, »Frauke verdeckt total unauffällig ihren Bauch! Bitte nicht hinsehen.«

Frauke warf das Handtuch nach ihr, das sie allerdings verfehlte.

Julia lachte. »Du bist total blöd! Du übertreibst mit deinem Bauch. Sieh dich doch mal um! Jeder zweite hat im Gegensatz zu dir schwerwiegende Probleme.«

»Ich weiß.« Sie blies sich eine Haarsträhne aus dem Gesicht. »Ich kann nicht aus meiner Haut.«

Julia stützte sich auf beiden Ellenbogen ab und blickte weit hinaus aufs offene Meer, wo herannahende Wellen die Wasseroberfläche sanft bewegten. Je näher sie dem Land entgegenrollten, desto mehr nahmen sie an Fahrt auf, um dann am Strand brachial zusammenzubrechen und weiße Gischt zu versprühen.

Sie blickte sich nach einer Art DLRG um, konnte aber keine Lebensretter ausmachen. Nur an einer Stelle flatterten Fahnen am Strand. Die gehissten Zeichen konnte sie allerdings nicht deuten. »Ob das eine Warnung ist? Die Fahnen, meine ich.«

»Im Wasser sind so viele Menschen. Es kann kein Badeverbot geben«, meinte Frauke. »Wir können das gleich mal ausprobieren. Ab ins Wasser.« Sie stand auf und bot Julia die Hand an, um ihr aufzuhelfen.

Julia nahm die Einladung an und ließ sich hochziehen. Als sie mit einem Fuß in den Sand trat, stöhnte sie laut auf. »Der ist total heiß!« Schnell zog sie ihn zurück.

»Ich werde zügig drüber weggehen.« Frauke eilte mit großen Schritten voran.

Julia beobachtete ihre Vorstellung und sprintete wenige Augenblicke später an ihr vorbei. »Wer zuerst im Wasser ist!«

»Warte!« Frauke legte einen kleinen Spurt ein, um an Julia dranzubleiben.

Wie zwei Teenager rannten sie über den Strand, lachten vergnügt und umkurvten die sonnenbadenden Menschen. Frauke vergaß, ihren Bauch einzuziehen, und fühlte sich an die Kindheit erinnert, in der sie immer freudejauchzend ins Wasser gesprungen war.

Beinahe zeitgleich erreichten sie das Wasser, in das sie ungestüm hineinhüpften, so dass eine Wasserfontäne in die Höhe schoss. Nach wenigen Metern strauchelten sie und stürzten in die Fluten.

Frauke schoss als Erste wieder empor und schnappte nach Luft. »Arschkalt!«

Julia fackelte nicht lange und begann durch die heranrollende Brandung hindurch zu tauchen.

Währenddessen riss eine Welle den Boden unter Fraukes Füßen weg. Sie wurde unter Wasser gedrückt, gleichzeitig schrammten ihre Beine über den kantigen Sand. Es fühlte sich wie Schmirgelpapier an! Sie gurgelte einen Schmerzenslaut und rappelte sich im flachen Wasser auf. Überrascht erkannte sie, dass sie zum Strand zurückgeschwemmt worden war. Eindeutig die falsche Richtung!

Als der Wind kühl über ihre Haut strich, wurde ihr siedendheiß bewusst, dass etwas nicht stimmte. Ihren Verdacht bestätigten ein paar Jugendliche, die sie in ihrer Nähe ausmachte. Sie amüsierten sich ausgelassen - auf ihre Kosten!

Sie blickte an sich hinab. »Oh verfluchter Mist!« Ihr Bikini-Oberteil war verrutscht und eine blanke, weiße Brust schaute zur Freude der Jungs hervor. Hektisch fing sie das abtrünnige Körperteil wieder ein und schob das Oberteil an die richtige Stelle. Dabei lief sie knallrot an, wandte sich vom Strand ab und stemmte sich mit aller Macht der nächsten Welle entgegen.

Mit dem Mut der Verzweiflung tauchte sie unter dieser hindurch und kam ein gutes Stück in Richtung offenes Meer voran. Auch die nächste Welle erwischte sie richtig und beim Auftauchen erblickte sie Julia einige Meter entfernt.

»Wo bleibst du denn?«, rief sie ihr zu.

Frauke, die noch ganz außer Atem war, japste. »Ich habe eine Welle unterschätzt, die mich an den Strand zurückkatapultiert hat.« Sie holte tief Luft. »Und ganz nebenbei habe ich den dort befindlichen Menschen eine kleine Peepshow geboten. Mein Bikini war verrutscht.« Frauke rief sich das Bild ins Gedächtnis, wie es für die anderen ausgesehen haben mochte, und begann in Folge dessen albern zu lachen.

»Das hat die Männer bestimmt erfreut«, stimmte Julia in ihr Lachen mit ein.

»Das kannst du laut sagen. Das mir aber auch immer so etwas passieren muss!«

Danach ließen sie sich eine Weile auf dem Rücken treiben, blickten in den azurblauen Himmel und hingen ihren Gedanken nach.

»Etwas Gutes hat es, der Babyfehlalarm«, kam Julia auf das Thema zurück, bei dem Frauke längst vermutet hatte, dass es noch nicht zu Ende besprochen war. »Ich bin mir jetzt einhundert Prozent sicher, die Familienplanung nicht mehr auf die lange Bank zu schieben.«

»Das freut mich wirklich unbeschreiblich für dich.«

»Es ist so eine Erleichterung, als ob eine schwere Last von mir abfällt.« Julia schloss die Augen und verbannte jeglichen Gedanken aus ihrem Kopf, einzig das Auf und Ab des seichten Wellengangs vereinnahmte ihr Bewusstsein und gab ihr das wunderbare Gefühl mit sich und der Welt im Reinen zu sein.

Frauke schloss sich eine geraume Zeit dem zufriedenen Schweigen von Julia an. Trotz alledem verfolgte sie ein Gedanke. »Möchtest du manchmal unsere Sturm- und Drangzeit zurückhaben?«

»Du meinst nächtelang ausgehen, Leute kennenlernen, Tanzen und Partymachen?«, fasste Julia zusammen.

»Genau.«

Sie ließ ein paar Sekunden verstreichen, ehe sie antwortete. »Wenn ich an die zurückliegenden Tage denke, und den Spaß, den wir mit Nadine hatten, fehlt es mir hin und wieder schon. Wie ist es mit dir?«

»Ich vermisse die Sorglosigkeit der jungen Jahre! Einfach mal in den Tag hineinleben, abends spontan los und Cocktails trinken gehen; nicht an den nächsten Tag denken.« Frauke seufzte wehmütig. »Ich finde es schrecklich, wie sehr der Alltag mich im Griff hat. Vor allem zu Hause. Man arbeitet fünf Tage, freut sich aufs Wochenende, das mir nichts dir nichts schneller vorbei ist, als einem lieb ist. Eine schreckliche Tretmühle.«

Julia schwamm zu ihr hinüber und strampelte knapp auf einer Armlänge entfernt vor ihr im Wasser. »Ich glaube, dieses Dilemma haben viele Menschen, es sei denn, sie sind mit ihrem Job verheiratet und gehen voll darin auf. Aber weißt du, solange man sich die kleinen Auszeiten, wie zum Beispiel diesen Urlaub, gönnt und auch zu Hause etwas Schönes unternimmt, ist das Leben gar nicht so schwer.« Gut gelaunt spritzte sie Frauke Wasser ins Gesicht.

»He! So haben wir nicht gewettet!«

»Wer zuerst am Strand ist!« Julia drehte ab und kraulte los.

»Das ist unfair! Ich kann nur Brustschwimmen«, rief Frauke ihr hinterher und versuchte trotzdem, mitzuhalten.

Unter diesen ungleichen Voraussetzungen erreichte Julia zuerst den Strand und stieg elegant aus dem Wasser. Frauke folgte wenig später und betete innerlich, dass sich niemand mehr an ihre Peepshow erinnerte. Sie kontrollierte den Sitz ihres Bikinis, um dann möglichst würdevoll über den Strand zu schreiten. Diesmal war ein Spurt über den heißen Sand nicht notwendig, da das vom Körper abperlende Wasser ihre Füße automatisch kühlte.

Bei Julia angekommen, streckte sie sich ebenfalls auf dem Rücken aus. »Herrlich«, schnurrte sie zufrieden.

»Einfach nur schön,« fügte Julia hinzu.

»So könnte es mindestens eine Woche weitergehen.«

»Ich bin dabei.«

»Was für ein toller Anblick!«, stellte eine männliche Stimme fest.

Sie hoben die Köpfe und blinzelten in der Sonne, wodurch sie lediglich einen Schattenumriss erkannten.

»Die Stimme kommt mir bekannt vor«, überlegte Frauke.

Daraufhin beugte sich der Mann zu ihnen hinab.

Fraukes Augen wurden groß. »Marcel!«

Ein Lächeln überzog sein Gesicht. »Ihr habt mich vermisst, richtig?« Er kniete auf Fraukes Badelaken nieder und ergriff ihre Hand.

Frauke hatte sich wie Julia zuvor aufgesetzt und betrachtete ihn mit einer Mischung aus Erstaunen und Belustigung.

»Ich hätte mich gestern über einen Telefonanruf von dir gefreut,« sagte er mit einer Spur eines Vorwurfs in seiner Stimme.

Frauke holte Luft, um eine passende Antwort zu geben, bloß kam Julia ihr zuvor.

»Wir sind doch sehr müde gewesen.« Sie lächelte ihn an und legte den Kopf zur Seite.

Hingerissen blickte Marcel zu Julia hinüber, die infolgedessen ihr Lächeln verstärkte. Im Gegensatz zu ihr zeichnete sich auf Fraukes Gesicht ungläubiges Erstaunen ab.

»Leider muss ich euch gleich wieder verlassen. Ich bin zwar im Urlaub, aber ein Geschäftspartner ist auf Teneriffa und ich bin mit ihm zum Golfen verabredet.« Marcel stand auf und schaute bedauernd zu ihnen hinab.

Julia beschattete ihre Augen mit der Hand und musterte wohlwollend seinen Körper. »Du bist gut in Form.«

Marcels Gesicht blühte buchstäblich auf. »Jetzt fällt es mir noch schwerer, euch alleinzulassen. Aber«, sein Blick streifte Frauke, der die Verwirrung ins Gesicht geschrieben stand, »wir sehen uns morgen! Ist das nicht toll?«

»Was?«

»Ich gehe morgen mit auf die Taganana-Tour«, erklärte er wie selbstverständlich.

»Das ist eine Überraschung!« Julias Lächeln gefror.

Marcel drehte bereits ab und rief über die Schulter: »Bis morgen!«

Fassungslos starrte Julia hinter ihm her. »Ich dachte, wir würden ihn nie wiedersehen! Er war der perfekte Kandidat ein bisschen Flirten zu üben.« Sie bemerkte die skeptische Miene von Frauke. »Damit ich meine aufgefrischten Kenntnisse bei Heiko einsetzen kann.«

Frauke schwieg beharrlich.

»Das ist immerhin deine Idee gewesen! Das mit dem Flirten!«

Endlich fiel Fraukes Beherrschung in sich zusammen. »Ich war nur überrascht, wie gut du das auf Anhieb hinbekommen hast.« Sie fiel lächelnd aufs Badelaken zurück. »Ich bin gespannt, wie du das morgen wieder aus der Welt bekommst.«

Julia stützte den Kopf auf ihrer Hand ab. »Woher weiß Marcel, dass wir die Taganana-Tour gehen?«

»Wie auch immer. Das wird ein spannender Tag werden.«

Julia versteinerte. »Miguel! Den habe ich vollkommen vergessen.«

»Mal sehen, wie gut er auf dich zu sprechen ist! Deine letzte Aktion ist ja gründlich schiefgelaufen.«

SECHSZEHN

An diesem Morgen packten sie ein letztes Mal ihre Rucksäcke. Sie taten es mit Bedacht und einer großen Portion Wehmut.

»Unsere letzte Wanderung. Wahnsinn, wie schnell die Zeit vergangen ist. Je mehr ich von dieser Insel gesehen habe, desto größer wird meine Lust auf einen zweiten Urlaub«, schwärmte Frauke, während sie kleine Wasserflaschen in den seitlichen Netzen verstaute.

»Ich bin sofort dabei!« Julia packte zwei Äpfel ein und schnürte ihren Rucksack zu. »Aber wenn wir uns nicht sputen, verpassen wir noch den Bus.«

Sie eilten zur Autobahn, begleitet von einem strahlenden Frühlingswetter, das ihre wehmütige Stimmung auf der Stelle vertrieb. In dem Augenblick als sie im Bus nach Puerto saßen, stieg ihre Vorfreude auf diese Tour, die neben dem Pico und der Masca-Schlucht zu den Hauptattraktionen von Teneriffa zählte.

Am Busbahnhof angekommen, überblickten sie das quirlige Gewusel und entdeckten Doris, der sie zuwinkten.

»Ich freue mich sehr, dass wir uns noch mal sehen!«, begrüßte Doris die beiden lächelnd. »Wie lange seid ihr eigentlich noch auf Teneriffa?«

»Wir reisen morgen ab«, seufzte Frauke.

»Schade, aber zum Abschluss eures Urlaubs ist die Tour genau richtig. Nicht allzu schwer und am Ende werden wir in Taganana mit einer tollen Natur belohnt.« Doris sah sich um. »Jetzt müsst ihr mich entschuldigen, ich muss meine Gäste einsammeln.«

»Hallo meine Liebsten«, hauchte eine Stimme hinter ihnen. Im gleichen Atemzug spürten sie eine Hand auf ihrer Schulter.

»Marcel.«

»Ist das nicht wunderbar? Wir drei wiedervereint auf einer Wanderung.« Ein fröhliches Lächeln breitete sich auf seinem Gesicht aus. »Ich habe gestern meinem Geschäftspartner erzählt, was für wundervolle Frauen ich kennengelernt habe. Ihr wisst doch noch, dass ich Golfen war? Und was soll ich sagen? Ich habe gewonnen! Allerdings habe ich mit Absicht schlechter gespielt, um nicht übermäßig hoch zu gewinnen. Ich wollte meinen Geschäftspartner nicht vergraulen. Vielleicht sollte ich meinen Job an den Nagel hängen und professioneller Golfspieler werden. Das bringt eine Menge Geld ein und die Frauen stehen Schlange.«

»Dort hinten sind Günther und Edeltraut!«, unterbrach Frauke seinen Redeschwall.

Im Gewühl der Menschenmassen bahnten sich die beiden Rentner ihren Weg. Dabei winkte Edeltraut hocherfreut mit ihrem Holzstab, wodurch entgegenkommende Passanten erschrocken zur Seite sprangen.

»Mensch Edeltraut, dein Knüppel ist richtig furchteinflößend, so wie du ihn schwingst. Schade, dass ich nicht auf bestimmte Spielchen stehe!« Marcel lachte herzhaft.

»Ich kann dir leider nicht ganz folgen«, gab Edeltraut irritiert zurück.

Günther grinste stillvergnügt vor sich hin und zog es vor, seine Frau über diese Bemerkung im Unklaren zu lassen. Stattdessen wandte er sich Julia und Frauke zu. »Habt ihr die Wanderung auf den Pico gut überstanden?«

»Ja, war super!« Frauke verzog keine Miene, denn sie würde auf keinen Fall ein weiteres Mal zugeben, wie sehr sie an ihre körperliche Grenze gestoßen war und gelitten hatte. »Als Belohnung waren wir gestern im *Alcampo* shoppen und haben uns später am Strand in der Sonne geaalt. Dort haben wir Marcel getroffen. Wir waren ein wenig überrascht, als er verkündete, die Taganana-Tour mitgehen zu wollen.«

»Ich fürchte, das habt ihr mir zu verdanken. Wir sind uns abends über den Weg gelaufen.« Entschuldigend zuckte Günther mit den Achseln. »Als Marcel erfuhr, dass ihr mitkommt, war er Feuer und Flamme. Obwohl ich ihm gesagt habe, dass die Wanderung viel zu leicht für ihn sei.«

»Hallo!«, warf Marcel entrüstet ein, »ich stehe neben euch!« Er setzte ein beleidigtes Gesicht auf und vollbrachte es, diesen Ausdruck ein paar Sekunden beizubehalten, ehe seine gute Laune zurückkehrte. »Nichts für ungut! Ich weiß doch, dass sich Julia und Frauke auf mich gefreut haben.«

Mit dem Schnellbus fuhren sie ohne Zwischenstopp bis nach *Santa Cruz* durch, der Hauptstadt der Insel. Dort stiegen sie aus und warteten auf ihre Anschlussverbindung.

Während Frauke an der Haltestelle stand, das Meer in Sichtweite, dachte sie, wie sehr sie es genoss, einen solchen Urlaub zu verbringen. Zwar dauerten die Touren mit den Bussen inklusive Warten und Umsteigen eine geraume Zeit, aber es machte ihr überhaupt nichts aus. Im Gegenteil, sie gewann diesem Umstand eine besondere Note der Erholung ab.

Nur Doris, die einen Terminplan vor Augen hatte, blickte angespannt auf die Uhr.

»Was ist denn los?«, fragte Julia, die es beobachtet hatte.

»Es fehlen drei Gäste, die an dieser Station zusteigen wollten.«

Jetzt fuhr auch noch ihr Bus vor, hielt in dem gekennzeichneten Bereich und die Tür beim Fahrer wurde geöffnet.

Doris entdeckte entfernt drei Frauen, die Rucksäcke und Wanderschuhe trugen. Sie bewegten sich plaudernd in ihre Richtung. Doris winkte ihnen zu. »Gebt mal ein bisschen Gas!«

Die Frauen beschleunigten ihre Schritte und erreichten den Bus als letzte.

Doris bezahlte die Tickets und rutschte in die Sitzreihe vor Julia und Frauke hinein. »Jetzt sind wir vollzählig.«

»Nicht ganz«, widersprach Frauke.

»Wie bitte?«

»Plappermaul.« Julia verdrehte die Augen.

»Ich nun wieder«, nuschelte Frauke hinter vorgehaltener Hand.

Doris versteifte sich im Rücken. »Was um Himmelswillen habt ihr getan!«

»Darf ich dich daran erinnern, dass du einverstanden warst, der *Sache* mit Miguel mehr Schwung zu geben?«, rechtfertigte Julia ihr Vorgehen.

»So deutlich habe ich das nicht mehr in Erinnerung.«

Julia runzelte die Stirn. »Nach der Masca-Schlucht hast du zugestimmt.«

Doris öffnete den oberen Knopf ihrer Bluse und stöhnte leise. Außerdem bildeten sich kleine Schweißperlen auf ihrer Stirn. »Und wie sieht euer Plan aus?« Sie wühlte in ihrer Hose nach einem Taschentuch und tupfte anschließend hektisch auf ihrer Stirn herum.

»Also, Miguel wird«, Frauke beobachtete fasziniert, wie Doris an ihren Lippen hing, »wenn alles klappt ...«

»Sprich schneller!«

»Wenn er den Termin nicht vergessen hat ...«

»Frauke!«

»... am Startpunkt unserer Tour warten.«

Doris´ Anspannung fiel in sich zusammen und machte reiner Panik Platz. »Seid ihr wahnsinnig!« Ihre Hände verkrallten sich im Sitz. »Ihr hättet mich vorwarnen müssen! Ich habe mich heute nur nachlässig zurechtgemacht. Die Haare sitzen nicht und meine Fingernägel, wie sehen die denn aus! Und hier! Ein Fleck auf meiner Bluse.«

Frauke klopfte Doris zuversichtlich auf die Schulter. »Jetzt haben wir dich ganz schön aus der Bahn geworfen! Aber wenn nicht heute, wann dann?«

Julia nickte bekräftigend mit dem Kopf. »Ist es dir gestern nicht komisch vorgekommen, dass dich Edeltraut angerufen hat? Weshalb wollte sie haarklein von dir wissen, wo die Tour beginnt?«

»Edeltraut habt ihr auch mitreingezogen?«

Julia blickte unbekümmert aus der Wäsche. »Andernfalls hättest du den Braten gerochen.«

»Und als alles eingefädelt war, hat Julia eine Nachricht an Miguel geschickt«, ergänzte Frauke vergnügt.

»Ich frage erst gar nicht, wie ihr an Miguels Nummer gekommen seid.« Doris´ Gesicht glühte puterrot.

»Den Teil der Geschichte wirst du mögen«, äußerte Frauke begeistert.

»Nicht jetzt!«, zischte Julia.

»Es kommt doch sowieso bald raus.«

»Hm.«

Doris´ Herz klopfte laut. »Was soll Miguel mit einer achtunddreißigjährigen Deutschen anfangen, die einen Wanderclub leitet und nicht der klassischen Erwartung einer zukünftigen Ehefrau und Mutter entsprechen wird? Wie wird seine Familie reagieren? Immerhin ist sie sehr bekannt auf der Insel. Und am allerschlimmsten wäre für mich, wenn sein Interesse an mir nur oberflächlich wäre und ich mich total blamiere.«

Frauke legte ihr mitfühlend die Hand auf den Arm. »Es liegt ihm etwas an dir. Weshalb sonst sollte er die Mühe auf sich nehmen, und mit auf die Tour gehen?«

»Vielleicht fühlte er sich bedrängt und hat nur deshalb zugesagt.«

Ihre Worte lösten ein nachdenkliches Schweigen aus.

»Ach was!«, sagte Julia in die Stille hinein, »er wird da sein! Wir haben doch gesehen, wie er dich mit den Augen verschlungen hat.«

In Bezug auf die Anziehungskraft der beiden gab es ihrer Meinung nach nichts zu rütteln. Allerdings schwirrte ihr ungemütlich durch den Kopf, welch blödes Missgeschick sie bei Miguel verursacht hatte. Zum wiederholten Male!

Wenn er immer noch sauer war und das der Grund sein sollte, weshalb er nicht erschien - wie schrecklich wäre das für Doris!

Unbewusst raufte sich Julia die kurzen Haare. Sie blieb in ihren Überlegungen gefangen, die sie nicht zur Ruhe kommen ließen. Ab diesem Zeitpunkt hatte sie keinen Blick mehr für die Schönheit der Natur übrig und sehnte das Ende der Busfahrt herbei, um Gewissheit zu erlangen, dass Miguel trotz der ärgerlichen Vorkommnisse dort sein würde.

Julia schreckte regelrecht hoch, als Doris kurz vor Ortsbeginn von Taganana dem Busfahrer signalisierte zu halten.

Dort stiegen zuerst Edeltraut und Günther aus, danach Julia und Frauke, gefolgt von Marcel, der sich angeregt mit den drei Frauen unterhielt, die in Santa Cruz zugestiegen waren.

Julia beendete mit dem Verlassen des Busses ihre Grübelei. Letztendlich konnte sie an der Geschichte nichts mehr ändern, bläute sie sich ein. Ihre Hoffnung, dass alles gutwerden würde, wurzelte in Miguels Gefühlen für Doris.

Gleichzeitig lieferte das muntere Gespräch von Marcel und den drei Frauen eine willkommene Ablenkung. Die vier steckten die Köpfe zusammen, als ob sie sich seit Jahren kennen würden.

»Marcel hat uns bereits vergessen!« Julia sprach es mit einer gewissen Erleichterung aus, denn nachdem sie tags zuvor mit ihm geflirtet hatte - zu Übungszwecken! - war es ihr heute mehr als unangenehm.

»Wenigstens hat er uns immer mit dem richtigen Namen angesprochen. Das ist viel mehr, als man von einem Mann wie ihm erwarten kann,« schloss Frauke den Kreis und hatte nicht vor, weiter auf den Schweizer einzugehen. »Wer mir viel mehr Sorge bereitet, ist Doris.«

Doris stand etwas abseits von der Gruppe und starrte die Straße hinauf. Es war ihr anzusehen, dass die Besorgnis, Miguel würde nicht erscheinen, ihr beträchtlich zusetzte.

»Doris!,« rief Frauke mit unterdrückter Stimme und lud sie mit einer Handbewegung ein, in ihre Runde zu kommen.

»Miguel hat sich bestimmt nur verspätet«, meinte Frauke, als Doris vor ihnen stand.

Doris sah alles andere als überzeugt aus.

Dann platzte ohne Vorankündigung Marcel dazwischen. »Darf ich euch vorstellen? Das sind Astrid und Maike und hier haben wir die entzückende Jette. Alle aus Hamburg.«

Sie begrüßten einander Händeschüttelnd, wobei Julia feststellte, dass Astrid und Maike eineiige Zwillinge waren. Überhaupt sahen Astrid, Maike und Jette wie aus einem Ei gepellt aus. Sie waren nahezu gleich groß, schlank, hatten die langen blonden Haare zu einem Pferdeschwanz gebunden, waren perfekt geschminkt und hatten das Outfit farblich aufeinander abgestimmt. Das Alter der drei war schwer zu schätzen; sie vermutete um die Vierzig.

»Astrid und Maike sind Stewardessen. Die bezaubernde Jette ist überdies Pilotin.« Marcel lächelte hingerissen.

»Du bist so ein Charmeur«, gurrte daraufhin Jette.

Die Zwillinge hakten sich bei ihm unter. »Wir werden heute viel Spaß haben.«

»Mir wird gleich schlecht«, murmelte Frauke.

Edeltraut tätschelte ihr den Arm. »Das ist mal wieder typisch Marcel! Fliegt von Blüte zu Blüte wie eine Biene.«

»Bienen sind wirklich untreue Wesen.«

Julia stupste Frauke an. »Schau mal!«

Ein großer und kräftiger Mann eilte auf sie zu. Aus der Entfernung funkelte etwas auf seiner Brust. Das goldene Kreuz!

Schlagartig erinnerte sich Julia an das Kribbeln seiner dunklen Brusthaare in ihrer Nase, als sie gegen ihn geprallt war. Das Erlebnis würde sie nie vergessen! Vielleicht würde sie es ihren Kindern erzählen und dann darüber lachen können. Als sie an *Kinder* dachte, versetzte es ihr zum ersten Mal keinen Stich in der Brust. Vielmehr freute sie sich, positiv an die Zukunft zu denken.

»Ist das nicht süß? Wie zaghaft die Begrüßung der beiden ausfällt.« Frauke lächelte verträumt und behielt Doris und Miguel im Auge. »So viel Abstand haben sie auf dem Boot nicht eingehalten. Stattdessen haben sie ausgelassen geflirtet«, stellte sie im nächsten Atemzug fest.

»Sie gehen den nächsten Schritt.«

»Somit ist die Leichtigkeit futsch!« Frauke verzog kopfschüttelnd den Mund. »Mein Reden! Beziehungen sind viel zu anstrengend. Immer dieses Abwägen, vortasten, auf den anderen Rücksicht nehmen und so weiter und so fort.«

»Das kommentiere ich nicht mehr. Sonst komme ich mir vor wie in einer Endlos-Schleife.«

»Endlich.« Frauke lachte erleichtert auf.

Ihr Geplänkel verebbte auf der Stelle, als Doris mit Miguel auf die Wandertruppe zu schlenderte.

»Wir sind jetzt vollzählig. Das ist Miguel.« Doris´ Stimme kippte leicht über und nur ein Räuspern verhalf ihr zur vollen Stimmkraft zurück. »Wir gehen jetzt ein Stück die Straße hinauf und biegen dann auf einen schmalen Trampelweg ab.«

Etwas steif setzte sie sich an die Spitze der Gruppe und wich den Blicken der anderen aus. Sie war dermaßen aufgeregt, dass sie auf den ersten Metern ausrutschte und leise fluchte.

Miguel ließ alle anderen an sich vorbeiziehen, nickte Julia und Frauke knapp zu und bildete den Schluss.

»Das klappt bestimmt zwischen den beiden«, raunte Frauke Julia zu, die an ihrer Seite ging.

»Schön wäre das.« Julia fühlte sich nicht wohl in ihrer Haut, weil Miguel direkt hinter ihr lief und sie vermutete, dass er ihr das letzte *Attentat* auf seine Person noch nicht verziehen hatte.

Sie erklommen den schmalen Wanderweg bergauf, der von niedrigen Büschen und Sträuchern gesäumt wurde. Dort, wo es der Platz zuließ, blieben sie stehen und Doris pflückte hier ein Blatt oder dort eine Blume, reichte es in der Gruppe umher und ließ sie daran riechen oder schmecken. Nebenbei plauderte sie über die Pflanzen, die sie kennenlernten, und wusste mit kleinen Geschichten zu gefallen.

Möglichst unauffällig beobachtete Julia Miguel, der stets Augenkontakt zu Doris hielt und förmlich an ihren Lippen klebte. Sie fand sein Verhalten unglaublich niedlich, obwohl er doch kein Wort von dem verstand, was sie erzählte!

Julias Bespitzelung endete in dem Moment, als Miguel ruckartig den Kopf drehte und sie geradeheraus ansah. Rasch senkte sie die Augen, dennoch meinte sie ein verräterisches Zucken um seine Mundwinkel entdeckt zu haben. Der Ansatz eines Lächelns!

Die eindringliche Stimme von Doris verschaffte Julia die passende Ablenkung, um Miguel zu verdeutlichen, dass sie ihn nur zufällig angesehen hatte. Demonstrativ richtete sie ihr Augenmerk auf Doris.

»Früher wurden die Terrassenfelder noch bewirtschaftet,« sagte diese gerade und wies auf die andere Hangseite des Tales hin, an der Mauern hochgezogen waren, die der Steigung des Berges eine ebene Fläche abtrotzten. »Diese Technik der Feldbestellung war eine mühevolle Angelegenheit und zudem äußerst gefährlich. Als vor einigen Jahren Lebensmittelketten, die es auch in Deutschland gibt, ihre Läden auf Teneriffa eröffneten, verbesserte sich die Versorgung der Menschen nachhaltig mit erschwinglichen Lebensmitteln. Als Folge dessen liegen seitdem die meisten Flächen brach.«

Der Ausblick auf diese Felder begleitete sie ein gutes Stück, aber sobald die Gruppe eine asphaltierte Straße erreichte, gerieten sie in Vergessenheit.

»Ist das nicht die Landstraße, auf der wir mit dem Bus hergekommen sind?« Frauke blieb fassungslos stehen.

»Ja. Warum fragst du?« Doris´ Lippen umspielte ein feines Lächeln, denn sie ahnte geradewegs, worauf Frauke hinauswollte.

»Wir gehen den Weg hinauf, den wir vorher mit dem Bus heruntergefahren sind!« Sie blickte verstört unter den Anwesenden umher, aber niemand störte sich offenbar an dieser Tatsache.

Julia ergriff das Wort. »Ich übersetze mal für alle! Frauke wäre lieber oben ausgestiegen, um dann bergab zu gehen. Nicht umgekehrt.«

Erheitertes Murmeln setzte ein, selbst Miguels Miene spiegelte Belustigung wider. Julia nahm dieses Verhalten verdutzt zur Kenntnis und stellte nachfolgend die Überlegung an, ob er etwas verstanden hatte oder ob er sich bloß amüsierte, weil es die anderen taten.

»Es kann hilfreich sein, bergauf zu wandern, dadurch die Perspektive zu ändern und neue Eindrücke zu gewinnen«, belehrte Günther die Gruppe; vordergründig galten seine Worte Frauke.

Frauke rollte mit den Augen. »Schon gut! Ihr seid euch alle mal wieder einig! Mir fehlt eben die Begeisterung fürs Bergsteigen. Wäre hier eine Seilbahn, ich würde sie immer bevorzugen.«

Fraukes Bemerkung sorgte aufs Neue für allgemeine Erheiterung. Nur Marcel und die drei Frauen tuschelten ohne Unterbrechung, wobei zwischendurch immer wieder ein überspitztes Lachen erklang.

»Falls es hier so etwas wie Tiere geben sollte, haben sie bestimmt alle vertrieben«, stichelte Julia und stieg mit einem großen Schritt über einen Felsbrocken hinweg.

»Hühner gibt es hier auf jeden Fall. Ich höre sie gackern!« Frauke warf einen Blick über die Schulter. »Drei Hühner und ein Gockel.«

Günther, der vor ihnen herging, war die Cliquenwirtschaft ebenfalls nicht entgangen. »Marcel spekuliert darauf, alle drei zu vernaschen!«

»Günther!«, rief Edeltraut schockiert.

Trotzdem setzte er unbeirrt seinen Weg fort.

Julia senkte ihre Lautstärke. »Frauke?«

»Ja?«

»Kommt dir Miguel nicht seltsam vor?«

»Inwiefern?«

»Ich habe das Gefühl, dass er etwas zu verbergen versucht. Beobachte ihn ein wenig, und du wirst verstehen, was ich meine.«

»Okay.«

Auf einem kleinen Plateau stoppte Doris, um einen Blick hinunter nach Taganana zu werfen. Die weiß getünchten Häuser hoben sich auffällig von der grünen Landschaft ab. Über dem beschaulichen Ort schwebten Dunstwolken, die im Begriff waren, sich aufzulösen.

»Schön hier.« Edeltraut sprach aus, was allen durch den Kopf ging.

»Wenn dich das schon begeistert, wird es nachher um einiges spektakulärer!« Unbewusst suchte Doris den Blickkontakt zu Miguel. Obwohl sie ihn zum wiederholten Male tief in die Augen schaute, war es diesmal wie ein Blitzschlag!

Mit dieser Sekunde fielen ihr die Schuppen von den Augen: Sie war total verknallt in ihn!

Ohne Wenn und Aber wollte sie die Gunst der Stunde nutzen und den Mann kennenlernen, der sie wie kein anderer vermochte zu beeindrucken, neugierig zu machen und diese Gefühle in ihr auszulösen.

Sein Blick ruhte fortwährend auf ihr und sie fühlte in sich eine kribbelnde Wärme aufsteigen. Nervös nestelte sie an ihrem Hemdkragen herum und ermahnte sich zur inneren Ruhe, damit sie diese Tour professionell zu Ende brachte. Was danach geschehen würde, darüber vermochte sie nicht nachzudenken, sonst würde sie keinen Fuß mehr vor dem anderen setzen können.

»Wir gehen weiter!«, rief sie, nachdem sie ein paar Mal tief ein- und ausgeatmet hatte, und ihr Puls auf eine erträgliche Schlagzahl gesunken war.

Sie querten im Laufe der Zeit weitere Male die Straße und als ein Bus an ihnen vorbeifuhr, blickte einzig und allein Frauke sehnsüchtig hinterher. Nur diesmal blieb sie stumm wie ein Fisch, denn sie war die Einzige, die die eigene Faulheit über das Erlebnis des *Erklimmens* eines Berges setzte. Daher war sie mehr als erleichtert, den Bergkamm zu erreichen, von dem aus es in die andere Talseite gehen würde und zwar nur noch bergab.

»Frauke, bleib da bitte stehen! Ich will ein Bild machen.« Julia lief auf die andere Straßenseite und fotografierte sie vor dem Panoramablick, mit den Bergen und Tälern und dem blauen Meer im Hintergrund.

Gerade als sie die Straße erneut passieren wollte, kamen zwei Busse angefahren, die hupend zu verstehen gaben, dass sie ihnen Platz machen sollte. Danach steuerten sie die kleine Parkbucht an und ein Pulk von Touristen quoll aus ihnen hervor. Sie hielten die Handys und Kameras griffbereit in den Händen und in wenigen Minuten wurde geknipst, was das Zeug hielt. Sogar die Wandertruppe wurde porträtiert und Marcel warf sich begeistert vor seinen drei Frauen ins Zeug.

»Ich beschütze euch vor den Klatschreportern! Wir wollen doch nicht, dass die Fotos in der heimischen Presse erscheinen. Wer weiß, welcher Skandal damit ausgelöst wird!«

Astrid, Maike und Jette kicherten.

»Kindisch«, war Julia der Meinung.

»Absolut«, bestätigte Frauke.

Als ein Busfahrer eindringlich hupte, folgten die Touristen gehorsam dem Signal, drängten in den Bus zurück und kaum, dass der letzte den Fuß auf die Stufen gesetzt hatte, schlossen sich die Türen und sie rauschten ab zur nächsten Sehenswürdigkeit.

Das dargebotene Schauspiel erleuchtete Frauke innerlich. »Dann gehe ich lieber den Berg hinauf, nehme ausgiebig die

Umgebung wahr und genieße die Eindrücke, die sich mir bieten, als nur ein paar Minuten in eine Szene für ein paar Fotos reingeschupst zu werden.«

»Bravo!« Julia kam auf sie zu. »Aber jetzt sollten wir mehr Tempo an den Tag legen.«

Sie eilten auf Doris zu, die mit Edeltraut und Günther wartete, während der Rest der Gruppe vorausgegangen war.

»Frauke, der folgende Teil der Wanderung wird dir gefallen! Es geht nur noch bergab.« Doris lächelte weitherzig.

»Ganz nach meinem Geschmack. Aber weißt du was? Ich habe den Pico del Teide bezwungen!«

»Im Gegensatz zum Pico ist das hier ein Spaziergang«, stimmte Edeltraut zu. Sie reihte sich hinter Frauke ein und stützte sich bei jedem Schritt auf ihrem Holzstab ab.

Günther folgte ihr. »Sag mal Doris, in deinem Wanderprogramm bietest du die Tour zum Pico gar nicht an. Hat das einen Grund?«

»Ich habe die Tour eine Zeitlang angeboten, aber meine Erfahrung damit war durchwachsen. Einige der Wanderer hatten sich total überschätzt. Das war gefährlich für sie selbst, wie auch für die Gruppe gewesen. Ich führe viel lieber Touren wie die heute. Ihr seid doch im Urlaub und nicht, um sportliche Höchstleistungen abzuliefern!«

»Das ist Wasser auf Fraukes Mühlen«, lachte Julia. »Sie war die Einzige, die ab der Schutzhütte am Jammern war.«

Doris blickte Frauke ernsthaft an. »Das ist völlig in Ordnung, wenn dir die Tour zum Pico zu anstrengend war.«

»Endlich versteht mich mal jemand!«

Sie lachten gemeinsam und stiegen in einem langsamen Tempo die Hänge hinab.

Julia und Frauke genossen die entspannte Wanderung mit allen Sinnen, denn unweigerlich war dies ihre letzte Tour. Der Urlaub war für ihr Dafürhalten viel zu schnell vergangen.

»Hier ist eine gute Stelle für eine Rast.« Doris nahm ihren Rucksack von den Schultern und setzte sich auf einen großen Stein.

Die Gruppe tat es ihr nach und nachdem einjeder ein Plätzchen gefunden hatte, wurden die mitgebrachten Getränke sowie Obst und belegte Brote ausgepackt.

Miguel saß neben Doris und teilte mit ihr ein Stück Ziegenkäse. Frauke und Julia beobachteten die beiden verstohlen, dabei seufzte Julia unüberhörbar.

»Was hast du?«, fragte Frauke, ohne den Blick von den Verliebten abzuwenden.

»Es ist wunderschön, wenn man frischverliebt ist. Alles fühlt sich anders an, es wird viel geschmust und geküsst.« Verträumt starrte sie Löcher in die Luft.

»Muss ich mir Sorgen machen?«

Julia erwachte aus ihren Tagträumen. »Nein, natürlich nicht! Es ist nur so, dass diese Zeit des Verliebtseins so aufregend und einmalig ist!«

»Und?«

»Zu schnell vorbeigeht und nie wiederkommt! Heiko und ich sind immer noch verliebt, aber wie am Anfang ist es nicht mehr. Es ist viel Alltag dazugekommen und wir kennen uns bereits eine halbe Ewigkeit. Mehr wollte ich damit gar nicht sagen.«

»Es klingt sehnsüchtig!«

»Nein, nein. Alles gut.«

»Ich dachte ja nur.«

»Alles in Ordnung. Ich war kurz sentimental.«

»Eine schöne Seite an dir.«

»Danke.«

»Könntest du häufiger zeigen«, setzte Frauke eins oben drauf.

»Ich weiß. So bin ich aber nicht. Meistens nicht. Nur wenn ich etwas getrunken habe.«

»Also heute Abend wieder Alkohol.«

»Bloß nicht, ich komme noch als Säufer zurück!«
Unterdrücktes Lachen setzte ihrem Wortwechsel ein Ende.

»Szenen einer Freundschaft, würde ich betiteln«, lachte Doris.

Miguel stimmte brummend in ihr Lachen mit ein. Frauke und Julia lächelten verhalten, denn ihre volle Konzentration galt ausschließlich Miguel.

»Hier wird gelacht, ohne dass ich im Fokus stehe?« Marcel drängte in die Mitte.

»Schone deine Kraft für den restlichen Abstieg und die Verpflichtungen, die du heute noch zu erledigen hast«, warnte Günther mit Blick auf die drei Frauen im Hintergrund.

Marcel streckte die Brust heraus. »Ich stehe in der Blüte meines Lebens. Es kann gar nicht genug Verpflichtungen geben.« Dabei zwinkerte er Julia und Frauke zweideutig zu.

»Schön, dass wir in deiner Planung vorkommen. Ich fühlte mich arg vernachlässigt«, scherzte Frauke.

»Marcel«, gurrte eine der Zwillinge, bei der niemand der Gruppe wusste, ob es Astrid oder Maike war.

»Welches Vögelchen ruft nach mir?« Er folgte der verheißungsvollen Stimme auf dem Fuße.

»Wir sind definitiv abgeschrieben«, erfasste Frauke die Situation. »Dann eben kein heißes Date mit Marcel.«

»Und ich werde meinen Mann nicht verlassen, obwohl er eine Versuchung wert ist.« Julia zog ein verdrießliches Gesicht.

Edeltraut blickte konsterniert aus der Wäsche.

»Das war doch nur Spaß,« sagte Julia trocken und streichelte ihr beruhigend über die Hand.

Den letzten Halt, bevor sie den Küstenstreifen erreichten, wählte Doris mit Bedacht: Zwanzig Meter unter ihnen, grollte das tosende Meer, das mit mächtigen Wellen gegen den Strand rollte. Gischt spritzte in die Höhe und hüllte die Küste in einen feinen Nebel, der in der Sonne silbrig glitzerte.

Atemlos und tief beeindruckt starrten sie hinab, gefangen von dem Spektakel, das ihnen die unbändige Kraft des Wassers verdeutlichte. Manch einer kam nicht umhin, daran zu denken, wie klein und unbedeutend sie gegenüber dieser Urkraft des Meeres waren.

Doris freute sich insgeheim, dass die geplante Wirkung auf ihre Gruppe ein voller Erfolg war. An manchen Tagen, wenn ihre Tour nicht so verlief wie von ihr erhofft, war diese Aussicht dennoch immer die Belohnung und der ansteckende Funke gewesen, weiterzumachen und Urlauber an dem Erlebnis teilhaben zu lassen.

In Folge dessen strahlte Doris überglücklich über das ganze Gesicht. Eine Bewegung und eine sanfte Berührung an ihrer Seite traf sie unvorbereitet. Miguel stand neben ihr, ergriff ihre Hand und drückte sie einmal fest, als er merklich ergriffen das Naturschauspiel bewunderte.

Seine Nähe raubte ihr den Atem. Sie drehte ihm den Kopf zu und betrachtete sein markantes Profil. Als er daraufhin tief in ihre Augen schaute, setzte Doris´ Herzschlag für einen Moment aus.

Er drückte ihre Hand erneut und Doris besann sich schweren Herzens zurück auf ihre Aufgabe. »Wir kommen jetzt nach Taganana hinein, aber von einer anderen Seite, als wir gestartet sind. Der Ort dehnt sich sehr weit aus. Nachher fahren wir mit dem Bus zurück.«

Ihr besorgter Blick galt Frauke, bei der sie befürchtete, sie würde vielleicht in Ohnmacht fallen, wenn sie dahinterkam, dass der Bus bis zum Endpunkt der Tour durchfuhr.

»Kein Problem. Der Weg ist das Ziel«, reagierte Frauke gelassen.

»Sehr gut! Also folgt mir.«

Doris lief vorweg, während Miguel nicht mehr von ihrer Seite wich.

»Die beiden sind so süß!«, hauchte Frauke. »Aus ihnen wird ein Paar.«

»Aus wem wird ein Paar?«, fragte Günther, der ihre Worte aufgeschnappt hatte.

»Doris und Miguel«, erklärte Edeltraut wie selbstverständlich, denn sie war nicht blind auf den Augen und hatte mitverfolgt, was sich seit geraumer Zeit zwischen den beiden abspielte.

Infolgedessen richtete Günther sein Augenmerk auf das *vermeintliche Paar* und noch bevor sie zur Küstenstraße gelangten, hatte er verstanden. »So habe ich meine Edeltraut angesehen, als wir uns kennenlernten. Zu der Zeit trafen wir uns heimlich und gingen oft ins Kino, um dort ...«

»Günther! Bitte keine Details!«, fiel ihm Edeltraut ins Wort. Schamesröte stieg in ihr Gesicht.

»Wir waren alle einmal jung!« Frauke blinzelte verständig.

Das verschlug Edeltraut erst recht die Sprache.

Günther nahm sie in den Arm und drückte ihr einen Kuss auf den Mund. »Und ich liebe dich immer noch so wie am ersten Tag.«

»Wenn ich so jemanden finden würde, wie du deinen Günther, dann würde ich ihn nie mehr loslassen. Aber«, Frauke zuckte mit den Schultern, »es soll einfach nicht sein. Nichtsdestotrotz freue ich mich über jeden, der die Liebe seines Lebens gefunden hat.«

»Vielleicht sollte ich erwähnen, dass Günther und ich uns erst vor fünfzehn Jahren kennenlernten.« Über Edeltrauts Gesicht zog ein dunkler Schatten. »Mein Mann war zwei Jahre zuvor verstorben und Günther war frisch geschieden. Es stand uns also nichts im Wege, aber wir hatten nicht mit der Reaktion unserer Kinder gerechnet.«

Edeltraut ging ein paar Schritte im nachdenklichen Schweigen weiter. »Es war am Anfang nicht leicht, die Vorbehalte gegen einen neuen Lebenspartner aufzuweichen und als grundlos herauszustellen. Unsere Kinder, die zu dem Zeitpunkt begannen auf eigenen Füßen zu stehen, lernten an dieser Situation, ein Stück weit über sich hinauszuwachsen und groß zu werden.«

Auf ihrem Gesicht zeichneten sich die aufgewühlten Emotionen ab. »Wenn einem Gutes im Leben widerfährt und das nicht mehr für möglich Gehaltene geschieht, wie eine neue Liebe, dann sollte man dafür kämpfen! Genau das haben wir getan!« Sie lächelte befreit. »Letzten Endes ist alles gutgegangen. Aber, und das will ich nicht verhehlen, hat es sehr viele Diskussionen gegeben. Sicherlich wollten alle nur das Beste, aber die Entscheidung für einen neuen Menschen an deiner Seite, triffst du ganz alleine. Was sollte es Schöneres geben, als eine zweite Chance auf eine große Liebe!«

»Das ist wundervoll. Ich freue mich aufrichtig für euch«, äußerte Frauke, doch ihre Stimme klang seltsam belegt.

Edeltraut erahnte, woher der Wind wehte. »Ich glaube ganz fest daran, dass es für jeden Topf einen Deckel gibt. Oder anders formuliert, halte die Augen und Ohren offen. Irgendwann wirst du *ihn* treffen. Den Einen, der dein Innerstes zum Klingen bringt, ohne den du nicht mehr sein möchtest, mit dem du morgens aufstehst und abends zu Bett gehst.«

Spontan küsste Frauke der überraschten Edeltraut auf die Wange. »Wenn ich ihn treffe, dann werde ich an deine Worte denken.«

In Taganana gelangten sie an das Ziel ihrer Wanderung, welches ein runder gepflasterter Platz markierte, der durch mannshohe Hecken von der Umgebung abgegrenzt wurde. Er lag weit genug von der Küstenstraße entfernt, um ungestört den weiteren Tagesablauf zu besprechen.

»Unser Bus fährt in gut zwei Stunden ab. Wenn ihr mögt, könnt ihr in dem Lokal da drüben etwas essen, oder ihr schaut euch den Ort an. Bitte geht nicht ins Meer, die Strömung ist viel zu stark. Das ist sehr gefährlich.«

»Ich und die Mädels gehen an den Strand, um uns in die Sonne zu legen. Wer Lust hat, kann sich gerne anschließen.«

Die anderen lehnten dankend ab, sodass Marcel mit den Frauen alleine die Treppenstufen zum Strand hinunterlief.

»Ich möchte mir den Weg dort ansehen«, verkündete Günther. »Wer kommt mit?« Er wies auf den Pfad, der seitlich in einen riesigen Felsbrocken hineingeschlagen worden war.

»Ich bleibe hier und passe auf die Rucksäcke auf. Geht nur«, erwiderte Doris.

Edeltraut und Frauke saßen bereits auf einer Bank und winkten ab. Julia schloss sich Günther an, und nachdem Miguel kurz mit Doris gesprochen hatte, folgte er ihnen wenige Augenblicke später.

Der schmale Weg führte sie trockenen Fußes gut zwei Meter über Meereshöhe zum offenen Ozean hinaus. Sie duckten sich, um nicht mit dem Kopf an der grob behauenen Decke anzuschlagen. Dabei hielten sie sich mit einer Hand an dem Stahlseil fest, das ihnen die einzige Absicherung zum aufgepeitschten Meer bot.

Als sie den Zipfel der großen Klippe erreichten, richteten sie sich auf und staunten nicht schlecht: Wie der sprichwörtliche Fels in der Brandung stemmte sich die Spitze gegen das aufbrausende Meer. Vorgelagerte Gesteinsblöcke wurden von Wellen umspült und bei besonders hohen Brechern, zerstob an ihnen das Wasser in Millionen bunt funkelnder Tröpfchen.

Miguel trat etwas zurück, zückte einen altmodischen Fotoapparat und peilte die Aussicht an. Durch den Sucher verfolgte er das Herannahen einer außerordentlich hohen Welle. Er nahm den Fotoapparat herunter und runzelte die Stirn. »Günther! Julia! Vorsicht!«, rief er ihnen zu.

Überrascht drehten sie sich zu ihm um, registrierten, wie er aufgeregt in Richtung Meer deutete, blickten wieder nach vorne und erschraken tüchtig!

Eine extrem hohe Welle kam direkt auf sie zu! Sie prallte bereits gegen die ersten Felsen und zerbrach mit lautem Getöse in steil aufspritzenden Wasserfontänen. Rasend schnell kam die Wasserfront auf sie zu.

Hastig ergriffen sie die Flucht. Das Getöse hinter ihnen wurde lauter. Die Welle erreichte den Aussichtspunkt, wo sie zuvor noch gestanden hatten. Das Wasser schoss dagegen, die Gischt wurde meterweit nach oben geschleudert und rauschte in einem weiten Bogen auf sie zu.

Sie erstarrten mitten in der Laufbewegung, als der dichte Wasservorhang auf sie herabprasselte. Julia quiekte laut auf. Ihr Protest ging in der brüllenden Geräuschkulisse unter, während Miguel und Günther wortlos den Wassermassen trotzten.

Die Flutwelle rauschte weiter und ließ drei tropfnasse Menschen zurück. Nach der ersten Schrecksekunde brachen sie in albernes Gelächter aus. Sie hielten sich die Bäuche und bogen sich vor Lachen.

»Was für eine Dusche!«, japste Günther und wrang seine nassen Hosenbeine aus.

Julia beugte sich zur Seite und schüttelte Wasser aus dem Ohr, wogegen Miguel mit beiden Händen die Feuchtigkeit aus seinen Haaren strich.

»Lasst uns zurückgehen«, schlug Günther vor, wohlwissend, dass sie gleich zum Gespött werden würden.

Kaum, dass sie in Sichtweite kamen, schlug ihnen dröhnendes Gelächter entgegen.

»Ward ihr Duschen?«, witzelte Doris, die nicht zum ersten Mal pitschnasse Mitglieder ihrer Gruppe in Empfang nahm. Und jedes Mal war es ein großer Spaß!

Frauke hielt sich die Hand vor den Mund, während ihr die Tränen über das Gesicht rannen. Die vielen Worte, die sie loswerden wollte, gingen in ihrem Lachanfall unter.

Günther dagegen blieb die Ruhe selbst. »Wir haben uns nur ein wenig abgekühlt. Es war sehr erfrischend.« Er neigte den

Oberkörper und schüttelte seinen Kopf, worauf die Wassertropfen umherflogen.

»Günther, lass das!«, kreischte Edeltraut.

Frauke fand die beiden total süß, und das lag nicht nur daran, welch hoffnungsvolle Worte Edeltraut über Deckel und Töpfe gefunden hatte. Ihre Worte hatten Fraukes Herz mit Zuversicht erfüllt und ihren Blick in die Zukunft unbeschwerter gestaltet.

Nachdem Fraukes Lachanfall abebbte, bedachte sie Julia mit einem mitfühlenden Blick. »Dass du mir alles nachmachen musst, muss doch wirklich nicht sein, oder?«

»Wieso?«, fragte Doris nach.

»Ich bin mit Klamotten in den Hotelpool gefallen.«

»Ihr habt aber auch ein Pech«, meinte Doris augenzwinkernd und reichte Miguel ein Handtuch aus ihrem Rucksack.

Miguel frottierte sich damit die Haare. Sein Hemd hatte er vorher ausgezogen und zum Trocknen über die Rückenlehne der Bank gehängt. Doris´ Blick klebte an seinem gebräunten, kräftigen Oberkörper, auf dem die goldene Kette zwischen den dunklen Haaren glitzerte. Unbewusst fuhr sie sich mit der Zunge über die Lippen.

»Doris?«

Es folgte keine Reaktion.

»DORIS?« Frauke grinste.

»Was?«

»Wo bist du nur mit deinen Gedanken?«

Doris riss sich von dem Anblick los. »Äh ...«

Frauke lächelte nachsichtig. »Wir wollen in dem kleinen Lokal einen Happen essengehen. Kommt ihr mit?«

»Gerne«, sagte Günther als Erstes zu.

Die anderen schlossen sich ebenfalls an und nachdem sie ihre Sachen zusammengepackt hatten, schlenderten sie zur Außenterrasse des Restaurants.

»Ich habe Ersatzklamotten dabei und werde mich drinnen umziehen«, sagte Julia und verschwand ins Lokal.

»Seit der Masca-Schlucht hat sie immer trockene Sachen dabei«, erläuterte Frauke mit einem scherzhaften Unterton.

Nachdem Julia zurückgekehrt war, wählte jeder etwas aus der Karte aus, um dann gemeinsam die Bestellung beim Kellner aufzugeben. Als die Getränke auf dem Tisch standen, ging Doris ins Lokal hinein, um die Toilette aufzusuchen.

Julia stupste Frauke an. »Ich weiß jetzt, was Miguel verheimlicht. Ich zeig´s dir«, wisperte sie aufgeregt.

Danach rührte sie ihren Kaffee um und sah Miguel an. »Gibst du mir bitte den Zucker?«

Er blickte sie an, überlegte einen Moment und reichte ihr anschließend den Zuckerstreuer.

»Danke.«

»Bitte«, erwiderte er.

»Also doch! Miguel, du verstehst uns!«

Er sah sie mit seinen dunklen Augen an und wirkte erleichtert. »Ich spreche ein bisschen. Verstehen einfach als Sprechen«, antwortete er langsam.

»Toll!«, strahlte Frauke ihn über den Tisch hinweg an.

»Warum weißt du?«, fragte Miguel in Julias Richtung.

»Als wir vorhin die unfreiwillige Dusche genommen haben, welcher Spanier kennt schon das Wort *Vorsicht*.«

»Ich gelernt, wichtiges Wort in Deutschland.«

Bestätigendes Nicken flog ihm zu, selbst Edeltraut und Günther wussten nun, worum es ging.

»Ich spreche Deutsch seit … fünf … äh … Monate ... die Frau von Onkel ist Deutsch, sie bringt mich bei.« Etwas unsicher blickte er in die Runde, ob sie ihn verstanden hatten. Sobald er erkannte, dass sie ihm bejahende Blicke zuwarfen, fiel die Anspannung von ihm ab.

»Ich finde es super! Und Deutsch ist eine richtig schwere Sprache«, meinte Edeltraut aufbauend.

Dankbar lächelte Miguel ihr zu.

»Weiß Doris Bescheid?«

»Nein. Überraschung. Bitte nicht sagen.«

»Kein Problem«, waren sich alle einig.

»Sie kommt zurück!«

Während Doris Platz nahm, blieb das Gespräch am Tisch aus, stattdessen ruhten erwartungsvolle Blicke auf ihr. Lediglich Miguel behielt den Kopf gesenkt und hantierte mit dem Zuckerstreuer herum.

»Was ist los?« Doris blickte in die Runde. »Ist irgendetwas passiert?« Sie fuhr sich im nächsten Moment über das Gesicht. »Habe ich hier etwas hängen?«

»Ach nichts«, brach Edeltraut das Schweigen. »Da kommt das Essen. Jetzt habe ich aber auch Hunger!«

Sie ließen die verwirrte Doris weiter im Unklaren über das, was zuvor passiert war. Im Stillen freuten sich alle, ein Geheimnis mit Miguel zu teilen. Und sie wünschten sich, dabei sein zu dürfen, wenn er sich ihr offenbarte.

Nach einem abschließenden Kaffee steuerten sie den vereinbarten Treffpunkt an. Nur Marcel mit seinen drei Frauen war nirgends zu entdecken. Sie blickten hinunter zum Strand und fanden ihn vor, wie er immer noch in der Sonne lag und offenbar schlief. Von den drei Frauen gab es keine Spur.

»MARCEL!«, brüllte Günther gegen die tosende Brandung an.

Er bewegte sich nicht, sodass Günther kurz entschlossen die Treppenstufen hinunterstapfte. Bei Marcel angekommen, kniete er sich nieder und berührte ihn leicht an der Schulter. Langsam kehrte das Leben in den Schweizer zurück und er richtete sich auf. Mit Unterstützung von Günther packte er seine Sachen zusammen und gemeinsam kehrten sie zur Gruppe zurück.

»Ich bin wohl eingeschlafen. Das passiert mir doch sonst nicht, vor allem wenn so tolle Frauen dabei sind.« Marcel sah sich suchend um. »Wo sind denn meine Schätzchen?«

Edeltraut erspähte sie keine zweihundert Meter entfernt in einer Strandbar – in Gesellschaft von vier Männer im fortgeschrittenen Alter.

»Was machen die da?«, fragte Marcel verblüfft.

»Sieht aus, als ob sie sich prächtig amüsieren,« antwortete Edeltraut unbedarft. Dass sie mit ihrer Aussage Marcel einen herben Dämpfer versetzte, kam ihr nicht in den Sinn.

»Wir sammeln alle ein, damit wir den Bus nicht verpassen.« Ohne Umschweife gab Doris das Zeichen zum Aufbruch. Die Frauen in der Strandbar fing sie mit einem beherzten Pfiff ein.

Auf der Rückfahrt kehrte Ruhe unter ihnen ein. Marcel hatte sich zurückgezogen und schmollte, die drei Frauen dösten in einer Vierersitzgruppe und Edeltraut und Günther schauten händchenhaltend aus dem Fenster.

Ausschließlich Doris und Miguel, die im vorderen Teil des Busses saßen, genossen ihre Zweisamkeit auf neue und anregende Art und Weise. Sie saßen dicht beieinander, unterhielten sich, und verloren keine Sekunde lang den Augenkontakt.

»Ist das nicht süß?«, seufzte Frauke. »Fehlt nur noch, dass sie mit Knutschen anfangen.«

»Es war eine gute Idee von dir darauf zu bestehen, Miguel zur Wanderung einzuladen.« Julia freute sich gleichermaßen, den beiden zu einem *Date* verholfen zu haben.

»Deine gute Tat wird dir in deinem Leben hochangerechnet werden.«

»Mir würde es schon reichen, wenn ich in Zukunft von Unglücken jeglicher Art verschont bliebe.«

»Dein Wort in Gottes Ohr.« Frauke lächelte. »Ich bin gespannt, wann Miguel es ihr beichtet.«

»Ich hätte nicht vermutet, dass er für sie Deutsch lernt.«

»Das ist so niedlich, oder?«

»Das ist Liebe!«

»Miguel ist ein bemerkenswerter Mann«, zeigte sich Frauke hingerissen. »So einem Mann bin ich noch nie begegnet.«

»Könnte so einer dein *ewiges* Single Herz erweichen?« Julia blickte sie erwartungsvoll an.

Frauke horchte in sich hinein und entschloss sich, etwas weiter auszuholen und Julia ein Geheimnis zu verraten. »In meiner Mädchenzeit schwärmte ich von einem Prinzen auf seinem edlen Ross wie in einem Märchen. Irgendwann wechselte meine idealisierte Vorstellung zu einem Cowboy mit seinem Quarter Horse und wenig später zu einem Indianer mit seinem Wildpferd.«

Julia gluckste amüsiert. »Davon hast du mir noch nie erzählt.«

»Das liegt daran, dass ich, bevor wir uns kennenlernten, der Illusion beraubt wurde, dass ein Märchenprinz dahergeritten kommt. Die ersten Kontakte mit Jungs waren doch sehr ernüchternd gewesen. Mal abgesehen von den miesen Küssen und der Fummelei irgendwo in einer dunklen Ecke im Keller des Nachbarhauses. Mit der Pubertät habe ich wahrscheinlich den Glauben an den Märchenprinzen endgültig ad acta gelegt.«

»Okay, okay«, wehrte Julia ihre Ausführungen ab. »Deine romantische Ader ist dir demnach sehr früh abhandengekommen.«

»Ich muss dir widersprechen!«

Fragend zog Julia die Augenbrauen zusammen.

»Ich werde dir ein gut behütetes Geheimnis verraten!« Frauke senkte die Stimme. »Ganz tief in mir drinnen, hoffe ich weiterhin auf meinen Prinzen auf seinem weißen Pferd, der mich so akzeptiert, wie ich bin und mit mir durch dick und dünn geht. Nach dem Motto: Sie lebten glücklich bis ans Ende ihrer Tage.«

»Das wünsche ich dir von ganzem Herzen! Wenn es soweit ist, dann«, Julia überlegte einen Moment, »dann werde ich mit dir an einem Tag Bungeespringen, Wildwasserkanufahren und Gleitschirmfliegen. Und du weißt, all das hasse ich!«

»Abgemacht!« Frauke hob die Hand und Julia klatschte ab. »Die Wahrscheinlichkeit ist hoch, dass wir so einen Tag nie erleben werden. Schade eigentlich.«

In Santa Cruz angekommen, verabschiedeten sich Maike, Jette und Astrid von der restlichen Gruppe.
»Vielen Dank für die tolle Tour. Wir hatten viel Spaß.«
Doris schüttelte jeder von ihnen die Hand. »Und wie lange seid ihr noch auf Teneriffa?«, fragte sie eher aus Gewohnheit heraus. Mit den dreien war sie nicht richtig warmgeworden.
»Eine Woche noch. Heute Abend wollen wir das Nachtleben von Santa Cruz unsicher machen. Es soll hier tolle Bars geben und viele Männer, die auf Blondinen stehen«, meinte Jette völlig ungeniert.
»Das war`s dann!« Günther klopfte Marcel mitleidig auf die Schulter.
»Ach Schnuckelchen, sei doch nicht traurig. Du bist ein toller Kerl, aber drei von uns, das ist doch ein bisschen zu viel! Meinst du nicht auch?« Jette drückte dem perplexen Marcel einen Kuss auf die Wange.
»Lasst jetzt mal den Marcel in Ruhe!«, funkte Frauke dazwischen, ungehaltener als beabsichtigt.
Jette bedachte Frauke mit einem spöttischen Lächeln, danach drehte sie ab und folgte den Zwillingen, die zielstrebig auf die Altstadt zuliefen.
Marcel blickte traurig in die Runde und fand endlich seine Sprache wieder. »Hat mich denn keiner lieb?«
»Wir haben dich lieb. Aber trotz alledem werden wir nicht dein Trostpflaster werden«, entgegnete Frauke bestimmt.
»Macht euch keine Gedanken um Marcel. Wir päppeln ihn auf. Das wird schon wieder.« Edeltraut tätschelte ihm die Wange, wie es eine Mutter bei ihrem Kind tat. Seine niedergeschlagene Laune hellte sich bereits ein wenig auf.
Dafür wurde es Frauke und Julia schwer ums Herz, denn nachdem sie in Puerto de la Cruz aus dem Bus stiegen, stand

ihnen der endgültige Abschied von den Wanderfreunden bevor.

Zunächst drückten sie Edeltraut und Günther aus tiefstem Herzen. Sie waren ihnen mit ihrer natürlichen Art gewaltig ans Herz gewachsen.

Edeltraut fand die passenden Worte für einen solchen Moment. »Kommt gut zurück und seid nicht traurig! Wie heißt es so schön? Man sieht sich immer zweimal im Leben.« Sie drückte Frauke, die ergriffen schluckte und versuchte, die Tränen zurückzuhalten.

»Lasst es euch ebenso gutgehen«, schluchzte Frauke und fiel nachfolgend Günther um den Hals, der vor Überraschung einen Schritt nach hinten machte, um ihre stürmische Umarmung abzufangen.

»Wenn ich zu Hause im Kegelverein erzähle, dass mir die jungen Dinger um den Hals fallen, die werden staunen!«

»Günther!«, kam der allseits bekannte Ausruf von Edeltraut.

»Mein Schatz, ich liebe dich, nur dich, heute, morgen und jeden darauffolgenden Tag!«

Während Edeltraut zum wiederholten Male die Röte ins Gesicht kroch, stand Marcel etwas abseits und murmelte vor sich hin. »Keiner drückt mich!«

»Komm schon her!« Julia umarmte ihn, woraufhin er die Chance nutzte und sie fest an sich presste, so dass sie kaum Luft bekam.

»Okay, Marcel«, keuchte Julia, »gleich brauchen wir einen Notarzt, der mich reanimiert.«

»Das kann ich doch machen«, schnurrte der alte zum Vorschein kommende Charmeur und lächelte.

»Dir geht es schon wieder besser!« Julia schob ihn mit aller Kraft von sich.

»Frauke, drückst du mich auch?«

»Na gut.«

Er presste sie genauso fest an sich wie Julia zuvor, ließ aber gleichzeitig seine Hände über ihren Rücken streichen.

Empört quiekte sie auf und schubste ihn weg. »Der Patient ist geheilt. Eindeutig!«

Marcel lachte und schloss sich Edeltraut und Günther an. Sie verließen den Busbahnhof in Richtung Zentrum, drehten sich noch einmal um und winkten zum Abschied.

»Nun trennen sich auch unsere Wege. Eure Gesellschaft hat mir sehr viel Freude bereitet. Wenn ihr irgendwann mal wieder auf Teneriffa seid, meldet euch!« Doris nahm beide in den Arm.

»Das machen wir gerne. Es hat uns super gefallen und die Touren mit dir waren einzigartig«, bedankte sich Julia. »Wir werden dich und deinen Wanderclub weiterempfehlen.«

Danach wandte sie sich an Miguel und verabschiedete sich. »Adiós.«

»Auf Wiedersehen Julia«, entgegnete er und drückte ihr dabei fest die Hand. In seinen Augen las sie seine Dankbarkeit ab, die Tür für ihn und Doris weit aufgestoßen zu haben.

Anschließend schüttelte er Frauke die Hand. »Gute Reise. Ich freue wieder dir zu sehen «, ergänzte er noch.

Doris stand wie vom Donnerschlag gerührt daneben und sah Miguel mit großen Augen an. Seinen Mund umspielte ein stolzes Lächeln.

»Du ... du ... sprichst … ja ... meine Sprache«, stotterte sie. Dabei hatte sie den Kopf in den Nacken gelegt, um ihm in die Augen zu sehen.

Julia und Frauke wussten, dass es an der Zeit war sich zu entfernen, jedoch hielt sie die anrührende Szene gefangen.

»Ja, ich lerne, aber mache Fehler.«

»Das ist wunderbar! Ich meine, dass du lernst. Das ist so überraschend, ich weiß gar nicht, was ich sagen soll!«

Miguel beugte sich zu ihr hinab, umrahmte ihr Gesicht mit seinen Händen und flüsterte laut genug, dass es Julia und Frauke mitanhören konnten. »Ich mache das für dich.«

Zärtlich drückte er seine Lippen auf die ihren. Doris seufzte und gab in den Knien nach. Miguel fing sie lachend auf, hob sie hoch und drehte sich mit ihr im Kreis.

Als er sie zurück auf den Boden stellte und Anstalten machte, sie erneut zu küssen, sah Julia es an der Zeit gekommen, sich bemerkbar zu machen. »Wir stören nur ungern, aber wir wollen den nächsten Bus zum Hotel erreichen.« Sie atmete einmal tief durch. »Wir wünschen euch alles Gute für die Zukunft!«

Frauke umarmte Doris. »Ist das schön ... anrührend ... ich freue mich so.« Aufgewühlt ergriff sie die Hand von Miguel und Doris.

Julia trennte sie sanft voneinander. »Wir wollen los. Die beiden möchten jetzt bestimmt alleine sein.« Sie zog Frauke behutsam mit sich, die dem glücklichen Paar hinterherwinkte.

»Wir wollen los«, wiederholte Frauke wie in Trance und ließ sich willenlos mitziehen. »Macht es gut!«, rief sie noch, obwohl die beiden längst außer Reichweite waren.

Nachdem sie genügend Abstand gewonnen hatten, ließ Julia ihre Hand los.

Frauke schwebte förmlich neben ihr her. »Sie geben ein hübsches Paar ab.«

»Das tun sie. Aber wenn wir nicht gleich einen Zahn zulegen, verpassen wir unseren Bus«, hielt Julia dagegen, gleichzeitig erhöhte sie ihre Schrittgeschwindigkeit.

So fuhren sie ein letztes Mal von Puerto zu ihrem Hotel nach Santa Úrsula. An der Rezeption ließen sie sich ihren Zimmerschlüssel aushändigen, zusätzlich überreichte ihnen der Rezeptionist eine Nachricht.

»Von wem ist sie?«, erkundigte sich Frauke, die neugierig über Julias Schulter blickte.

»Es ist eine E-Mail.« Julia lächelte, als sie die Nachricht laut vorlas. »Wir wünschen euch eine gute Heimreise. Meldet euch, wenn ihr zurück in Deutschland seid. Wir freuen uns schon auf euren Besuch. Vielen Dank für alles und liebe Grüße! Anja, Nadine und Martin.«

»Das ist lieb, dass sie an uns gedacht haben.«

»Und was machen wir jetzt?«

»Duschen, Essen und den Abend auf dem Balkon mit Wein ausklingen lassen?«

»Hört sich verlockend an.«

»War das unsere Türklingel?«, fragte Julia erstaunt. »Erwartest du etwa Herrenbesuch?«

»Oh Gott! Marcel!« Frauke straffte die Schultern, lief zur Eingangstür und wurde unverhofft angenehm überrascht.

Auf der Matte stand Doris und hielt freudestrahlend eine Sektflasche in die Höhe. »Ich kann euch doch nicht ohne ein Dankeschön nach Deutschland zurückreisen lassen!«

»Komm rein!« Frauke schloss hinter ihr die Tür. »Julia, es ist kein Herrenbesuch!«

»Habt ihr Marcel erwartet?« Lachend folgte Doris auf den Balkon.

Julia schob ihr einen Stuhl hin. »Setz dich doch!«

Das ließ sich Doris nicht zweimal sagen. »Schöne Aussicht habt ihr hier.«

»Leider zum letzten Mal.«

»Ich hoffe, es ist okay, wenn ich euch ohne Vorankündigung überfalle.«

»Wo denkst du hin! Wir freuen uns und sind gespannt, wie es mit dir und Miguel gelaufen ist.«

Doris lachte warm. »Euch beide werde ich mein ganzes Leben lang nicht vergessen! Und wer weiß, wenn wir heiraten, sehen wir uns bestimmt wieder.«

Frauke fiel die Kinnlade herunter. »Heiraten? Wow, das geht aber schnell.«

»War nur Spaß!« Doris schmunzelte vergnügt. »Jetzt lernen wir uns erst einmal kennen und dann sehen wir weiter.« Sie öffnete die Sektflasche und der Korken segelte mit einem lauten *Plopp* in die Gartenanlage. »Hoffentlich habe ich Miguel nicht getroffen.«

»Er ist hier?« Frauke lehnte sich weit über das Geländer und sah sich suchend um.

»Er wollte einen Kaffee holen und irgendwo auf mich warten.«

»Ist das süß!«

Julia lief ins Wohnzimmer und kehrte wenig später mit Sektgläsern zurück. »Das ist ein guter Grund anzustoßen.« Sie goss rundherum ein.

Doris wirkte auf einmal verlegen. »Ich wollte mich ganz herzlich bei euch bedanken. Wenn ihr nicht diesen couragierten Plan entwickelt hättet, würden wir wahrscheinlich Ewigkeiten miteinander flirten, ohne uns näherzukommen.«

»Ach«, wiegelte Julia ab.

»Doch, doch.« Doris´ dankbarer Blick verweilte bei Julia. »Manchmal braucht der Mensch einen Schups, und ihr habt mir und Miguel einen immens wichtigen Anstoß gegeben.« Plötzlich grinste sie breit, so dass ihre weißen Zähne aufblitzten. »Nun will ich aber endlich wissen, was passiert ist, als du Miguel auf die Wandertour eingeladen hast.«

Julia stockte der Atem. »Hat er dir das nicht erzählt?«

Doris schüttelte den Kopf.

Julia rutschte verlegen auf dem Stuhl hin und her. »Müsst ihr mich so quälen? Reicht es nicht, zu wissen, dass es ein Happy End gibt?«

Das Schweigen, das ihr entgegenschlug, war Antwort genug.

»Ich brauche mehr Sekt!« Fordernd hielt sie ihr Glas ausgestreckt. Nachdem es aufgefüllt war, sah sich Julia ausreichend gestärkt, um die nächsten Worte über die Lippen zu bringen. »Ihr zwingt mich, an das bis dato peinlichste Erlebnis meines ganzen Lebens zu denken!« Bittend sah sie beide an, aber sie erntete keine Barmherzigkeit.

»Ich verstehe. Keine Gnade.«

Sie stürzte den Sekt in einem Zug hinunter und Doris füllte ungefragt nach.

Frauke eilte in die Küche, um aus dem Kühlschrank die Reserveflasche zu holen. Sie wollte unter keinen Umständen verpassen, wie Julia ihr Geheimnis preisgab.

»Wo fange ich an?« Julia kratzte sich Zeitschindend am Kopf.

Ein Räuspern von Frauke unterband es im Handumdrehen.

»Es war der Tag, an dem wir vom Punta de Teno zurückkehrten und einen Steinschlag glimpflich überstanden hatten.«

»Mutig«, meinte Doris, »da passiert häufiger etwas.«

»Das tut hier nichts zur Sache. Weiter Julia!« Frauke lächelte ihr aufmunternd zu.

Julia verdrehte die Augen und setzte ergeben ihren Bericht fort. »Frauke bestand darauf, bei Miguel vorbeizufahren. Immerhin war er mein Lebensretter gewesen und ich sollte mich erkenntlich zeigen, indem ich die Liebesbotin spielte.« Ihre Augen ruhten auf Doris. »Diese Rolle habe ich gerne übernommen, auch nach der peinlichen Sache nach der Masca-Schlucht. Aber was dann noch geschah!«

»Was Doris noch nicht kennt«, erinnerte Frauke.

»Hetz mich doch nicht so!«

»So wirst du nie fertig!«

»Mädels, genau so werde ich euch in Erinnerung behalten!« Doris lachte schallend.

Daraufhin erklang unter ihnen eine männliche Stimme. Doris antwortete etwas auf Spanisch. »Miguel wird euch ebenfalls nicht vergessen,« übersetzte sie anschließend.

Julia lächelte in der Hoffnung, dass diese Unterbrechung sie retten würde, aber ein auffordernder Stupser von Frauke brachte sie auf die Spur zurück.

Zähneknirschend fuhr sie fort. »Dank der Straßenkarte fanden wir ohne Probleme den Weg nach Los Gigantos. Am Hafen war Miguel nicht zu entdecken, sodass wir in einem Café warteten, bis wir ihn mit seinem Schiff einlaufen sahen. Danach sind wir zu ihm rüber und ich habe ihm einen Zettel überreicht. Die freundliche Bedienung des Cafés hatte zuvor alles ins Spanische übersetzt. Eine sehr nette Frau, die eine Zeitlang in Hamburg gelebt hat.« Julia schwieg und starrte in die Ferne.

»Das war`s?« Doris glaubte keine Sekunde lang, dass das alles gewesen sein sollte.

»Wie gesagt, ich habe ihm den Zettel gegeben.« Julia verschränkte die Arme vor der Brust und machte keine Anstalten, weiterzuerzählen.

»Nun gut«, Frauke verlor ein wenig die Geduld, »ich kann die Ereignisse auch schildern, denn immerhin bin ich zugegen gewesen.« Sie grinste spitzbübisch. »Als Miguel uns entdeckt hatte, wirkte er nicht gerade begeistert. Trotzdem betrat Julia, nachdem der letzte Passagier das Schiff verlassen hatte, den Bootssteg und hielt ihm den Zettel entgegen.«

Unterdessen begann bei Julia der Alkohol zu wirken und sie gab ihren Widerstand gegen das Unvermeidliche auf. Sie schnaubte einmal aufgebracht, erzeugte damit die nötige Aufmerksamkeit und wollte die Erzählung eigenhändig zu Ende bringen. »Als ich ihm den Zettel entgegenstreckte, schoss ein Idiot mit seinem Sportboot zu schnell in den Hafen hinein. Der schmale, instabile Steg, auf dem ich stand, schwankte bedrohlich.«

Doris´ Augen weiteten sich. »Du bist ins Wasser gefallen?«

»Nein.«

»Miguel?«

»Auch nicht.«

Doris wirkte ratlos. »Was soll daran peinlich sein?«

»Nachdem Miguel die Nachricht gelesen hatte, strahlten seine Augen wie die Sonne auf Teneriffa.« Etwas unsicher langte Julia nach dem erneut gefüllten Sektglas. »Wenigstens am letzten Abend wollte ich nicht betrunken sein. Auch Egal.«

Sie nahm einen großen Schluck.»Miguel gab mit einem Kopfnicken zu verstehen, dass er die Einladung annehmen würde. Danach verließen wir den schwankenden Bootssteg und bekamen am Kai festen Boden unter den Füßen.«

Ungeduldig trommelte Frauke mit den Fingern auf der Tischplatte herum.»Julia, komm zum Ende!«

»Jaaaaaa!« Sie kicherte albern.»Wir blieben noch einen Moment am Hafenbecken stehen und betrachteten die Fische, die dort herumschwammen. Silbrig glänzend. Ein schöner Anblick.« Sie leckte sich über die Lippen und merkte, wie ihr der Sekt zu Kopfe stieg.»Außerdem schwamm noch etwas anderes im Wasser. Ich machte einen Schritt zur Seite, um besser sehen zu können. Währenddessen hatte Miguel sein Boot verlassen und stand wie aus dem Nichts neben mir! Als ich den Schritt zur Seite machte, habe ich ihn nur ein klein bisschen angestoßen. Kaum der Rede wert. Mein Eindruck.« Sie gluckste ein paar Mal.»Trotzdem reichte es aus, dass er das Gleichgewicht verlor und ins Wasser fiel.«

Doris schlug sich die Hand vor den Mund. Sie schwankte innerlich, ob sie Lachen oder Mitleid empfinden sollte.

Julia war nun alles egal und schon gar nichts mehr peinlich.»Miguel hatte blöd auf einem Bein gestanden und fiel wie ein gefällter Baum um. Glück im Unglück, direkt ins Wasser. Nirgendwo mit dem Kopf angeschlagen.«

Julia war mit ihrer Erzählung am Ende und erwartete die Reaktion von Doris. Selbst unten in der Gartenanlage, war es verdächtig still und sie fragte sich, ob Miguel bereits genug verstand, um zu wissen, dass sie alles gebeichtet hatte.

Der Augenblick der Stille zog sich hin, dann brach Doris in lautstarkes Gelächter aus. Julia und Frauke stimmten erleichtert mit ein, und gemeinsam lachten sie über das Missgeschick, welches Julia und vor allem Miguel getroffen hatte.

Miguel rief etwas zu ihnen hinauf, worauf Doris »Sí« erwiderte und seine lachende Stimme erklang.

»Lasst uns an die Bar gehen«, schlug Frauke vor, nachdem sie ihren Lachanfall in den Griff bekommen hatte. »Wir haben hier nichts mehr zu trinken und der arme Miguel muss nun wirklich nicht alleine im Garten sitzen.«

Julia zupfte an ihrem Arm. »Bitte pass auf, dass ich nicht zu viel trinke! Mir ist jetzt schon schwindelig.«

SIEBZEHN

»Gut, dass ich gestern Abend auch Wasser getrunken habe. Sonst hätte ich heute einen Brummschädel«, erwähnte Julia beiläufig und schlürfte an ihrem Kaffee. Dabei hing ihr Blick unbeteiligt in der Wartehalle des Flughafens, der zu dieser frühen Vormittagszeit mit abreisebereiten Urlaubern gefüllt war. Frauke saß ihr an dem kleinen Tisch gegenüber. »Der Abend mit Doris und Miguel ist wirklich sehr schön gewesen«, fügte sie hinzu. »Ich glaube, ich habe mich ein wenig verliebt.«

»In Miguel?«

»Quatsch! In die Insel und in die Menschen.«

»Geht mir genauso.« Julia spürte Wehmut aufsteigen, nach den schönen Tagen in die Heimat zurückzufliegen. Auch wenn Heiko dort auf sie wartete, so fühlte es sich großartig an, die Sonne genossen und der wundervollen Natur große Stücke abgewonnen zu haben. Am liebsten hätte sie die Abreise noch etwas hinausgezögert.

Doch als am Nebentisch zwei junge Männer Platz nahmen, fokussierte sie ihr Augenmerk dorthin. Sie betrachtete den etwas kleinen und stämmig gebauten Mann, wogegen der andere durch seine Körpergröße und den langen blonden Haaren bestach. Das Gesicht des blonden Mannes kam ihr bekannt vor. Das Gespräch der Männer half ihr auf die Sprünge.

»Ich war dieses Jahr in *Adeje* und habe bei super vielen Touristen abgesahnt. Die Idioten sterben einfach nicht aus«, begann der untersetzte Mann. Selbstzufrieden streckte er sich.

»Ich war in Puerto. Meine Ausbeute war bescheiden. Abzüglich Flug und Hotel bleibt zu wenig über. So kann ich mein Studium nicht finanzieren. Großer Mist,« fluchte der blonde Mann laut.

Infolgedessen horchte Frauke auf und schnappte in der nächsten Sekunde wütend nach Luft. Selbstverständlich hatte sie die Stimme des Mannes erkannt, der sie auf der Straße mit dem Spruch *Sie haben 500 Euro gewonnen* in die Falle gelockt hatte. Mehr als dieser in ihren Augen miese Gaunertrick, schmerzte sie, dass sie darauf reingefallen war. Dennoch wandelte sie ihre Wut in einen angriffslustigen Plan um und sprach den Mann an. »Kennen wir uns nicht?«

Der blonde Mann betrachtete sie herablassend. »Wohl kaum.«

»Natürlich kennen wir uns! Sie haben sich als Benny vorgestellt.«

Abgeklärt erwiderte er ihren Blick, allerdings bekam er seine Hände nicht unter Kontrolle, die er ineinander verschränkt knetete.

Frauke registrierte es mit Befriedigung. »Ich wollte mich bei Ihnen noch mal bedanken!«

Nicht nur Julia, auch Benny wirkte verblüfft.

Trotzdem schaltete er rasch auf Gegenangriff um. »Was willst du! Machst du mich an, oder was?«

Frauke lachte geräuschvoll. »Nachdem wir nicht auf Ihre miesen Tricks reingefallen sind, nannten Sie uns blöde Weiber!« Sie lächelte boshaft. »Ich hoffe, Ihnen sind ausreichend genug von denen untergekommen!« Mit selbstsicherer Miene zwinkerte sie ihm zu.

»Frauen!«, äußerte der untersetzte Mann verächtlich und grinste siegesgewiss.

Frauke kam nun richtig in Fahrt. »Das Grinsen wird Ihnen schnell vergehen, Freundchen! Sie kommen jeden Tag, an dem Sie gutgläubige Urlauber übers Ohrhauen, dem Knast einen Schritt näher.«

»So ein Quatsch! Das ist alles legal, was wir machen.«

»So?« Frauke zog eine Augenbraue in die Höhe. »Wenn ich mich recht entsinne, stand in der deutschen Zeitung von Teneriffa, dass es bereits einen ersten Fall vor Gericht gegeben hat.« Ein überlegenes Lächeln stahl sich auf ihr Gesicht. »Vielleicht wartet daheim schon die Polizei, um Sie in Gewahrsam zu nehmen. Hat Deutschland ein Auslieferungsabkommen mit Spanien? Ganz bestimmt, sind doch beide in der EU! Wie ich schon sagte, fast drin im Knast!« Bei ihren letzten Worten fuchtelte sie drohend mit dem Zeigefinger in der Luft herum.

Der Mann wurde nun doch nervös und blickte Benny hilfesuchend an. »Du studierst doch! Stimmt das, was die sagt?«

»Die quasselt Bullshit«, fauchte Benny zurück.

»Wir werden sehen«, schloss Frauke ab und stand auf. »Julia, wollen wir gehen? Ich möchte nicht in der Nähe von Kriminellen sitzen.«

»Klar doch.« Mit einem süffisanten Lächeln auf den Lippen folgte sie ihr.

Im letzten Moment warf Frauke einen Blick über die Schulter. »Im Knast warten sie schon auf leckere Jungs wie euch!«

Die Reaktion der beiden bekam sie nicht mehr mit, denn sie tauchte wie Julia in der Menschenmenge ab. Dort brachen sie in Gelächter aus.

»Wahnsinnig toll, wie du es ihnen gezeigt hast! Du hast sie fertiggemacht!« Julia nahm Frauke spontan in den Arm und drückte sie einmal an sich.

»Das war wirklich ein gutes Gefühl! Als Sieger vom Platz zu gehen. Auch wenn es deren Verhalten höchstwahrscheinlich nicht ändern wird.«

»Komm«, zog Julia sie an der Hand fort, »unser Flieger wird aufgerufen. Es geht nach Hause!«

»Guten Tag, hier spricht Ihr Pilot Holger Janzen. Ich begrüße Sie auf Ihrem Rückflug in die Heimat. Genießen Sie die letzte Aussicht auf Sonne und heiteres Wetter, denn in Hannover erwartet Sie Schneegestöber und kühle sieben Grad!«

Ein Aufstöhnen ging durch die Fluggäste.

»So ein Witzbold! Hätte er die *gute* Nachricht nicht für sich behalten können?«, klagte Frauke.

»Er hat einen harten Job. Ständig pendelt er zwischen Deutschland und Teneriffa hin und her und kann selbst keinen Urlaub machen. Das wird ihn frustrieren.« Julia schloss den Sicherheitsgurt und sah Frauke an. »Wir sind zu beneiden! Wir haben wundervolle Wanderungen erlebt, haben eine grandiose Landschaft genossen und einzigartige, liebenswerte Menschen kennengelernt.«

»Treffender hätte ich es nicht formulieren können. Und wir haben ganz nebenbei eine wichtige Entscheidung für die Zukunft getroffen.«

»Ich will das Wagnis der Familiengründung eingehen, ohne Wenn und Aber!«

»Und ich bin endlich wieder Single!«

»Wie schade, wir haben nichts, um darauf anzustoßen!«

»Wir starten gleich. Dann klingeln wir nach dem Service.«

Vor dem Eingang des Flughafens tobte sich ein heftiger Schneeschauer aus. Fassungslos starrte Frauke hinein.

Julia neben ihr fand keine Worte, nur das Klingeln ihres Handys holte sie aus der Bewegungsstarre zurück. »Hallo?«

»Gott sei Dank erreiche ich euch! Ich bin es, Wolf-Rüdiger! Ich stehe auf der A2 im Stau. Hier hat es gekracht und ich konnte nicht rechtzeitig abfahren. So ein Mist!«

»Kein Problem. Wir setzen uns ins Café und warten.«

»Der Kaffee geht auf mich!« Im Hintergrund erklang lautes Hupen und darauffolgend seine Schimpftirade, die sich gewaschen hatte. Zwischen zwei äußerst unanständigen Schimpfwörtern rief er ihr hastig zu »Ich melde mich wieder!« und drückte das Gespräch weg.

»Unser Taxi steht im Stau«, teilte Julia mit.

»Also Kaffeetrinken.«

Sie zeigten dem launischen Aprilwetter die kalte Schulter und kehrten in das Café ein, in dem sie vor dem Abflug gesessen hatten. Bei der Bedienung orderte Frauke zwei Latte Macchiato plus zwei Piccolos.

»Ab morgen streiche ich den Alkohol«, beschloss Julia.

»Ab morgen wird alles anders«, bekräftigte Frauke, wenngleich sie sich sicher war, den guten Vorsatz nicht allzu lange durchzuhalten.

»Wirst du Ralf heute noch sehen?«

»Ich denke schon.«

»Wirst du es ihm sagen?«

»Dass ich Schluss mache?«

»Hm.«

»Das sollte ich. Hauptsache er sieht mich nicht mit seinem Dackelblick an. Das ist zum Steinerweichen.«

Julia nippte abwesend an ihrem Kaffee, weil ihr in diesem Moment etwas eingefallen war. »Kannst du dich noch an Birte erinnern?«

»Die kurz vor dem Abi abgegangen ist?«

»Genau die.«

»Was ist mit ihr?«

Julia zögerte einen Augenblick. »Ich hatte sie vor ein paar Jahren in der Stadt getroffen. Sie und ihre zwei Kinder plus dem Ungeborenen.« Sie runzelte die Stirn. »Birte hatte immer sehr hochgesteckte Ziele: Nach dem Abi ins Auslandgehen und anschließend studieren.« Julia legte eine Pause ein.

Frauke spürte, dass es dabei um mehr ging, als es den Anschein hatte. Julia brauchte ein paar Sekunden, um die Gedanken zu formulieren, die ihr im Kopf herumtobten.

»Während des letzten Schuljahres wurde sie von Andreas schwanger und warf alle Pläne über Bord. Sie heirateten im selben Jahr und zogen zusammen. Ich habe mich unglaublich erschrocken, als wir uns dann wiedertrafen! Sie hatte die Sprache ihrer Kinder angenommen. Ich dachte, ich rede mit einem Kleinkind, anstatt mit einer erwachsenen Frau.«

»Du denkst, dass das ein einschneidendes Erlebnis für dich gewesen ist?«

Julia nickte bedächtig. »Ich habe mir damals geschworen nie wie Birte zu werden. Vielleicht war ich all die Jahre über zu sehr darauf bedacht! Dabei habe ich mich in meinem Leben nie von anderen beeinflussen lassen! Aber seit dem Erlebnis habe ich unbewusst Ausreden gefunden, warum und weshalb es gerade nicht passte. Alles Unfug! Den richtigen Zeitpunkt gibt es wohl nie.«

»Ich werde endlich Tante!«, juchzte Frauke laut.

»So schnell geht das doch nicht.«

»Egal, ich freue mich trotzdem. Und zu Hause könnt ihr gleich eine Sex-Party feiern.«

»Frauke!«

»Was denn?«

»Doch nicht in der Öffentlichkeit!«

»Das hat doch keiner mitbekommen. Schau mal ins Internet, was da los ist! Ganz zu schweigen von irgendwelchen Shows im Fernsehen. Darüber solltest du schockiert sein.«

Julias Handy klingelte erneut. »Wolf-Rüdiger.«

»Bin gleich da.«

»Okay.«

Sie tranken aus und gerade als sie nach draußen traten, eilte der grauhaarige Mann mit dem ausgeprägten Bauchansatz auf sie zu.

»Hallo meine Damen!«, begrüßte er sie. »Ihr seht wunderbar erholt aus!« Er schnappte sich die Koffer und lief zum Wagen. »Wie war es auf Teneriffa? Seid ihr gewandert? Ist die Insel vielleicht auch etwas für mich und meine Mathilde? Obwohl, wandern ist nicht unbedingt ihr Ding. Kann man auch shoppen? Wenn ich wandern gehe, kann sie die Läden plündern. Nun erzähl doch mal!«, verlangte er wissbegierig von Julia, die ihn eingeholt hatte.

Frauke folgte den beiden und war mal wieder baff erstaunt. »Als ob zwei langjährige Freunde aufeinandertreffen. Und meine Selbstgespräche fangen wieder an. Kaum in Deutschland angekommen, falle ich in mein altes Verhaltensmuster zurück.«

Indessen stieg Julia vorne bei Wolf-Rüdiger ein. »Teneriffa war toll! Wandern ist super. Shoppen geht auch prima. Aber sag mal, was ist mit deiner Frau und ihrer besten Freundin? Haben sie sich versöhnt? Und was macht euer Sohn? Hat er sich endlich gemeldet?«, ratterte Julia ihrerseits die Fragen herunter.

Frauke stieg hinten ein und schnallte sich an. Sie bewunderte Julia ein ums andere Mal, wie nahtlos sie ein Gespräch an der Stelle wiederaufnahm, an der sie vor ein paar Tagen aufgehört hatte.

Frauke persönlich neigte dazu in Gesprächen, die sie nicht über die Maßen interessierten, auf Durchzug zu schalten und ihren eigenen Gedanken nachzuhängen. Eine Unart, die ihr mitunter das ein oder andere Problem eingehandelt hatte. Vorwiegend mit dem jeweiligen Lebensabschnittsgefährten!

Dieser Gedanke führte sie auf ihr bevorstehendes Gespräch mit Ralf zurück. Sie war diesbezüglich zwiegespalten, denn zum Einen freute sie sich auf ihr Zuhause, auf ihre gemütliche Wohnung und den Wohlfühloasen, die sie sich geschaffen hatte. Zum Anderen behagte ihr nicht die Aussicht auf die drohende Aussprache.

Gleichwohl überwog ihre Vorfreude, ihr Leben wieder klar zu ordnen und lieber Single zu sein, als eine Beziehung zu führen, die sie nicht glücklich machte.

»Wir sind gleich bei dir zu Hause«, verkündete Wolf-Rüdiger und fuhr bereits in die Straße ein, in der das Haus von Julia und Heiko stand.

»Ich werde erwartet«, meinte Julia schmunzelnd, denn der Wagen von Heiko stand in der Einfahrt.

Wolf-Rüdiger hielt an der Straße, stellte den Motor aus und begab sich nach hinten, um den Koffer auszuladen. Julia war ausgestiegen, während Frauke ihr Fenster heruntergefahren hatte.

»Ich wünsche dir viel Spaß! Grüß Heiko lieb von mir.« Ein anzügliches Zwinkern ging mit der Verabschiedung einher.

Julia verdrehte die Augen gen Himmel. »Ich werde dir berichten.«

Frauke kicherte, als im Hintergrund die Eingangstür aufflog und Heiko erwartungsvoll seiner Frau entgegensah. Julia schnappte sich ihren Koffer, während Frauke zu ihm hinüberwinkte.

Mit schwingenden Hüften lief Julia auf ihren Mann zu. Frauke hätte schwören können, dass sie sich das von Doris abgeschaut hatte. Sie beobachtete, wie Heiko Julia an sich heranzog und ihr einen langen, gefühlvollen Kuss auf den Mund drückte. Julia knickte leicht in den Beinen ein und er zog sie noch fester an seinen Körper.

»Ist Liebe nicht schön?«, meinte Wolf-Rüdiger verträumt, während er hinters Lenkrad rutschte.

»Dabei sind die beiden schon seit vielen Jahren verheiratet.«

»Und wie sieht es bei dir aus?«, fragte er und blickte in den Rückspiegel, denn Frauke war hinten sitzengeblieben.

Sie schüttelte den Kopf.

»Dann war der Richtige noch nicht dabei.«

»Ganz deiner Meinung!«

Der restliche Weg zu ihr nach Hause verging wie im Flug und Frauke wappnete sich innerlich gegen das, was zwangsläufig folgen würde.

Ehe sie sich versah, stand sie vor ihrer Wohnung. Die Tür wurde aufgerissen und Ralf sah ihr freudestrahlend entgegen.

ACHTZEHN

Julias Handy gab einen Signalton von sich, weil eine Nachricht eingegangen war. Träge langte sie nach dem Gerät, das in Reichweite auf dem Couchtisch lag. Allerdings musste sie dafür den wärmenden Körper von Heiko verlassen, mit dem sie eng angekuschelt auf dem Sofa lag.

»Das kann nur Frauke sein«, tippte er ins Blaue hinein. »Ihr kommt keine zwei Stunden ohne einander aus«, sagte er noch, während er sich erhob und ihr einen Kuss auf den Scheitel gab. »Ich verschwinde unter der Dusche.«

Julia blickte ihm hinterher, wie er auf die Treppe zuging – splitterfasernackt. Kurz vor der ersten Stufe drehte er sich noch einmal um. »Mach nicht zu lange. Ich hätte nichts gegen ein wenig Gesellschaft!« Mit einem vielsagenden Blick lief er nach oben.

Julia wurde rot, obwohl es doch ihr Mann war und es keine Zeugen von ihrem Geplänkel gab. Aber die zehn Tage Abwesenheit, das Getrenntsein, das eher untypisch für sie beide war, hatte ihn in eine aufmerksame und äußerst *romantische* Stimmung versetzt. Außerdem beherrschte beide der Gedanke, dass es nicht ausschließlich um den Liebesakt ging, sondern auch den Beginn der Familienplanung bedeutete.

Doch zunächst hatte Julia ausführlich von ihrem Urlaub erzählt, jedoch hatte sich aus dem Händchenhalten und Küsschengeben unversehens mehr entwickelt und sie waren auf das Sofa gesunken. Am Ende hatte es kein einziges Kleidungsstück mehr zwischen ihnen gegeben.

Erhitzt lächelte Julia bei der Erinnerung, doch das plötzliche Klingeln ihres Handys ließ sie zusammenfahren.

Sie zog sich eine Decke über den nackten Körper. Dabei kicherte sie und fühlte sich jung wie ein Teenager, der frisch verliebt war. »Hallo Frauke!«

»Ich wollte hören, wie es dir so ergangen ist.«

»Ganz wunderbar.« In ihrer Stimme mischte sich ein Lächeln unter.

»Ihr Schlawiner! Ihr hattet wilden Sex!«

»Hm.«

»Sehr gut! Übrigens bin ich jetzt wieder offiziell Single.«

»Ich weiß nicht, ob ich gratulieren soll«, erwiderte Julia erheitert. »Trotzdem Glückwunsch!«

»Danke. Obwohl, wir hatten noch heißen Trennungssex und er hat sich viel Mühe gegeben. Aber es war wie der besagte Sturm im Wasserglas.«

Julia lachte herzhaft. »Mit dir wird es mir nie langweilig! Und wir hatten wirklich einen schönen Urlaub. Unvergesslich.«

»Einmalig.«

»Wir sehen uns morgen auf einen Kaffee?«

»Gerne.«

»Dann folge ich Heiko unter die Dusche.«

»Du bist schamlos!«, gackerte Frauke albern.

Julia lachte vergnügt und legte auf.

Frauke starrte mit leerem Blick durch das Fenster zum Garten hin und genoss die Stille ihrer Wohnung. Vor einer viertel Stunde hatte sie Ralf hinausbugsiert und seine Hoffnung im Keim erstickt, dass ihre Beziehung Bestand haben würde.

Es hatte ihr dennoch leidgetan; und zwar für ihn! Aber um ihretwillen konnte sie nicht länger mit ihm Zusammenbleiben. Auch wenn sie tief in ihrem Herzen die Sehnsucht verspürte, den einen Menschen zu begegnen, in dem sie sich wiederfand und mit dem sie auf eine tiefe Ebene verbunden war! So war sie gleichwohl stark genug, keine Beziehung zu führen, nur der Beziehung willen, um nicht alleine zu sein.

Sie seufzte einmal vernehmlich, holte sich aus der Küche ein Glas Wein und schaltete den Laptop an. Sobald ein Urlaub vorbei war, ging sie an die Planung eines neuen Urlaubsziels.

Und die nächste Reise könnte ihrer Auffassung nach ganz besonders werden, und zwar mit einem Kind!

Eine aufregende, spannende Zukunft brach an!

Da Julia nun ihren Weg gefunden hatte, wuchs in Frauke die Zuversicht, dass irgendwann ihr *Prinz* um die Ecke kommen würde; vielleicht sogar auf einem weißen Pferd!

NACHWORT

Ursprünglich wurde dieser Roman im Jahr 2010 geschrieben, nachdem mein Mann und ich zwei wunderschöne, erlebnisreiche Urlaube auf Teneriffa verbracht hatten. Auf unseren Wanderungen begegneten wir liebenswerten und einzigartigen Menschen. Was uns alle verband, war die Begeisterung für diese außergewöhnliche Naturlandschaft, bei deren Durchquerung uns das ein oder andere sehr persönliche Gespräch begleitete.

Dieser Roman erfuhr im Laufe der Zeit ein paar Überarbeitungsschleifen, sodass sich seitdem einiges auf Teneriffa verändert hat. Seinerzeit sind wir *todesmutig* mit dem Auto zum Punta de Teno gefahren, heutzutage ist es Privatfahrzeugen generell untersagt die Straße dorthin zu nutzen.
Welche Veränderungen darüber hinaus Teneriffa mitgemacht hat, werden wir irgendwann in Erfahrung bringen, wenn wir unsere Rucksäcke erneut packen, um auf die Frühlingsinsel zu fliegen.